MARGARET WEIS &
TRACY HICKMAN

Die Engel des Untergangs

Fantasy-Roman

Ins Deutsche übertragen
von Eva Eppers

BASTEI
LÜBBE

BASTEI-LÜBBE-TASCHENBUCH
Band 20183

Erste Auflage:
Juli 1992

Deutsche Lizenzausgabe 1992
Bastei-Verlag
Gustav H. Lübbe GmbH & Co.
Bergisch Gladbach
Originaltitel:
Triumph of the Darksword
Lektorat: Reinhard Rohn
Titelillustration:
Hans Hauptmann
Umschlaggestaltung:
Quadro Grafik, Bensberg
Satz: Fotosatz Schell, Bad Iburg
Druck und Verarbeitung:
Brodard & Taupin
La Flèche, Frankreich
Printed in France

ISBN 3-404-20183-3

Der Preis dieses Bandes
versteht sich einschließlich der
gesetzlichen Mehrwertsteuer.

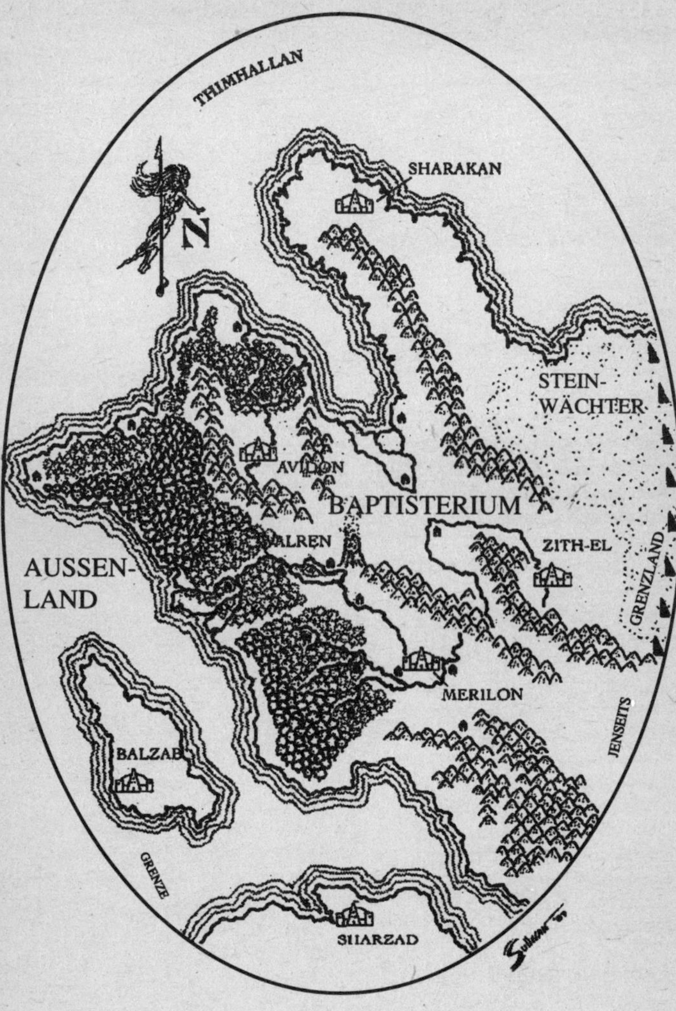
THIMHALLAN
SHARAKAN
N
STEIN-
WÄCHTER
AVIDON
BAPTISTERIUM
ALREN
ZITH-EL
GRENZLAND
AUSSEN-
LAND
MERILON
JENSEITS
BALZAB
GRENZE
SHARZAD

Der Beobachter

Der Beobachter – die zehn Meter hohe Statue eines Mannes – hatte mit seinen Augen von Stein viel Merkwürdiges gesehen während der vergangenen neunzehn Jahre. Neunzehn Jahre – so lange dauerte seine Verdammnis jetzt. Einst ein Mensch, ein Katalyt, hatte Leidenschaft ihn vom rechten Wege abgebracht. Aus Liebe zu einer Frau hatte er die unverzeihliche Sünde der körperlichen Vereinigung begangen und mit ihr ein Kind gezeugt. Man verurteilte ihn zur Wandlung, bei der sein lebendes Fleisch in lebenden Stein transformiert wurde. Er war dazu verdammt, auf ewig an der Grenze zu stehen und ins Jenseits, in die Schattenwelt, zu schauen, ohne je an ihrem erlösenden Frieden teilhaben zu können.

Die Gedanken des Beobachters wanderten zurück zu den ersten sechs Jahren seiner Strafe. Sechs unerträgliche leere Jahre, in denen er kaum je einen Menschen zu Gesicht bekam und noch seltener den Klang einer menschlichen Stimme vernahm. Sechs Jahre, in denen Verstand und Seele in ihrem steinernen Gefängnis tobten und rasten.

Dann trat eine Frau mit einem Kind an der Hand vor ihn hin. Es war ein Junge, mit langem schwarzen Haar und großen dunkelbraunen Augen.

»Dies ist dein Vater«, sagte die Frau zu dem Jungen und wies auf die Statue.

Wußte der Beobachter, daß sie irrte? Wußte er, daß sein Kind tot zur Welt gekommen war? Er wußte es. Tief in seinem Herzen wußte er, daß die Katalyten recht gehabt hatten, als sie prophezeiten, daß aus seiner Verbindung mit dieser Frau keine Nachkommen hervorgehen würden. Wessen Kind war dieser Junge? Er konnte nicht hoffen, es je zu erfahren, dennoch weinte er für den Jungen, aber mehr noch für seine Jugendliebe, die jetzt in Lumpen vor ihm stand und mit Augen zu ihm aufsah, in denen der Wahnsinn glomm.

Weitere lange Jahre verharrte der Beobachter auf seinem Posten, äußerlich unerschüttert, doch innerlich von Qualen zerrissen. Manchmal war er unfreiwillig Zeuge, wie Angehörige seines Ordens – Katalyten – für irgendein Vergehen das gleiche Schicksal erlitten wie er. Dann wieder mußte er mitansehen, wie ein Magus ins Jenseits verbannt wurde – die Strafe für jene mit der Gabe des Lebens. Der Henker schleppte den Verurteilten zum Rand des sandigen Gestades dieser Welt und stieß ihn in den wogenden Nebel hinaus. Die steinernen Ohren des Beobachters vernahmen den letzten, entsetzten Aufschrei der körperlosen Stimme aus den grauen Schleiern, dann herrschte Stille. Der Beobachter beneidete diese Unglücklichen.

Er beneidete sie aus tiefster Seele, denn sie hatten ihren Frieden, während er gezwungen war weiterzuleben.

Aber der merkwürdigste Vorfall hatte sich vor etwa einem Jahr zugetragen. Warum hatte er einen solchen Eindruck auf ihn gemacht? fragte er sich oft in den dunklen Stunden der Nacht, die besonders schwer zu ertragen waren. Aus welchem Grund hatte er sein steinernes Herz bewegt, wenn es von all den anderen Schicksalen unberührt geblieben war? Er wußte es nicht und grübelte manchmal tagelang darüber nach, wobei das Geschehene immer wieder an seinem inneren Auge vorüberzog.

Es sollte eine Wandlung stattfinden, die Vorbereitungen verrieten es ihm – das Eintreffen der fünfundzwanzig Katalyten, der Scharfrichter in seiner grauen Robe, das Zeichen im Sand, wo der Verurteilte nachher stehen würde. Nur war es diesmal keine gewöhnliche Wandlung. Verwundert sah der Beobachter den Kaiser mit seiner Gemahlin eintreffen. Dann erschienen Bischof Vanya – der Beobachter verfluchte ihn stumm – sowie Prinz Xavier, der Bruder der Kaiserin. Schließlich brachte man den Delinquenten. Die Überraschung des Beobachters war vollkommen. Dieser junge Mann mit dem langen schwarzen Haar und dem kräftigen, muskulösen Körper war kein Katalyt. Doch nur Katalyten wurden zur Wandlung verurteilt. Was also hatte es mit diesem jungen Mann auf sich? Welches Verbrechen legte man ihm zur Last?

Der Beobachter verfolgte das Schauspiel mit wachsender Anteilnahme, dankbar für alles, was die zermürbende Monotonie seines Daseins unterbrach. Als nächstes sah er einen weiteren Katalyten am Ort des Geschehens auftauchen, der neben dem Scharfrichter Aufstellung nahm. Er brachte ein Schwert mit, eine ungewöhnlich aussehende Waffe. Der Beobachter hatte nie etwas Ähnliches zu Gesicht bekommen und empfand ein starkes Unbehagen beim Anblick des schwarzen, glanzlosen Metalls.

Schweigen senkte sich über die Versammelten. Bischof Vanya verlas die Anklageschrift.

Der junge Mann war ein Toter, ein Mensch ohne Magie, und er war ein Mörder. Schlimmer noch – er hatte bei den Adepten des Neunten Mysteriums gelebt und mittels ihrer verbotenen Künste eine Waffe des Bösen geschmiedet. Für diese Verbrechen sollte an ihm die Wandlung vollzogen werden. Der letzte Blick seiner erstarrenden Augen sollte auf die unheilvolle Waffe fallen, die er geschaffen und als Fluch der Welt aufgebürdet hatte.

Der Beobachter erkannte in dem Verurteilten nicht das Kind, das vor Jahren zu seinen Füßen geweint hatte. Wie auch? Es gab kein Band zwischen ihnen. Dennoch empfand er Mitgefühl, vielleicht weil ein goldhaariges Mädchen – nicht viel älter als die Frau, die er einst geliebt hatte – gezwungen wurde, der Vollstreckung des Urteils beizuwohnen. Der Beobachter hatte Mitleid mit dem jungen Mann und dem Mädchen, erst recht, als er den Jüngling vor dem Katalyten auf die Knie fallen und vor Angst und Entsetzen in Tränen ausbrechen sah.

Der Katalyt umarmte den Verurteilten, und in dem steinernen Herzen des Beobachters regte sich der dumpfe Schmerz ohnmächtigen Kummers. Er schaute zu, wie der junge Mann sich mit wiedergewonnener Fassung erhob, während sein Tröster an den zugewiesenen Platz neben dem Scharfrichter zurückkehrte.

Die fünfundzwanzig Katalyten öffneten sich der Magie der Welt, dem Leben, bündelten die Energie und leiteten sie durch Exeunts dem Scharfrichter zu.

Und der Scharfrichter begann mit der Beschwörung, die den Leib des Verurteilten zu Stein verwandeln sollte.

Doch plötzlich sprang der Katalyt in den Pfad der Magie. Bevor sein Körper ihm den Dienst versagte, warf er seinem Schützling das Schwert zu.

»Flieh!« rief er.

Der junge Mann ergriff jedoch nicht die Flucht. Bis dorthin, wo er stand, etwa zehn Meter entfernt, konnte der Beobachter die unheimliche Macht des Schwertes spüren. Er fühlte, wie es seiner Umgebung Leben entzog. Er sah, wie es zwei Hexenmeister in einer gleißenden Stichflamme vergehen ließ. Er sah, wie der Henker in die Knie gezwungen wurde, und hätte er noch Atem gehabt, hätte der Beobachter einen Schrei des Triumphs ausgestoßen.

»Töte!« sehnte er sich zu brüllen. »Töte sie alle!«

Doch eins vermochte die dämonische Waffe nicht zu tun, sie war unfähig, die Wandlung rückgängig zu machen. Der Junge sah den Katalyten vor seinen Augen zu Stein werden. Sein Schmerz teilte sich dem Beobachter mit, der voller Haß dem Strafgericht entgegenfieberte, das unvermeidlich war.

Es kam nicht dazu. Statt dessen nahm der Gerettete das Schwert, legte es ehrerbietig in die versteinerten Hände des Katalyten und verharrte einen Atemzug lang in stummer Andacht, bevor er sich abwandte, um zu tun, was keiner erwartet hatte – er schritt in die Nebel der Schattenwelt hinein. Das goldhaarige Mädchen folgte ihm.

Der Beobachter starrte ihnen in fassungslosem Staunen hinterher. Er wartete darauf, den letzten Aufschrei unsäglichen Entsetzens zu hören. Vergeblich. Nur Schweigen wehte ihn aus dem Jenseits an.

Der Blick des Beobachters richtete sich auf die am

Gestade Zurückgebliebenen, und er sah mit grimmiger Befriedigung, daß auch ohne Zutun des jungen Mannes Vergeltung geübt wurde. Bischof Vanya fiel zu Boden wie vom Blitz getroffen. Der Körper der Kaiserin verweste binnen Sekunden, vor den Augen ihrer entsetzten Untertanen. Erst jetzt erkannte der Beobachter, daß sie bereits vor geraumer Zeit gestorben sein mußte und nur durch Magie am Leben erhalten worden war – falls man es Leben nennen konnte. Prinz Xavier hastete zu dem Standbild des Katalyten und versuchte ihm das Schwert zu entreißen, aber die steinernen Hände hielten es fest.

Dann verließen die Lebenden das Gestade. Zurück blieb die Statue eines weiteren Beobachters, doch dessen Züge waren nicht in Angst oder Haß erstarrt wie die Gesichter der Leidensgenossen links und rechts.

Die Statue des Katalyten mit dem rätselhaften Schwert schaute in die Schattenwelt hinaus, und auf dem versteinerten Antlitz lag ein Ausdruck entrückten Friedens.

Und durch noch eine ungewöhnliche Kleinigkeit unterschied sich diese Statue von den anderen. Nachdem das Gestade wieder verlassen dalag, hatte der Katalyt noch einen einsamen Besucher, und dann flatterte an seinem Hals fröhlich ein Tuch aus orangefarbener Seide.

..und zu neuem Leben erwachen

Die Beobachter standen seit Jahrhunderten an der Grenze Thimhallans. Es war ihre erzwungene Pflicht, in dem Streifen Niemandsland Wache zu halten, der das Zauberreich von den Geheimnissen des Jenseits trennte.

Was für Geheimnisse?

Die Ahnen hatten es gewußt. Sie waren auf der Flucht aus einer Heimat, in der man sie verfolgte, in diese Welt gekommen und wußten, was hinter dem Vorhang aus wogenden Nebelschwaden lag. Um sich davor zu schützen, umgaben sie ihre neue Heimat mit einem magischen Wall und verfügten, daß Beobachter entlang der Grenze postiert werden sollten – ewige, niemals schlafende Wächter.

Im Lauf der Jahrhunderte war jedoch vieles in Vergessenheit geraten. Falls im Jenseits tatsächlich eine

Gefahr lauerte, schien es dennoch keinen Anlaß zur Besorgnis zu geben, denn wie sollte ein möglicher Feind die magische Barriere überwinden?

Nur die Beobachter hielten auch weiterhin getreulich Wacht – sie hatten keine andere Wahl. Und als sich zum erstenmal in Jahrhunderten der Nebel teilte, als eine Gestalt aus den grauen Schwaden hervortrat und ihren Fuß auf das Gestade setzte, erschraken die Beobachter und stießen ihren Warnruf aus.

Doch längst verstand sich niemand mehr darauf, den Stimmen aus Stein zu lauschen, also erfolgte die Rückkehr des Mannes zwar nicht unbemerkt, aber unbeachtet. Die Bewacher riefen: »Hüte dich, Thimhallan! Es ist geschehen! Die Grenze wurde überschritten!« Ihre Warnung stieß auf taube Ohren.

Es gab welche, die den stummen Ruf hätten hören können, wären sie nicht anderweitig beschäftigt gewesen. Bischof Vanya zum Beispiel. Er war der ranghöchste Katalyt des Reiches und eigentlich hätte wohl jenes höhere Wesen, das er verehrte – der Almin – die Aufmerksamkeit Seines obersten Dieners auf das schicksalhafte Ereignis lenken sollen. Leider war Essenszeit. Seine Heiligkeit saßen mit Gästen bei einem kleinen Souper, und obwohl er ein sehr schönes (und langes) Tischgebet sprach, hatte man nicht das Gefühl, daß der Almin auch eingeladen war.

Prinz Xavier hätte gleichfalls den Ruf hören müssen. Er war immerhin ein *DKarn-duuk*, ein Magus Bellorum und einer der mächtigsten Hexenmeister des Landes. Doch auch er war von anderen Dingen in Anspruch genommen. Prinz Xavier – pardon, *Kaiser* Xavier – bereitete sich auf den Krieg mit Sharakan vor, und nur noch eine Sache war ihm wichtiger: die Frage, ob es eine Möglichkeit gab, den steinernen Händen einer Statue das Dunkle Schwert zu entreißen. Wenn es ihm gelang, dieses Schwert in seinen Besitz zu bringen – eine Waffe mit der Eigenschaft, Magie zu absorbieren –, war ihm der Sieg über Sharakan so gut wie sicher.

Bischof Vanya saß also in seinen luxuriösen Gemächern im Baptisterium, wo er sich an Schweinsköpfen, Ferkelschwänzchen und marinierten Krabben delektierte, über das Verbreitungsgebiet und die Lebensgewohnheiten der Marsupialier dozierte und die Warnungen der Beobachter Schluck für Schluck mit der halbtrockenen Spätlese hinunterspülte –

– während Prinz Xavier in seinem Laboratorium hin- und herging, gelegentlich innehielt, um in einem stockfleckigen Folianten zu blättern, ärgerlich den Kopf schüttelte und verdrossen murmelnd seine Wanderung fortsetzte. Die Warnungen der Beobachter verloren sich in seinen Flüchen.

Nur eine einzige Person in ganz Thimhallan vernahm die Stimmen. In der Stadt Sharakan erwachte ein flaumbärtiger junger Mann (recht gewagt bekleidet mit purpurnen Strümpfen, rosa Kniehose und einer langen, roten Seidenweste) von seinem Nachmittagsschläfchen. Er neigte lauschend den Kopf in Richtung Osten und rief gereizt aus: »Sacrebleu! Wie soll man dabei ein Nickerchen machen können! Schluß mit dem greulichen Lärm!« Sprach's und schlug das Fenster zu.

Hüte dich, Thimhallan! Gefahr droht! Die Grenze wurde überschritten!

Der Mann, der aus dem Nebel trat, war Ende Zwanzig, obwohl er älter wirkte. Sein Körper war muskulös. Seine Züge hingegen spiegelten die leidvolle Erfahrung eines Mannes, der hundert sein mochte.

Das Gesicht unter den wilden schwarzen Locken war ernst und wirkte auf den ersten Blick ebenso kalt und gefühllos wie die Steingesichter derer, die auf ihn niederblickten. Von dem düster schwelenden Feuer des Zornes und Hasses in den dunkelbraunen Augen, das unversehens auflodern konnte, war nur kalte Asche übriggeblieben.

Der Mann trug lange weiße Gewänder aus feiner Wolle, darüber einen feuchten, schmutzigen Reiseumhang. Er musterte seine Umgebung mit der bedächtigen Gründlichkeit eines Menschen, der nach langer, langer Zeit seine Heimat wiedersieht. Der Ausdruck von Sorge und Trauer auf seinem Gesicht vertiefte sich. Er wandte sich halb zurück und streckte die Hand aus. Sie wurde von schmalen Fingern umschlossen, und eine Frau mit langem goldenem Haar tauchte aus den grauen Dunstschleiern auf.

Sie schaute sich benommen um und blinzelte in die Strahlen der untergehenden Sonne, deren rotes Auge über den Kamm einer fernen Bergkette hinweg die beiden Neuankömmlinge wie erstaunt musterte.

»Wo bin ich?« erkundigte sich die Frau ohne ein Anzeichen von Beunruhigung, als wären sie und ihr Begleiter auf einem Spaziergang gewesen und hätten an einer Gabelung den falschen Weg eingeschlagen.

»Thimhallan«, antwortete der Mann in einem ruhigen Tonfall, der sich wie heilende Salbe über eine tiefe Wunde breitete.

»Kenne ich diesen Ort?« fragte seine Gefährtin weiter. Obwohl der Mann antwortete und sie es zur Kenntnis nahm, schaute sie ihn nicht an und wandte sich auch nicht direkt an ihn, sondern sprach wie an irgendeine unsichtbare Wesenheit. Sie war jünger als der Mann und mochte etwa siebenundzwanzig sein. Das goldene Haar war in der Mitte gescheitelt und zu dicken, hüftlangen Zöpfen geflochten. Durch diese kindliche Frisur wirkte sie jünger, als sie war, ein Eindruck, den die weitgeöffneten blauen Augen noch verstärkten. Wenn man aber genauer hinsah, konnte man erkennen, daß ihr strahlender Glanz und der wie staunende Blick nichts mit der unschuldigen Naivität eines Kindes zu tun hatten. Die Augen dieser Frau sahen Dinge, die andere nicht wahrnehmen konnten.

»Du wurdest hier geboren«, erklärte der Mann in unverändert ruhigem Ton, »und bist hier aufgewachsen, genau wie ich.«

»Wie eigenartig«, meinte die Frau. »Man sollte meinen, ich könnte mich erinnern.« Ihre Reisekleidung war ebenso schmutzig und durchnäßt wie das Gewand des Mannes; das feuchte Haar klebte ihr an den Wangen. Beide schienen müde zu sein und sahen aus, als hätten sie einen langen Weg in strömendem Regen zurückgelegt.

»Wo sind meine Freunde?« fügte sie hinzu und spähte über die Schulter zurück. »Kommen sie nicht mit?«

»Nein«, sagte der Mann. »Sie vermögen die Grenze nicht zu überschreiten. Aber du wirst hier neue Freunde finden. Laß ihnen etwas Zeit. Sie müssen sich erst an dich gewöhnen. Es hat lange, sehr lange niemand mehr mit ihnen gesprochen.«

»O wirklich?« Das Gesicht der Frau hellte sich auf, aber gleich fiel wieder ein Schatten auf ihre Züge. »Dann sind sie bestimmt sehr einsam.« Sie beschattete die Augen gegen die grellen Sonnenstrahlen und schaute am Gestade hinauf und hinunter, dabei streckte sie die andere Hand aus, als wollte sie eine scheue Katze anlocken. »Habt keine Angst. Alles ist gut. Ihr könnt ruhig zu mir kommen.«

Der Mann wandte sich mit einem tiefen Seufzer von

der Frau ab, die weiterhin ins Leere sprach, und trat vor das Standbild des Katalyten mit dem Schwert in den Händen.

Während er stumm die Statue musterte, rannen ihm Tränen über die von scharfen Falten gekerbten Wangen. So verharrte er eine Weile, dann wischte er sich müde über die Augen und griff behutsam nach dem orangefarbenen Seidentuch, das ausgeblichen am Hals der Steinfigur im Wind flatterte. Er nahm es ab, strich es glatt, faltete es zusammen und verstaute es sorgfältig in einer Tasche seines weißen Gewandes, dann streichelte er mit den Fingerspitzen über das von Leid gezeichnete Gesicht der Statue.

»Mein Freund«, flüsterte er, »erkennt Ihr mich? Ich bin nicht mehr der Junge von damals; der Junge, dessen erbärmliche Seele Ihr gerettet habt.« Er legte die Handflächen an den kalten Stein. »Ja, Saryon, Ihr erkennt mich. Ich kann es fühlen.«

Das ihm eigene schattenhafte Lächeln war nicht mehr verbittert und zynisch wie früher einmal, sondern melancholisch und bedauernd. »Unsere Rollen sind vertauscht, Pater. Einst war ich kalt wie Stein und wärmte mich an Eurer Liebe und Güte. Jetzt seid Ihr es, dessen Kälte ich spüre. Wenn nur meine Liebe Euch zu wärmen vermöchte.«

Von Kummer übermannt, neigte er den Kopf, und sein tränenverschleierter Blick fiel auf die Steinhände, die das Schwert umfaßten.

»Was ist das?« murmelte er überrascht.

Allem Anschein nach war jemand überaus erpicht gewesen, die Waffe in seinen Besitz zu bringen und hatte keine Bedenken gehabt, mit Hammer und Meißel nachzuhelfen, wie die tiefen Schrammen und Kerben erkennen ließen. Die Fingerknöchel waren gesplittert, einige Finger gebrochen.

»Man wollte Euch das Schwert entreißen!« sagte er vor sich hin. »Und Ihr habt es nicht hergegeben!« Während er die schändlich zugerichteten Hände streichelte, fühlte er den alten Zorn, den er besiegt geglaubt hatte, wieder in sich auflodern. »Wie müßt Ihr gelitten haben! Und sie wußten es! Ihr wart verurteilt stillzuhalten, während sich das Eisen in Euer Fleisch grub und Eure Knochen brachen! Sie wußten, Ihr fühlt jeden Schlag, aber das störte sie nicht. Warum auch? Sie konnten Eure Schreie nicht hören.« Die Hände aus Fleisch und Blut berührten zögernd die Waffe, unwillkürlich schlossen sich die Finger um den Griff. »Ich bin vergeblich gekommen, wie mir scheint ...«

Er verstummte abrupt. Hatte das Schwert sich bewegt? In dem Glauben, einer Täuschung erlegen zu sein, zog er prüfend an der versteinerten Waffe. Zu seiner größten Überraschung glitt sie ohne Widerstand aus der Scheide, beinahe hätte er sie fallengelassen. Er konnte fühlen, wie der Stein sich in seiner Hand erwärmte und in Metall verwandelte.

Der Mann hob das Dunkle Schwert ins Licht. Die Strahlen der untergehenden Sonne trafen die Klinge, aber kein Funkeln blendete ihn. Das schwarze Metall verschluckte alles Licht. Er starrte die Waffe lange an. Mit einem Ohr hörte er die Stimme der Frau, hörte, wie sie sich am Gestade entfernte und nach den nur für sie sichtbaren Wesen rief. Er schaute nicht zu ihr hinüber. Aus langer Erfahrung wußte er, daß sie sich nicht weit von ihm entfernen würde. Sein Blick und seine Gedanken konzentrierten sich auf das Schwert.

»Ich glaubte, ich hätte mich deiner entledigt«, sagte er zu der Waffe, als wäre sie ein lebendiges Gegenüber, das ihn verstehen könnte. »Wie ich mich auch des Lebens entledigen wollte. Ich gab dich dem Katalyten, der mein Opfer akzeptierte, dann ging ich leichten Herzens in den wahren Tod.« Seine Augen wanderten zu dem grauen Nebel, der in lautlosen Wogen an das Gestade brandete. »Aber dort draußen ist nicht der Tod ...«

Er verstummte, umfaßte den Schwertgriff fester und merkte, wieviel besser ihm die Waffe in der Hand lag, jetzt, da er älter war und die Kraft eines Mannes besaß. »Oder vielleicht doch«, fügte er hinzu und runzelte die schwarzen Augenbrauen. Aus der rätselhaften Ferne hinter der Nebelwand kehrte sein Blick zu dem Schwert zurück und richtete sich dann auf die Steinaugen des Katalyten. »Ihr habt recht gehabt, Pater. Es ist eine Waffe des Bösen. Jedem, der mit ihr zu tun hat, bringt sie Leid und Schmerz. Selbst ich, der ich sie geschaffen habe, kenne und begreife nicht das volle Ausmaß ihrer Macht. Schon aus diesem Grund ist sie eine Gefahr. Sie sollte vernichtet werden.« Sinnend schaute er wieder zu den changierenden Dunstschleiern entlang der Grenzlinie. »Doch sie scheint nur darauf gewartet zu haben, wieder von mir in Besitz genommen zu werden – oder von mir Besitz zu ergreifen ...?«

Wie als Antwort auf die halblaut gesprochene Frage, fiel die Lederscheide aus den Händen der Statue in den Sand. Als der Besucher aus dem Jenseits sich bückte, um sie aufzuheben, zuckte er zusammen, denn etwas tropfte auf seine Hand.

Blut.

Erstaunt hob er den Kopf. Blut füllte die tiefen Schrammen an den Händen der Statue, sickerte aus den Rissen und Sprüngen und quoll aus den Wunden an den gebrochenen Fingern.

»Verflucht sollen sie sein!« rief der Mann zornig und sprang auf. Noch mehr als das Blut erbitterten ihn die Tränen, die aus den steinernen Augen rannen.

»Euch verdanke ich mein Leben!« rief er. »Gleiches mit Gleichem zu vergelten liegt nicht in meiner Macht, aber wenigstens den Frieden des Todes vermag ich Euch zu geben! Beim Almin, sie werden Euch nicht mehr quälen!«

Der Mann hob das Dunkle Schwert, dessen bisher glanzloses Metall plötzlich einen erst schwachen, dann immer stärker werdenden bläulichen Schimmer verströmte. »Möge Eure Seele in Frieden ruhen, Saryon«, betete er und stieß mit aller Kraft die Klinge in die steinerne Brust der Statue.

Die geheimnisvolle Waffe merkte, daß die Hand ihres Schöpfers sie führte. Blaues Licht schlängelte sich die Klinge entlang und wand sich am Arm des Mannes hinauf, während sie durstig die Magie der Welt einsaugte, die ihr Leben verlieh. Sie drang tief in den steinernen Leib und fand das Herz des Katalyten.

Ein Schrei entrang sich den Lippen des Standbilds – nicht mit den Ohren, sondern nur mit der Seele zu hören. Wo die Klinge in den Stein gedrungen war, entstanden tiefe Risse; ein dumpfes Knirschen ertönte. Ein Arm brach an der Schulter ab; der Torso splitterte, der Kopf rollte von den Schultern und fiel in den Sand.

Der Mann riß das Schwert zurück. Vor Tränen blind, konnte er nicht sehen, sondern nur hören, wie das Standbild in Trümmer fiel und wußte, daß der Mann, den er zu lieben gelernt hatte, tot war. Er schleuderte die Waffe von sich und preßte die Handballen gegen die Augen, um die aufsteigenden Tränen der Wut und des Schmerzes zurückzudrängen. Seine abgehackten Atemzüge klangen wie ein Schluchzen.

»Sie werden bezahlen«, stieß er zwischen zusammengebissenen Zähnen hervor. »Beim Almin, sie werden ...«

Eine Hand berührte seinen Arm. Eine Stimme sprach ihn verwundert an. »Mein Sohn? Joram?«

Der junge Mann hob fassungslos den Blick. Saryon stand inmitten der Trümmer seiner steinernen Hülle.

Ein Zittern überlief Joram, als er nach dem Arm des Katalyten griff. Er fühlte warme Haut, von Leben durchpulst.

»Pater!« rief er mit brüchiger Stimme, und Saryon umarmte ihn stumm.

Und in seiner Hand …

Die beiden Männer hielten einander umschlungen, dann traten sie jeder einen Schritt zurück und musterten sich gegenseitig forschend. Jorams Augen richteten sich auf die geschundenen Hände des Katalyten, aber Saryon verbarg sie rasch in den weiten Ärmeln seiner Kutte.

»Wie ist es dir ergangen, mein Sohn?« Er studierte die strengen, vertrauten und doch fremden Züge. »Wo bist du gewesen?« Sein staunender Blick glitt über die tiefen Furchen neben dem harten Mund, das Netz kleiner Fältchen um die Augen. »Offenbar habe ich jedes Zeitgefühl verloren. Ich könnte schwören, daß nur ein Jahr vergangen ist – nur einmal hat der Frost mich durchkältet, nur einmal die Sonne auf mich niedergebrannt. Und doch sehe ich die Spuren *vieler* Jahre in deinem Gesicht.«

Joram wollte antworten, aber ein Klagelaut unterbrach ihn. Er drehte sich um. Seine Begleiterin, die suchend am Gestade entlanggegangen war, ließ sich zu Boden sinken, enttäuscht und traurig.

»Wer ist sie?« fragte Saryon, während er Joram zu der Stelle folgte, an der die Frau auf einer flachen Düne saß.

Joram blickte über die Schulter zu seinem väterlichen Freund zurück. »Wißt Ihr noch, welches Eure Worte gewesen sind, Pater?« meinte er schroff. »Als ich Euch von meiner Liebe erzählte? Das beste Brautgeschenk, das ich ihr machen könnte, wäre die Freiheit, denn sonst könnte ich ihr nichts geben als unermeßliches Leid.«

»Gütiger Almin!« stöhnte Saryon, als er jetzt an ihrem goldenen Haar die Frau wiedererkannte, die weinend ins Leere starrte.

Joram beugte sich zu ihr hinab und nahm sie bei den Schultern. Seine Miene war düster, seine Berührung aber sanft und liebevoll, und die Frau sträubte sich nicht, als er sie zu sich emporzog. Sie hob den Kopf und sah dem Katalyten genau ins Gesicht, aber die unnatürlich glänzenden Augen verrieten kein Wiedererkennen.

»Gwendolyn!« flüsterte Saryon erschüttert.

»Jetzt meine Frau«, sagte Joram.

»Sie sind hier.« Gwendolyn sprach leise vor sich hin, scheinbar ohne Jorams Gegenwart zur Kenntnis zu nehmen. »Sie sind überall, ganz nah, und doch wollen sie nicht mit mir reden.«

»Wen meint sie?« erkundigte sich Saryon. Sie waren allein am Gestade, von den Statuen der Beobachter abgesehen. »Wer ist überall?«

»Die Toten«, antwortete Joram und drückte seine

Frau an sich, als sie trostsuchend den Kopf gegen seine Brust lehnte.

»Die Toten?«

»Meine Frau redet nicht mehr mit den Lebenden«, erklärte Joram mit ausdrucksloser Stimme, als hätte er sich seit langem mit diesem Schmerz abgefunden, »sie spricht nur mit den wahren Toten. Wäre ich nicht da, um auf sie zu achten und für sie zu sorgen, würde sie sich wohl zu ihnen gesellen. Ich bin ihre einzige Verbindung zu der Welt der Lebenden. Sie folgt mir, sie scheint mich zu kennen, und doch richtet sie niemals das Wort an mich oder nennt mich beim Namen. Sie hat nur ein einziges Mal zu mir gesprochen in den vergangenen zehn Jahren.«

»Zehn Jahre!« Saryons Augen öffneten sich weit, dann wurden sie schmal, als er Joram nochmals eingehend musterte. »Ja, ich hätte es mir denken können. Wo immer du auch gewesen bist, für eines von unseren Jahren vergehen dort zehn.«

»Die Möglichkeit ist mir überhaupt nicht in den Sinn gekommen. Dabei liegt es eigentlich auf der Hand.« Er überlegte. »Im Zentrum verlangsamt sich der Zeitstrom, während er sich mit zunehmender Entfernung beschleunigt.«

»Das verstehe ich nicht.« Saryon schaute ihn fragend an.

»Nein.« Joram schüttelte den Kopf. »Und viele andere werden es ebensowenig verstehen ...« Er verstummte. Sein Blick verlor sich in der Ferne, während er geistesabwesend fortfuhr, Gwendolyns Haar zu streicheln. Die Sonne war untergegangen, ein letzter heller Schimmer über dem Horizont verblaßte rasch. Die Schatten der Abenddämmerung verdichteten sich am Gestade und verbargen die drei Menschen vor den

Blicken der Beobachter, deren warnende Rufe ohnehin ungehört verhallten.

Keiner sprach. Joram, der unverwandt landeinwärts schaute, als versuchte er, über die Ebenen, die Wälder und die Berggipfel hinauszusehen, schien über eine Entscheidung nachzusinnen.

Saryon schwieg, aus Furcht ihn zu stören. Ihm brannten viele Fragen auf der Zunge, aber eine ganz besonders und er wußte, mit ihr würden auch alle anderen beantwortet sein. Nur konnte er sich nicht entschließen, diese entscheidende Frage zu stellen, denn er hatte Angst vor dem, was er vielleicht hören würde.

Also wartete er schweigend und beobachtete Gwendolyn, die aus der schützenden Umarmung ihres Mannes hinaus mit dem Ausdruck von Trauer und Sehnsucht in das kalte Zwielicht starrte.

Endlich schüttelte Joram den Kopf, als seine Gedanken aus einer nur ihm bekannten Welt in die Realität Thimhallans zurückkehrten. Er fühlte, wie Gwendolyn zitterte, und hüllte sie fester in den feuchten Umhang. »Noch etwas hätte ich wissen können«, meinte er zu Saryon, »daß nämlich das Dunkle Schwert den Zauberbann brechen würde, der Euch gefangen hielt. Aber ich wußte es nicht. Ich wollte nur Eurem Leiden ein Ende machen ...«

»Ich weiß, mein Sohn. Und ich war froh. Du kannst dir nicht vorstellen ...« Saryon schloß die Augen.

»Nein, ich kann es mir nicht vorstellen!« flüsterte Joram. Bei dem Anblick seines verzerrten Gesichts im Halbdunkel wich Gwendolyn vor ihm zurück. Joram, der ihr Erschrecken bemerkte, unternahm eine sichtliche Anstrengung, sich zu beherrschen. »Ich bin dankbar, daß ich Euch zur Seite habe, Pater Saryon«, fuhr er in betont ruhigem Tonfall fort. »Ihr werdet mir doch zur Seite stehen?«

»Selbstverständlich.« Saryon nickte. Sein Schicksal war untrennbar mit Joram verbunden, was auch kommen mochte.

Plötzlich lächelte Joram. Ein warmes Leuchten erhellte die braunen Augen, seine Schultern reckten sich, als wäre eine schwere Last von ihnen gefallen. »Ich danke Euch, Pater«, sagte er, schaute Gwendolyn an und drückte sie wieder an sich. »Dann möchte ich Euch um eines bitten, alter Freund. Achtet auf meine Frau. Nehmt sie in Eure Obhut. Es gibt vieles, das ich tun muß, und es wird mir nicht immer möglich sein, sie zu beschützen. Werdet Ihr das für mich tun?«

»Aber ja«, versicherte Saryon, auch wenn er sich innerlich angstvoll fragte: *Was hast du vor?*

»Willst du diesem Priester dein Vertrauen schenken, Liebes?« fragte Joram seine Frau. »Du hast ihn einmal gekannt, früher, vor langer Zeit.«

Der grüblerische Blick von Gwendolyns blauen Augen richtete sich auf Saryon. »Warum sprechen sie nicht zu mir?« fragte sie.

»Mein Kind ...«, Saryon wußte nicht recht, wie er sie anreden und in welchem Ton er antworten sollte, »die Toten von Thimhallan sind nicht gewohnt, mit den Lebenden zu sprechen. Viele hundert Jahre lang hat niemand sie hören können. Vielleicht haben sie ihre Stimme verloren. Habt Geduld.«

Er lächelte sie aufmunternd an, doch nicht ohne Traurigkeit. Unwillkürlich mußte er an das unbeschwerte, fröhliche junge Mädchen denken, das im bunten Sommerkleid den Boulevard am Stadttor Merilons entlangflanierte. Wenn er in ihre blauen Augen sah, erinnerte er sich, wie die Seligkeit der ersten Liebe aus ihnen strahlte. Jetzt flackerte in ihren Tiefen der Wahnsinn. Saryon durchlief ein Frösteln, und er fragte sich, welche furchtbaren Erlebnisse sie veranlaßt hatten, sich aus der Welt der Lebenden in das Schattenreich der Toten zu flüchten.

»Ich glaube, sie fürchten sich vor etwas«, meinte sie. Saryon begriff, daß sie nicht zu ihm oder ihrem Mann sprach, sondern mit sich selbst. »Sie sind verzweifelt bestrebt, jemanden davon zu unterrichten, jemanden zu warnen. Sie wollen sprechen, aber sie haben vergessen wie.«

Saryon schaute zu Joram, verblüfft über die Ernsthaftigkeit ihrer Worte.

»Kann sie wirklich ...«

»Die Toten sehen? Mit ihnen reden? Oder ist sie verrückt?« Joram zuckte mit den Schultern. »Ich habe mir sagen lassen, von jemandem, der sich in diesen Dingen auskennt – daß sie eine Nekromantin sein könnte, eine der Zauberinnen aus vergangener Zeit, die die Gabe besaßen, mit den Toten zu kommunizieren. Wenn das stimmt, paßt es gut, da sie einen ohne Magie geheiratet hat.«

»Joram ...«, Saryon mußte die Frage stellen, die ihn quälte. »Warum bist du zurückgekommen? Bist du hier, um ...« Er sprach nicht weiter, weil er an dem Ausdruck in Jorams Augen ablesen konnte, daß jener diese Frage erwartet hatte.

Aber Joram antwortete nicht gleich. Er bückte sich, hob das Dunkle Schwert auf und schob es behutsam in die Lederscheide. Ihm war anzusehen, daß er an den Mann dachte, der sie ihm zum Geschenk gemacht hatte.

»Joram?« beharrte Saryon.

Immer noch antwortete Joram nicht. Er nahm den nassen Umhang ab, schlüpfte aus dem hemdähnlichen Gewand, legte sich den Schwertgurt um den nackten Oberkörper und rückte ihn zurecht, bis die Waffe zwischen den Schulterblättern zu liegen kam, wo sie unter der Kleidung nicht mehr zu sehen sein würde. Anschließend zog er sich wieder an, schnallte den Gürtel um und warf den Umhang über die Schultern.

»Wie fühlt Ihr Euch, Pater?« fragte er unvermittelt. »Kräftig genug für einen kurzen Fußmarsch? Wir müssen einen Lagerplatz finden und ein Feuer machen. Gwendolyn ist bis aufs Mark durchgefroren.«

»Ich fühle mich recht gut«, antwortete Saryon, »aber ...«

»Fein. Dann machen wir uns auf den Weg.« Joram wandte sich zum Gehen, aber der Katalyt legte ihm die Hand auf den Arm und hielt ihn zurück.

»Weshalb bist du wiedergekommen, Joram?« Saryon trat ganz dicht an ihn heran, um ihm ins Gesicht sehen zu können. »Um die Prophezeiung zu erfüllen? Bist du gekommen, um die Welt zu zerstören?«

Sein ehemaliger Schützling, so unversehens von einem verdrossenen, mit dem Schicksal hadernden Jungen zum Mann gereift, schaute zu den Bergen am Horizont. Es war Nacht geworden. Die ersten Sterne funkelten am Himmel, die zerklüfteten Gipfel ragten als dunkle Silhouetten in das silbrige Licht. Joram schwieg so lange, daß inzwischen der Mond über den schwarzen Rand der Welt emporstieg – wie ein unbewegliches weißes Auge starrte er gleichgültig auf die drei Menschen hinab, die am Gestade des Jenseits standen.

Joram erwiderte den kalten, unverwandten Blick, und ein düsteres Lächeln verzerrte seine Lippen.

»Zehn Jahr sind für mich vergangen, mein Freund, mein Vater – wenn ich Euch so nennen darf?«

Der Katalyt nickte stumm. Er ließ es geschehen, daß

Joram seine Hände ergriff und festhielt, während er weitersprach. »Zehn Jahr lang habe ich in einer anderen Welt gelebt, ein anderes Leben. Diese Welt, meine Heimat, habe ich nie vergessen, aber wenn ich zurückschaute, sah ich alles durch einen verklärenden Schleier. Ich erinnerte mich an ihre Schönheit, ihre Wunder, und ich bin zurückgekehrt, um – um zu ...« Er brach ab.

»Um was zu tun?« Saryon versuchte unauffällig seine Hände aus Jorams Griff zu befreien.

»Unwichtig«, wehrte Joram ab. »Eines Tages werde ich es Euch erzählen. Heute nicht.« Er senkte den Blick auf Saryons Hände. »Wie lautete diese Prophezeiung noch? Hieß es da nicht: › ... und wenn er zurückkehrt, trägt er in seinen Händen die Zerstörung der Welt.‹?«

Plötzlich, bevor Saryon es verhindern konnte, schob Joram ihm die Ärmel der Kutte zurück. Errötend wollte der Katalyt seine Hände verstecken, aber zu spät. Das Mondlicht fiel auf lange weite Narben an Gelenken und Knöcheln, auf die gebrochenen Finger, die verkrümmt zusammengewachsen waren. Joram preßte grimmig die Lippen aufeinander.

»Nichts hat sich geändert und es wird sich nichts ändern.« Er ließ den Freund los, kehrte ihm und dem Gestade den Rücken und ging landeinwärts, auf die Berge zu.

Saryon blieb neben Gwendolyn stehen, die – blind und taub für alles andere – die Nacht anflehte, zu ihr zu sprechen.

»Nicht ich bin es, der zerstört«, sagte Joram verbittert vor sich hin, während die Dunkelheit sich über ihn senkte und der auffrischende Wind seine Fußspuren auslöschte. »Nicht ich – sie sind es!«

Ohne stehenzubleiben, sah er über die Schulter zurück. »Wo bleibt ihr denn«, rief er ungeduldig und winkte. »Kommt endlich!«

Der Jahrestag

»Kardinal Radisovik?«

Der Kardinal hob den Blick von dem Buch, das er las, und schaute zur Tür. Die Morgensonne, deren freundliches Licht durch die kunstvoll verglasten Fenster strömte, blendete ihn, er kniff die Augen zusammen und sah nur eine dunkle Gestalt am Eingang des Studierzimmers stehen.

»Ich bin es, Heiligkeit, Mosiah«, sagte der junge Mann, als er merkte, daß der Katalyt ihn nicht erkannte. »Ich hoffe, ich störe nicht. Wenn doch, kann ich ein andermal wieder ...«

»Nein, ganz und gar nicht, mein Sohn.« Der Kardinal klappte das Buch zu und winkte. »Komm nur herein. Ich habe dich in letzter Zeit gar nicht im Palast gesehen.«

»Vielen Dank, Euer Heiligkeit.« Mosiah folgte der Aufforderung und trat näher. »Ich wohne jetzt bei den Nigromanten. Es ist praktischer, weil ich ohnehin die meiste Zeit in der Schmiede arbeite.«

»Ja.« Kardinal Radisovik nickte, und falls bei der Erwähnung der Schmiede ein Schatten über seine Züge flog, war er gleich wieder verschwunden. »Erst gestern war ich in dem neuen Viertel der Stadt, das die Nigromanten erbaut haben. Ich muß sagen, ich bin beeindruckt von dem, was in so kurzer Zeit geleistet wurde. Ihre Häuser sind wohnlich und komfortabel! Sie lassen sich schnell und problemlos errichten, ohne daß Leben verbraucht wird. Wie heißt noch der Stein, den man zum Bau verwendet?«

»Ziegel, Euer Heiligkeit«, antwortete Mosiah. »Aber es sind keine Steine. Ein Gemisch aus Lehm und Stroh wird in Formen gefüllt und dann in der Sonne getrocknet.«

»Ich weiß.« Der Kardinal hob ergeben die Hände. »Als ich im letzten Jahr mit Prinz Garald ihr Dorf besuchte, habe ich gesehen, wie diese ... Ziegel hergestellt werden. Aus irgendeinem Grund will mir dieses verflixte Wort partout nicht im Gedächtnis haften bleiben.« Er schaute durchs Fenster in den Palastgarten hinaus. »Es wird dich interessieren zu erfahren«, meinte er, »daß ich unseren Gutsherren empfohlen habe, mit dieser neuen Methode Heimstätten für ihre FeldMagi zu bauen. Mehrere *Albanara* haben gestern mit mir zusammen die Häuser besichtigt, und wenigstens zwei stimmen mit mir überein, daß sie gegenüber den bisherigen Unterkünften zahlreiche Vorteile aufweisen.«

»Und was ist mit den anderen, Euer Heiligkeit?« Als ehemaliger FeldMagus, der mit Vater, Mutter und einer vielköpfigen Geschwisterschar in dem durch

Zauberei vergrößerten Stamm eines Baumes gewohnt hatte, wußte Mosiah, was für ein Segen warme, trokkene Ziegelhäuser für jene sein würden, die den Launen einer nicht von Magie gesteuerten Witterung ausgeliefert waren.

»Sie werden zur selben Ansicht gelangen, hoffe ich.« Radisovik rieb sich die vom Lesen überanstrengten Augen und schüttelte verkniffen lächelnd den Kopf. »Ich will offen sein, Mosiah. Sie waren – schokkiert von dem hautnahen Erleben der sogenannten Schwarzen Kunst, der Technik, die bei uns so lange als Teufelswerk gegolten hat, und es fiel ihnen schwer, sich zu einer vernünftigen Einstellung durchzuringen. Aber da die Nigromanten jetzt innerhalb der Stadtmauern Sharakans wohnen und ihre Erzeugnisse und Methoden überall und für jedermann zu sehen sind, werden die Leute sich mit der Zeit daran gewöhnen und Technik als selbstverständlichen Teil der Natur des Menschen begreifen lernen.«

Mosiah sah den Kardinal bei diesen Worten skeptisch die Stirn runzeln.

»Ein Teil der menschlichen Natur, der zu Kriegen führt. Ist es das, was Ihr denkt, Euer Heiligkeit?« fragte Mosiah leise. Geistesabwesend blätterte er in einem Buch, das neben ihm auf einem mit Magie aus Walnußholz gebildeten Tischchen lag.

»In der Tat.« Radisovik warf Mosiah einen durchdringenden Blick zu. »Du bist ein scharfsinniger junger Mann.«

Mosiah errötete, geschmeichelt und verlegen. Er schloß das Buch und stich mit der flachen Hand über den Ledereinband. »Vielen Dank, Euer Heiligkeit, auch wenn ich das Kompliment nicht verdiene – ich habe oft dasselbe gedacht ...« Er stockte, denn er war es gewohnt, solche Dinge für sich zu behalten. »Besonders bei der Arbeit. Ich schmiede die Klinge für einen Speer und überlege, daß er dazu bestimmt ist, jemanden zu töten. Ich weiß, Prinz Garald sagt, dazu wird es nicht kommen«, fügte er hastig hinzu, um nicht in den Verdacht zu geraten, Kritik an seinem geliebten Monarchen üben zu wollen. »Die Speere sollen zur Abschreckung dienen oder im schlimmsten Fall zur Verteidigung gegen die Zentauren. Trotzdem beschäftigt es mich.«

»Damit stehst du nicht allein, Mosiah«, sagte Kardinal Radisovik, der ans Fenster getreten war und hinausschaute, ohne etwas wahrzunehmen. »Prinz Garald ist ein wahrhaft edler Mensch. Der edelste, den ich kenne, und ich urteile mit dem Wissen dessen, der ihn vom Knaben zum Mann heranreifen gesehen hat. Er vereinigt in sich die besten Eigenschaften der *Albanara*. Für jemanden, der noch so jung ist, verfügt er über ein enormes Wissen. Manchmal vergesse ich, daß er erst neunundzwanzig Jahre zählt. Übrigens denke ich oft an das Licht, das er in der dunklen Seele dieses Freundes von dir entzündet haben muß. Wie war noch sein Name?«

»Joram.«

Der Schmerz in der Stimme seines jungen Besuchers veranlaßte den Kardinal, sich herumzudrehen. »Es tut mir leid«, sagte er freundlich. »Ich wollte keine alten Wunden aufreißen.«

»Nein, schon gut, Euer Heiligkeit«, wehrte Mosiah ab. »Ihr habt ganz recht. Joram wäre nie fähig gewesen, so zu handeln, wie er es schließlich tat, ohne den Einfluß des Prinzen, der ihn die wahre Bedeutung von Ehre und Charakter lehrte.«

»Das hat Garald ihn in der Tat gelehrt. Doch es war der Katalyt, der ihm das Herz öffnete für Liebe und Selbstlosigkeit. Ein seltsamer Mensch, dieser Pater

Saryon.« Der Kardinal sprach mehr zu sich selbst als zu Mosiah. »Und eine seltsame und tragische Entwicklung der Ereignisse. Ich bin gar nicht sicher, daß ich die ganze Wahrheit über Joram kenne. Was denkst du, Mosiah?«

Die beiläufig gestellte Frage kam für Mosiah unerwartet. Er stammelte, daß er selbstverständlich Joram sehr gut gekannt hätte, doch wich er dem forschenden Blick des Kardinals aus, der wieder in den prachtvoll angelegten Park hinaussah.

»Aber wir sind vom Thema abgekommen«, nahm er den Faden wieder auf und mußte lächeln, als er hörte, wie der junge FeldMagus hinter ihm sich unbehaglich bewegte. »Wir sprachen von Prinz Garald und diesem Krieg. Wenn der Prinz einen Fehler hat, dann nur den, daß er sich geradezu auf die bevorstehende Konfrontation freut – es geht so weit, daß er vergißt, für welche Ziele wir kämpfen. Strategien entwickeln, die günstigsten Positionen für seine Hexenmeister austüfteln, sie und ihre Katalyten drillen, stundenlang über dem Brett der Konflikte brüten – das ist alles, was ihn neuerdings beschäftigt. Doch Kriege pflegen entweder mit Sieg oder Niederlage zu enden und für beide Möglichkeiten muß man Vorsorge treffen, doch er weigert sich, diese Angelegenheiten mit Seiner Majestät zu besprechen.« Radisovik trommelte mit den Fingerspitzen gegen die Fensterscheibe, während Mosiah zu Bewußtsein kam, daß er Dinge hörte, die nicht für die Ohren eines schlichten Untertanen bestimmt waren. »Der König ist blind, wenn es um seinen Sohn geht. Er ist stolz auf ihn – zu Recht –, aber unfähig, hinter dem Glorienschien den Menschen zu sehen. Garald schiebt vergnügt seine bunten Spielzeugsoldaten hin und her und weigert sich, Zeit an solche Überlegungen zu verschwenden, was wir mit

Merilon tun, falls wir es erobern. Wer wird die Stadt regieren? Der mittlerweile abgesetzte Kaiser, obwohl man hört, daß er wahnsinnig ist? Wer soll an Bischof Vanyas Statt Oberhaupt der Kirche werden? Was tun wir mit den Angehörigen der Aristokratie, die sich weigern, uns den Treueid zu leisten? Die anderen Stadtstaaten haben sich bisher abwartend verhalten, aber wenn sie nun glauben, wir würden zu mächtig und sich gegen uns zusammenschließen? Du verstehst, was ich meine?« Radisovik drehte sich zu dem verstörten Mosiah herum. »Wann immer ich versuche, mit Garald darüber zu sprechen, winkt er ab und sagt: ›Ich habe keine Zeit. Besprecht das mit meinem Vater.‹ Und der König sagt mir schroff: ›Ich habe genug Sorgen mit Sharakan. In Fragen des Krieges wendet Euch an meinen Sohn.‹«

Mosiah trat von einem Fuß auf den anderen und fragte sich, ob er wohl über genug Leben verfügte, um stillschweigend im Boden zu versinken. Der Kardinal schien zu bemerken, was in ihm vorging, holte tief Atem und lächelte reuevoll. »Ich wollte dich nicht mit meinen Problemen belasten, Junge«, meinte er, durchquerte das Zimmer und blieb vor Mosiah stehen, der beinahe etwas wie Ehrfurcht empfand. Alles an dem Minister und Kirchenfürsten sprach von Hofintrige, sogar die Falten seiner goldgesäumten Roben schienen bei jedem Schritt wispernd Geheimnisse auszutauschen. »Mit der Hilfe des Almin werden wir alle Schwierigkeiten überwinden. Nun, du hast mich aus einem bestimmten Grund aufgesucht, und ich spreche mit dir über Belanglosigkeiten. Ich muß mich wirklich entschuldigen. Was kann ich für dich tun?«

Mosiah konnte nicht gleich antworten. Er war voller Bewunderung für das Geschick, mit dem Radisovik einer prekären Situation den Stachel genommen hatte. Ganz beiläufig reduzierte er seine Kritik an dem Prinzen zu einer ›Belanglosigkeit‹ und legte die Verantwortung in die Hände des Almin, gleichzeitig ein subtiler Wink für seinen Gesprächspartner zu vergessen, was er gehört hatte und auf Gott zu vertrauen.

Das zu tun war Mosiah sehr gern bereit. Der Hof von Sharakan war kein gefährliches Pflaster, wie man es heutzutage von Merilon berichtete, aber an jedem königlichenHof war es geraten, Vorsicht walten zu lassen, und Mosiah hatte bald gelernt, daß es sich nicht auszahlte, entweder zu viel oder zu wenig zu wissen.

»Ich bitte im voraus um Vergebung, daß ich Euch mit dieser Bitte belästige, Euer Heiligkeit«, sagte Mosiah endlich, »aber – mir liegt sehr viel daran und kein anderer Katalyt wird es tun, ohne Eure Genehmigung eingeholt zu haben, da wir uns im Kriegszustand befinden.«

»Und was ist das für eine Bitte, mein Sohn?« Die unverändert freundliche Stimme des Kardinals hatte einen wachsamen Unterton bekommen.

»Ich – ich bin gekommen, um zu bitten, daß Ihr mir eine Transversale öffnet, Euer Heiligkeit.«

»Du willst Sharakan verlassen?«

»Ja, Euer Heiligkeit.«

»Du weißt, daß Reisen außerhalb der magischen Grenzen dieser Stadt verboten sind? Alle Reisen sind gefährlich in diesen Zeiten, besonders für Bürger unserer Stadt. Die magischen Pfade werden zur Zeit noch von unseren eigenen *Thon-li* kontrolliert, mit Hilfe der *Duuk-tsarith* selbstverständlich. Doch es besteht immer die Gefahr, daß die Hexenmeister Merilons versuchen, sich Zugang zu verschaffen.«

»Ich weiß, Euer Heiligkeit«, antwortete Mosiah respektvoll, aber entschlossen, »und ich hätte nicht darum gebeten, wenn die Reise nicht so wichtig für mich wäre. Ich habe Prinz Garald davon unterrichtet«, fügte er hinzu, als er Radisovik zögern sah. »Er gab mir seine Erlaubnis. Ich habe hier eine Nachricht von ihm.« Er kramte in der Tasche und zog eine kleine Kristallkugel heraus, die – aktiviert durch einen Zauberspruch – das Bild des jungen, stattlichen Prinzen von Sharakan wiedergab.

»Das wird nicht nötig sein«, wehrte der Kardinal lächelnd ab. »Wenn du mit Prinz Garald gesprochen hast und er dir seine Einwilligung gegeben hat, werde ich dir selbstverständlich eine Transversale öffnen und dir meinen Segen für die Reise geben. Nun, wo möchtest du hin?«

»In die Grenzlande.«

Radisovik zog die Augenbrauen in die Höhe und betrachtete den jungen Mann erstaunt. »Warum ...« Dann glättete sich seine Stirn. »Oh«, meinte er halblaut. »Heute jährt sich der Tag ...«

»Ja, Euer Heiligkeit«, sagte Mosiah leise. »Ich bin nie dort gewesen. Als die Nigromanten mich im Außenland fanden, war ich mehr tot als lebendig. Ich erfuhr erst viel später, was geschehen war. Und dann konnte ich mich einfach nicht überwinden ...« Er schaute beschämt zu Boden. »Ich weiß, es war feige, aber ich konnte es nicht ertragen, Saryon zu sehen – so verändert zu sehen ...«

»Ich weiß, mein Sohn. Und ich verstehe.« Radisovik legte dem junge FeldMagus die Hand auf die Schulter. »Ich habe gehört, was dir widerfahren ist; es muß furchtbar gewesen sein. Niemand kann dir einen Vorwurf machen, daß du erst wieder zu Kräften kommen wolltest ...«

»Aber jetzt kann ich es nicht länger hinausschieben«, sagte Mosiah stur, als hätte er so schon mit sich selbst argumentiert. »Ich muß alles mit eigenen Augen sehen, mich überzeugen, daß es wahrhaftig geschehen ist. Dann kann ich es vielleicht akzeptieren oder begreifen.«

»Ich zweifle daran, daß man es je begreifen kann«, meinte Radisovik, der den jungen Mann unauffällig aber genau beobachtete und jede Nuance des Ausdrucks auf dem offenen, arglosen Gesicht registrierte. »Aber sicherlich müssen wir akzeptieren lernen, was geschehen ist, damit nicht Zorn und Bitterkeit an uns zehren und verhindern, daß wir unser eigenes Leben sinnvoll fortführen.«

Er schwieg und wartete, ob Mosiah noch etwas sagen wollte, der aber bemühte sich, seiner Gefühle Herr zu werden und blieb stumm. Der Kardinal zuckte unmerklich mit den Schultern, sprach ein Wort und ließ mitten im Zimmer eine Transversale entstehen, ein ovales Tor ins Nichts.

»Der Segen des Almin sei mit dir«, sagte er, als der junge Mann verlegen seinen Dank murmelte. »Mögest du den Frieden finden, den du suchst.«

Die Transversale dehnte sich aus. Kaum war Mosiah hineingetreten, schloß sich der von den Ahnen erschaffene Korridor durch Zeit und Raum um ihn, und er war verschwunden.

Kardinal Radisovik, der mit gerunzelter Stirn auf den Punkt starrte, an dem sich die Transversale manifestiert hatte, schüttelte den Kopf. »Welches Geheimnis liegt dir auf der Seele, mein Junge?« murmelte er. »Ich wüßte zu gerne ...«

Die Transversale schloß sich um Mosiah mit dem vertrauten, beklemmenden Gefühl, als würde er durch einen engen, dunklen Tunnel gezerrt. Er durchlebte einen Augenblick der Panik, als in ihm mit fürchterlicher Deutlichkeit die Erinnerung an seine letzte Reise durch eine Transversale aufstieg …

Die Hexe sprach ein Wort, und ihm stockte angstvoll der Atem, als die Dornen an den Ranken erneut zu wachsen begannen, aber diesmal berührten sie nur seine Haut, ohne sie zu verletzen.

»Noch nicht«, sagte die Hexe. Sie konnte von seinem blassen Gesicht ablesen, was er dachte. »Aber sie werden wachsen und wachsen, Haut und Fleisch und Organe durchdringen und dir einen langsamen Tod bereiten. Nun frage ich dich nochmals: Wie ist dein Name?«

»Warum? Welchen Nutzen habt Ihr davon?« Mosiah stöhnte. »Ihr kennt ihn längst!«

»Mir zuliebe«, antwortete die Hexe und sprach wieder ein Wort. Die Dornen wuchsen ein Stück.

»Mosiah!« Er warf gepeinigt den Kopf hin und her. »Mosiah, verdammt! Mosiah, Mosiah …«

Dann begriff er schlagartig ihren Plan, trotz der Schmerzen, die seinen Verstand lähmten. Zu spät. Entsetzt sah er mit an, wie die Hexe sich in Mosiah verwandelte. Ihr Gesicht – sein Gesicht. Ihre Kleider – seine Kleider. Ihre Stimme – seine Stimme.

»Was tun wir mit ihm?« fragte der Hexenmeister kleinlaut. Offenbar hatte er seinen Fehler noch nicht verwunden.

»Verfrachtet ihn in die Transversale und schickt ihn ins Außenland!« befahl die Hexe in Mosiahs Gestalt und stand auf.

»Nein!«

Mosiah sträubte sich gegen des Hexenmeisters starke Hände, die ihn vom Boden hochzerrten, aber bei der geringsten Bewegung bohrten sich die Dornen tiefer in seinen Körper, und er krümmte sich mit einem qualvollen Aufschrei zusammen. »Joram!« brüllte er aus Leibeskräften, als er sah, wie sich der schwarze Schlund der Transversale im Unterholz öffnete. »Joram!« Er wünschte sich verzweifelt, gehört zu werden, doch im Herzen wußte er, daß es aussichtslos war. »Flieh! Es ist eine Falle! Flieh!«

Der Hexenmeister stieß ihn in die Transversale, die sich augenblicklich um ihn zu schließen begann. Die Dornen stachen in sein Fleisch, Blut rann warm über seine Haut. Er konnte einen letzten Blick auf die Hexe werfen, die ihn mit ausdruckslosem Gesicht – seinem Gesicht – beobachtete.

Dann breitete sie lächelnd die Hände aus.

»Dernier cri«, hörte er sich sagen.

Was im Anschluß daran geschah, wußte Mosiah nicht genau, er verlor in der Transversale gnädig das Bewußtsein. Als er Tage später wieder zu sich kam, befand er sich im Dorf der Nigromanten im Außenland. Andon, ihr betagter, gütiger Obmann war bei ihm, wie auch ein *Theldara* – ein Heiler – und ein Katalyt, den Prinz Garald persönlich geschickt hatte. Mosiah flehte sie an, ihm zu sagen, was aus seinen Freunden geworden war, aber niemand in dem abgelegenen Dorf konnte oder wollte es ihm sagen.

Die folgenden Wochen waren eine Zeit der Schmerzen, wenn er wachlag, und der Alpträume, wenn er in den magisch bewirkten Schlaf sank. Schließlich erfuhr er aus einer geflüsterten, nicht für seine Ohren bestimmten Unterhaltung, von Jorams und Saryons Schicksal, von dem tragischen Opfer des Katalyten und Jorams freiwilligen Gang ins Jenseits.

Mosiah selbst kam der Tod sehr nahe. Der *Theldara* ließ nichts unversucht, doch sagte er Andon, daß die magische Lebenskraft seines Patienten nicht mithalf, die Krise zu überwinden und den Genesungsprozeß einzuleiten. Mosiah kämpfte nicht. Sterben war leichter, als mit dem Schmerz zu leben.

Eines Tages sagte ihm Andon, er hätte Besuch, zwei Leute, die auf Befehl von Prinz Garald ins Dorf gebracht worden wären. Mosiah hatte keine Ahnung, um wen es sich handeln könnte und es interessierte ihn auch nicht besonders ... Und dann umfingen ihn die Arme seiner Mutter, und ihre Tränen badeten seine Wunden, während ihm tröstlich die Stimme seines Vaters in den Ohren klang. Liebevoll, behutsam geleiteten die rauhen, abgearbeiteten Hände der Eltern den Sohn ins Leben zurück.

Die Erinnerung an den Schmerz und die Verzweiflung überwältigte Mosiah, und er glaubte, in der Enge der Transversale ersticken zu müssen. Zum Glück war die Reise kurz. Das Gefühl der Panik ließ nach, als das Tor sich auftag, doch statt dessen bedrängten ihn andere Empfindungen, wirklicher, aber nicht weniger quälend – Kummer und Gram. Mit zusammengebissenen Zähnen trat er aus dem Tor. Obwohl er nie zuvor in den Grenzlanden gewesen war, wußte er, was ihn erwartete.

Ein Küstenstreifen aus feinem weißen Sand, der nackt und kahl wie ein abgenagter Knochen vor dem Besucher lag. In dieser Sandwüste standen die Beobachter und auch Saryon – durch eine magische Beschwörung zu Stein geworden.

»Der Anblick ist nicht bedrückend, wie man glauben sollte«, hatte Mosiah bei einer Abendgesellschaft vor nicht langer Zeit, Prinz Garald einigen der Gäste erzählen gehört. »Auf dem versteinerten Gesicht des Mannes liegt ein Ausdruck von Frieden, um den man ihn fast beneiden könnte, denn es ist ein Frieden, wie ihn ein lebender Mensch niemals erfahren kann.«

Mosiah war skeptisch. Er hoffte, daß es stimmte; er

hoffte, daß Saryon wieder mit seinem Glauben versöhnt war, den er verloren hatte, aber er glaubte nicht recht daran. Radisovik sagte, daß Garald nur einen Fehler hatte – er betrachtete den Krieg als ein vergnügliches Spiel. Und noch etwas konnte man ihm vorwerfen: Er neigte dazu, Personen und Ereignisse so zu sehen, wie es ihm zupaß kam und nicht, wie sie wirklich waren.

Saryons Standbild würde in der langen Reihe der anderen Beobachter stehen und wie sie unverwandt ins Jenseits schauen, in die Schattenwelt mit ihren tanzenden, wogenden Nebelschleiern.

»Eigentlich sind die Grenzlande eine ruhige, friedliche Gegend«, erklärte Garald seinen Zuhörern in ernstem Ton. »Wer es nicht weiß, würde nicht ahnen, welche Tragödien sich an diesem Gestade des Todes abspielen.«

Ruhig ...

Friedlich ...

Kaum hatte Mosiah einen Fuß aus der Transversale gesetzt, wurde er von einer gewaltigen Sturmbö zu Boden geworfen.

Er konnte nichts sehen. Sandkörner stachen ihm wie Nadeln ins Gesicht. Es war unmöglich, die Augen zu öffnen. Die Gewalt des Sturms war unvorstellbar, sie übertraf alles, was er je zuvor erlebt hatte, und immerhin konnte er sich rühmen, vor Jahren in ein von zwei sich bekämpfenden Gruppen *Sif-Hanar* heraufbeschworenes Unwetter mit Blitz und Donner hineingeraten zu sein. Mosiah bemühte sich aufzustehen, doch ohne Erfolg. Er wäre am Gestade entlanggewirbelt worden wie die entwurzelten Pflanzen, die vorbeiflogen, hätte nicht eine starke Hand die seine ergriffen und festgehalten.

Um in diesem brausenden und heulenden Inferno

nicht unterzugehen, beeilte Mosiah sich, eine magische Hülle zu erschaffen, die ihn und seinen Retter aufnahm. Sogleich standen sie in einer Oase der Stille, umgeben von einer unsichtbaren schützenden Kuppel.

Nachdem er sich den Sand aus den Augen gewischt hatte, versuchte Mosiah blinzelnd zu erkennen, wer ihm zur Hilfe gekommen war. Er wunderte sich, daß es außer ihm noch jemanden in die Grenzlande verschlagen hatte und wollte gern den Grund erfahren. Als er durch einen Tränenschleier orangefarbene Seide flattern sah, entschlüpfte ihm ein abgrundtiefer Seufzer.

»Sapperlot, alter Knabe«, ertönte eine nur allzu vertraute Stimme, »laß dir meinen aufrichtigen Dank aussprechen. Keine Ahnung, warum ich nicht selbst auf diese Idee gekommen bin, vielleicht weil es kolossal Spaß gemacht hat, durch die Gegend getrudelt zu werden wie diese komischen Sträucher, die niemals Wurzeln schlagen, sondern ständig auf Reisen sind. Und ich habe eine neue Moderichtung kreiert: *Zyklon*. Gefällt's dir?«

Bühne frei

Mosiah beäugte mit verdrossenem Staunen die wunderliche Gestalt, die neben ihm in der schützenden Kugel stand.

»Simkin«, brummte er und spuckte einen Mundvoll Sand aus. »Was tust du hier?«

»Nun, es ist Alminstag. Ich komme immer her am Alminstag. Was hast du gesagt? Es ist Donnerstag? Na ...«, er zuckte mit den Schultern, » ... was sind ein paar Tage unter Freunden.« Er hob die Arme und drehte sich auf den Zehenspitzen um die eigene Achse. »Na, wie findest du mein Outfit?«

Der junge FeldMagus musterte den bärtigen Mann unverhohlen mißbilligend von Kopf bis Fuß. Jedes einzelne Kleidungsstück, das Simkin anhatte – von dem blauen Brokatrock zu der purpurnen Seidenweste und den grünen Satinhosen –, war von innen nach außen gekehrt. Er trug sogar die Unterwäsche über der Oberbekleidung. Das Haar stand ihm wild zu Berge, sein normalerweise gepflegter Bart sträubte sich in alle Richtungen.

»Ich finde, du siehst wie ein Narr aus, aber das ist ja nichts Neues«, knurrte Mosiah. »Und wenn ich gewußt hätte, daß du's bist, hätte ich dich sausen lassen, bis dein Holzkopf irgendwo angeschlagen wäre!«

»*Ich* habe dich davor bewahrt, *dir* den Holzkopf irgendwo anzuschlagen, wenn du dich gütigst erinnerst«, meinte Simkin gedehnt. »Du hast vielleicht eine üble Laune. Laß dich warnen: Eines Tages wird diese griesgrämige Miene bei dir zum Dauerzustand werden. Mir fällt da der Herzog von Tulkinghorn ein, dessen Totenmaske man heute bei Possenspielen dem Bösewicht aufsetzt. Ich kann mir gar nicht vorstellen, *was* du eigentlich gegen mich hast, alter Freund.« Simkin zauberte einen Spiegel herbei, musterte beifällig seine Aufmachung, reckte prüfend das Kinn vor und zauste seinen Bart, um den ›stürmischen‹ Effekt zu vergrößern.

»So, das kannst du dir also nicht vorstellen!« schnappte Mosiah giftig. »Nur wenige Leute wußten, daß wir uns an jenem Abend in Merlyns Hain treffen wollten – ich, Joram, Saryon, du und – Überraschung! – die *Duuk-tsarith*! Das war natürlich reiner Zufall!«

Simkin ließ den Spiegel sinken und starrte Mosiah in schmerzlichem Unglauben an. »Ich kann's nicht fassen!« rief er mit brüchiger Stimme. »All diese Zeit hast du mich des schnöden Verrats verdächtigt! Mich!« Er schleuderte den Spiegel von sich und griff sich an die Brust. »Verstumme, mein Herz, wie kannst du weiterschlagen!« Er stöhnte auf. »Oh, daß ich ins Grab sänke, der Schande zu entflieh'n ...«

»Hör schon auf!« Mosiah verspürte den unbezwingbaren Wunsch, Simkin an der Gurgel zu packen und zu würgen. »Deine Spielchen sind nicht mehr lustig.«

Der stutzerhafte junge Mann warf Mosiah unter halbgesenkten Lidern einen raschen Blick zu, richtete sich plötzlich auf, glättete sein Haar und veränderte seine Kleidung zu einem sehr ordentlichen und konservativen Anzug aus grauer Seide, mit weißer Spitze, Perlenknöpfen und einer geschmackvollen Krawatte in Mauve. Während er die Spitzenmanschetten zurechtzupfte, bemerkte er: »Ich hatte keine Ahnung von diesem Verdacht. Du hättest dich früher äußern sollen. Saryon war der Verräter, wie ich gleich gesagt habe. Bestimmt verfügt Prinz Garald über Quellen, um den wahren Sachverhalt herauszufinden? Frag ihn, wenn du mir nicht glaubst.«

»Ich glaube dir nicht und habe schon gefragt«, antwortete Mosiah grimmig. »Und niemand weiß etwas – falls es etwas zu wissen gibt ...«

»Oh, das gibt es«, warf Simkin ein.

Mosiah schüttelte aufgebracht den Kopf. »Was deine Behauptung angeht, daß der Katalyt uns verraten haben soll, so kenne ich die verrückte Geschichte, die du über Saryon und Joram zusammengereimt hast, und ich glaube kein Wort davon. Pater Saryon ist kein Verräter ...«

» ... ich dagegen schon eher, meinst du das?« Mit einer gezierten Handbewegung griff Simkin ein Schnupftuch aus orangefarbener Seide aus der Luft und betupfte sich die Nase. »Du hast natürlich recht«, sagte er ungerührt. »Ich hätte euch verraten, aber erst, sobald es langweilig geworden wäre. Wie sich herausstellte, bestand keine Gefahr in der Richtung. Du mußt zugeben, wir hatten enorm viel Spaß damals im guten alten Merilon.«

»Pah!« Mosiah wandte den Blick von dem selbstgefälligen Simkin ab und spähte aus dem Schutz der magischen Hülle in das Unwetter hinaus. »Ich wußte nicht, daß die Grenzlande von solchen Stürmen heimgesucht werden. Wie lange wird er dauern?« fragte er betont sachlich, um keinen Zweifel daran aufkommen zu lassen, daß er nur mit Simkin sprach, weil er eine nüchterne Auskunft bekommen wollte. »Und fasse dich kurz!« fügte er barsch hinzu.

»Werden sie nicht und ziemlich lange«, antwortete Simkin.

»Wie? Drück dich gefälligst deutlicher aus.«

»Ich sollte mich doch kurz fassen.« Simkin war beleidigt.

»Na ja, vielleicht nicht *so* kurz«, lenkte Mosiah ein, der sich zunehmend unbehaglich fühlte. Obwohl es fast Mittag war, war es dunkel wie in der Nacht und wurde immer dunkler, und auch wenn er hinter dem magischen Schild nichts spürte, merkte er doch, daß die Gewalt des Sturms nicht ab- sondern zunahm. Es kostete ihn mehr und mehr Leben, die schützende Hülle aufrechtzuerhalten; er spürte, wie seine Kräfte schwanden, und wußte, daß er bald den Rückzug antreten mußte.

»Hast du vor, mich weiterhin zu beleidigen?« wollte Simkin wissen. »Wenn ja, sage ich kein Wort.«

»Nein«, brummte Mosiah.

»Und es tut dir leid, daß du mich des Verrats bezichtigt hast?«

Mosiah antwortete nicht.

Simkin verschränkte die Hände auf dem Rücken und schaute in den tobenden Sturm hinaus. »Ich frage mich, wie weit man da draußen wohl kommt, bevor man mit einem etwas unangenehm harten Gegenstand Bekanntschaft macht, einem Baumstamm zum Beispiel ...«

»Schon gut, es tut mir leid!« sagte Mosiah verdrossen. »Und jetzt raus mit der Sprache!«

»Ich will mal nicht so sein.« Simkin schniefte. »In den Grenzlanden hat es *nie* Unwetter gegeben. Hängt mit der magischen Barriere zusammen. Was deshalb diesen ganz besonderen Sturm angeht, sagt mir eine Vorahnung, daß er so bald nicht nachlassen wird. Vermutlich dauert er länger, als uns allen lieb sein kann.«

Die letzten Worte sprach Simkin mit gedämpfter Stimme und ungewohnt ernster Miene. »Ist es möglich, in diesem Ding zu gehen?« fragte er plötzlich. »Kannst du es bewegen und uns mit?«

»Ich – ich glaube schon«, antwortete Mosiah zögernd. »Aber es wird eine Menge Kraft kosten, und ich habe ohnehin nicht mehr viel Reserven ...«

»Keine Sorge. Wir werden uns nicht mehr lange hier aufhalten«, fiel ihm Simkin ins Wort. »In die Richtung, wenn's recht ist.« Er streckte den Arm aus.

»Du könntest mir eigentlich helfen, den Schild aufrechtzuerhalten!« beschwerte sich Mosiah, während sie mühsam durch den Sand stapften. Er hatte nicht die leiseste Ahnung, wohin sie unterwegs waren, denn von der Umgebung war nicht das geringste zu erkennen.

»Vollkommen unmöglich.« Simkin schüttelte den Kopf. »Viel zu erschöpft. Der Trick, sich die Kleider vom Leib pusten und dann verkehrtherum wieder anzuziehen, ist ganz schön kräftezehrend. Außerdem ist es nicht mehr weit.«

»Was ist nicht mehr weit?«

»Die Statue des Katalyten natürlich. Ich dachte, deshalb wärst du hergekommen?«

»Woher ...? Ach, vergiß es.« Mosiah taumelte, als der Sand unter seinen Füßen nachgab. »Du hast gesagt, du kämest oft hierher. Warum? Aus welchem Grund?«

»Um dem Katalyten Gesellschaft zu leisten«, erwiderte Simkin und musterte seinen Begleiter mit einem Ausdruck von Selbstgerechtigkeit. »Wozu du offenbar keine Zeit hast. Nur weil der arme Mann zu Stein verwandelt worden ist, heißt das noch lange nicht, daß er keine Gefühle mehr hat. Muß fürchterlich langweilig sein, den ganzen Tag dazustehen und ins Nichts zu starren. Wenn die Tauben, die sich einem auf den Kopf setzen, wenigstens gute Unterhalter wären, aber leider – keine Spur von *esprit*. Außerdem kann ich mir vorstellen, daß es kitzelt, wenn sie auf einem herumtrippeln, was meinst du?«

Mosiah rutschte aus und fiel hin, Simkin half ihm wieder auf die Füße. »Nicht mehr weit«, tröstete er. »Wir sind gleich da.«

»Und worüber redet ihr so?« erkundigte sich Mosiah, von einem vagen Schuldgefühl geplagt. Er wußte, daß die zur Wandlung Verurteilten eigentlich noch lebendig waren, doch war ihm nie der Gedanke gekommen, daß es möglich und erwünscht sein könnte, zu ihnen zu sprechen oder ihnen ein gewisses Maß an menschlicher Anteilnahme zu bezeigen.

»Worüber wir reden?« Simkin blieb einen Moment stehen, um sich zu orientieren, obwohl es Mosiah ein Rätsel war, wie er es fertigbrachte, sich in der Dunkelheit und umtost vom aufgewirbelten Sand zurechtzufinden. »Gut. Die Richtung stimmt. Nur noch ein paar Schritte. Also – worüber wir reden. Nun, ich versorge unseren felsenfesten Freund mit dem aktuellsten Hofklatsch. Ich führe ihm meine neuesten Kreationen vor, obwohl es mich schon deprimiert, daß er alles mit sozusagen versteinerter Miene an sich vorüberziehen läßt. Und ich lese ihm vor.«

»Wie bitte?« Mosiah, der stoisch einen Fuß vor den anderen gesetzt hatte, hielt inne, teils um Atem zu schöpfen und neue Kräfte zu sammeln, teils vor Erstaunen. »Du *liest ihm vor*? Was denn? Religiöses? Mathematisches? Ich kann mir nicht vorstellen, daß ausgerechnet du ...«

» ... daß ausgerechnet ich mich soweit vergesse?« Simkin zog eine Augenbraue in die Höhe. »Wie recht du hast! Brrr! Logarithmen! Hymnen!« Er wurde blaß bei dem Gedanken und fächelte sich mit dem orangefarbenen Schnupftuch Luft zu. »Nein, nein. Ich lese ihm allerlei Vergnügliches vor, damit er guten Mutes bleibt. Unter anderem habe ich einen dicken Wälzer ausgegraben von diesem unheimlichen produktiven Knaben aus der alten Zeit. Echt unterhaltend. Ich spiele natürlich alle Rollen. Paß auf, ein paar Sachen habe ich auswendig gelernt.« Simkin stellte sich in Positur. »›Doch leise! Ein Licht fällt durch das Fenster dort. Dem Morgen graut's, und Julia verlor die Kerze. Ein Pferd! Ein Pferd! Ein Königreich für ein Pferd!‹« Er krauste die Stirn. »Ich glaube, das stimmt nicht ganz. Klingt irgendwie komisch. Na, was soll's.« Mit einem Schulterzucken fuhr er fort: »Oder, wenn wir nicht in gelehrsamer Stimmung sind, lese ich ihm daraus vor.«

Aus dem Nichts erschien ein ledergebundenes Buch in seiner ausgestreckten Hand, das er Mosiah reichte. »Hier. Schau's dir an.«

Mosiah fing an zu blättern. Seine Augen wurden groß und größer, er klappte das Buch zu und starrte Simkin entrüstet an. »Das ist ja widerlich. Du willst doch nicht sagen, daß du diesen – diesen Schmutz ...«

»Schmutz! Du Ignorant! Das ist Kunst!« Simkin entriß Mosiah das Buch und überantwortete es den höheren Sphären. »Du kannst mir glauben, es bewahrte ihn davor zu verzweifeln ...«

»Bewahrte? Was soll das heißen ›bewahrte‹?« fiel

Mosiah ihm ins Wort. »Warum in der Vergangenheitsform?«

»Weil ich fürchte, daß unser Katalyt jetzt Vergangenheit ist«, antwortete Simkin. »Beweg den Schild noch ein Stückchen weiter. Da, genau vor deinen Füßen.«

»Mein Gott!« flüsterte Mosiah entsetzt. Er hob den Blick zu Simkins Gesicht. »Nein, das kann nicht sein!«

»Ich fürchte, es ist so, alter Freund.« Simkin schüttelte betrübt den Kopf. »Nach meiner Ansicht gibt es keinen Zweifel daran, daß diese Trümmer, diese Steine alles sind, was von unserem bedauernswerten Freund übriggeblieben ist.«

Mosiah kniete nieder. Geschützt von dem magischen Schild, wischte er den Sand von einem Trümmerstück, das ihm der Kopf der Statue zu sein schien. Plötzlich mußte er blinzeln, weil ihm die Tränen in die Augen stiegen. Er hatte gehofft, Simkin möchte sich geirrt haben, doch jetzt konnte auch er nicht mehr daran zweifeln, daß es sich um Saryon handelte – an die gütigen, etwas weltfremden Züge erinnerte er sich nur zu gut.

»Wie konnte das geschehen?« stieß er traurig und erzürnt hervor. »Wer ist dazu fähig? Ich wußte gar nicht, daß es möglich ist, den Zauber zu brechen ...«

»Ist es auch nicht.« Simkin lächelte eigenartig.

Mosiah stand auf. »Ist es nicht?« wiederholte er und fixierte Simkin argwöhnisch. »Woher weißt du das? *Was* weißt du überhaupt?«

Simkin zuckte mit den Schultern. »Nur, daß dieser Zauber nicht rückgängig gemacht werden kann. Überleg doch. Die Beobachter stehen seit Hunderten von Jahren hier. Während dieser Zeit hat nichts und niemand es vermocht, sie zu verändern oder wieder lebendig zu machen.« Er deutete auf die Trümmer im Sand. »Ich habe hier gestanden und zugesehen, wie

Xavier der Schreckliche und seine munteren Gesellen sich mit Hammer und Meißel an den steinernen Händen unseres Freundes zu schaffen machten, weil sie es auf das Dunkle Schwert abgesehen hatten. Alles, was sie für ihre Mühe ernteten, waren Schutt und Splitter. Ich sah den *DKarn-Duuk'est* einen Bannspruch nach dem anderen gegen Saryon schleudern, und außer daß er ein paar Tauben in Brand setzte, bewirkte er überhaupt nichts. Und doch finden wir die Statue jetzt vollkommen zerschmettert, obwohl nicht einmal die stärksten Zauber eines der mächtigsten Magier der Welt ihr etwas anhaben konnten.«

Mosiah fröstelte. Trotz der schützenden Hülle spürte er, wie die Temperatur außerhalb sank. Sein Mund war trocken, und je länger er sich an diesem ungastlichen Ort aufhielt, desto stärker wurde das Gefühl des Unbehagens. »Was sonst weißt du ...«

»Da drüben. Ich werd's dir zeigen«, unterbrach ihn Simkin und winkte auffordernd.

»Wie weit ist es?« fragte Mosiah zögernd. »Ich bin nicht sicher, wieviel länger ich noch ...«

»Du machst es ausgezeichnet. Der Schild hält noch. Geh weiter, immer geradeaus.«

Mosiah gehorchte. Er versuchte, den Sandbuckeln auszuweichen, von denen er annahm, daß es Teile der zerbrochenen Statue waren. Daß Saryon tot war, bezweifelte er nicht. Eigentlich hätte er Trauer oder Erleichterung empfinden müssen, aber das einzige, was er fühlte, war eine dumpfe Benommenheit und die wachsende Furcht, daß die Ordnung der Dinge aus den Fugen geraten war.

»Dort!« Simkin blieb stehen und stutzte die Hände in die Hüften.

Als Mosiah seinem Blick folgte, erstarrte ihm das Blut in den Adern, und ihn überlief ein eiskalter Schauer.

Garald hatte die Grenze als einen Streifen wogender, tanzender Nebel beschrieben. Was Mosiah sah, war eine wirbelnde Masse häßlicher, grünlich-schwarzer Wolken, gesäumt von flackernden Blitzen. Der Sturm riß den Sand in kreiselnden Fontänen vom Boden, saugte ihn ein und spie ihn wieder aus seinem brodelnden Schlund. Es wirkte, wie das Ein- und Ausatmen eines lebenden Wesens. Mosiah spürte, wie sein magischer Schild nachgab.

»Mein Leben ist aufgebraucht!« Er rang nach Atem. »Ich kann den Schild nicht länger aufrechterhalten!«

»Transversale!« meinte Simkin beherrscht. »Und schnell!«

Sie machten kehrt und liefen stolpernd durch den tiefen Sand. Simkin führte, und Mosiah hatte keine andere Wahl, als sich ihm anzuvertrauen; allein wäre er verloren gewesen.

»Wir sind fast da!« schrie Simkin und umklammerte Mosiahs Oberarm, als der junge FeldMagus zusammenbrach. Mit Simkins Hilfe erhob er sich wieder, aber der Schild verschwand. Sand prasselte gegen ihre ungeschützten Körper; der Sturm heulte und pfiff ihnen in die Ohren, trommelte mit gewaltigen Fäusten auf sie ein, zerrte sie rückwärts in das tosende Inferno und stieß sie mit der nächsten Bö brutal auf die Knie.

Mosiah konnte nichts sehen, er konnte nichts hören. Alles war Lärm und Tumult, Dunkelheit und Sand.

Und dann gesegnete Stille.

Mosiah öffnete die Augen und sah sich verwundert um. Er hatte gar nicht gespürt, wie die Transversale sich um ihn schloß, und doch war er hier, wieder in Radisoviks Studierzimmer, zusammen mit Simkin, der mit dem orangefarbenen Schnupftuch vor Nase und Mund noch alberner aussah als gewöhnlich.

Kardinal Radisovik hatte sich von seinem Stuhl erhoben und betrachtete die beiden Ankömmlinge erstaunt.

»Was ist geschehen?« fragte er, kam hinter dem Tisch hervor und geleitete den blassen, zitternden Mosiah zu einem Stuhl. »Beruhige dich! Wo bist du gewesen? Ich werde gleich Wein bringen lassen ...«

»Die Grenz – Grenzlande!« stammelte Mosiah, der sich erfolglos bemühte, sein Zittern zu unterdrücken. Er sprang auf, ohne dem beruhigenden Zureden des Kardinals Beachtung zu schenken. »Ich muß Prinz Garald sprechen! Wo ist er?«

»Im Kriegszimmer, glaube ich«, antwortete Radisovik. »Aber warum? Was gibt es denn?«

»Dieses Halstuch«, ließ Simkin sich vernehmen, während er in einem goldgerahmten Spiegel an der Wand seine Erscheinung begutachtete, »dieser Farbton ... Mauve zu Grau – absolut geschmacklos!«

Sharakan rüstet sich zum Krieg

Das Kriegszimmer war eigentlich ein großer Ballsaal in einem Flügel des königlichen Schlosses zu Sharakan. Im Unterschied zu dem prachtvollen, schwebenden Kristallpalast Merilons, gründete das Schloß in Sharakan fest in der Erde. Der schmucklose Granitbau war ebenso schlicht, nüchtern und pragmatisch wie die Bürger der Stadt und ihre Herrscher.

Das Schloß war ursprünglich ein kleiner Berg gewesen, den Steinbildner aus der Kaste der *Pron-alban* zu einer trutzigen, ausgesprochen düsteren Festung ausgebaut hatten. Spätere Herrscher drückten der Residenz ihren eigenen Stempel auf – milderten die schroffen Linien der Befestigungsanlagen, ließen im Innenhof einen Garten anlegen, der als der schönste von ganz Thimhallan galt, und machten sie ganz allgemein zu einem wohnlicheren Ort.

Aber das Schloß war immer noch eine Festung, die den Ruhm für sich in Anspruch nehmen konnte, nie gestürmt worden zu sein, nicht einmal während der verheerenden Kämpfe der Eisenkriege, denen unter anderem die Paläste von Zith-el und Merilon zum Opfer gefallen waren. Daher hatte Prinz Garald keine Schwierigketien gehabt, das Schloß in ein bewaffnetes Militärlager zu verwandeln, um dort Hexenmeister und Katalyten aus Stadt und Umgebung in der Kriegskunst auszubilden. In die Stadt selbst rief er die Nigromanten aus ihrem Exil im Außenland und beauftragte sie, Waffen, Belagerungsmaschinen und anderes Kriegsgerät zu konstruieren.

Auch die Bürger Sharakans bereiteten sich auf die bevorstehenden Kampfhandlungen vor. Die Illusionen verschwendeten ihre Energien nicht mehr auf die Komposition lebender Bilder oder die Ausschmükkung von Sonnenuntergängen, sondern konzentrierten sich darauf, schreckenerregende Trugbilder und grausige Phantasmen zu erschaffen, die in das Gehirn des Feindes drangen und ebensoviel oder mehr Schaden anrichteten als ein Pfeil, der den Körper durchbohrte.

Die Gilden der *Pron-alban*, Steinbildner, Holzbildner, Stoffbildner und so weiter, wandten ihre Aufmerksamkeit von den alltäglichen Pflichten ab und den Erfordernissen des Krieges zu. Die Steinbildner verstärkten die Mauern der Stadt, für den Fall, daß das Undenkbare eintrat und Xavier sein gegebenes Wort brach, die auf dem Feld der Ehre erkämpfte Entscheidung zu akzeptieren. Die Holzbildner taten sich mit den Adepten des Neunten Mysteriums zusammen, um Speere, Pfeile und die Belagerungsmaschinen herzustellen.

Hand in Hand mit den Nigromanten zu arbeiten

kostete einige der Bildner nicht geringe Überwindung. Obwohl in ihren Ansichten über Technik und Technologie liberaler als die meisten Bewohner Thimhallans, waren auch die Magi Sharakans in dem Glauben aufgewachsen, daß eine extensive Nutzung von Technik der erste Schritt auf dem Weg ins Reich des Todes wäre, also zum Verlust der magischen Lebenskraft führte. Nur die Liebe zu ihrem Prinzen, die Loyalität ihrem Herrscher gegenüber sowie die Überzeugung, daß dieser Krieg unvermeidlich war, um ihre Kultur und ihre Eigenständigkeit zu bewahren, bewog die Bürger von Sharakan, die Zähne zusammenzubeißen und zu tun, was als Todsünde galt: dem Leben zu gewähren, das kein eigenes Leben besaß.

Doch im Lauf der gemeinsamen Arbeit stellten die *Pron-alban* erstaunt und erfreut fest, daß Technik unleugbare Vorteile hatte und in Verbindung mit Magie sehr gut dazu taugte, viele praktische und nützliche Dinge zu erschaffen – die Ziegelhäuser, die Kardinal Radisovik so imponierten, zum Beispiel. Während die *Pron-alban* und die Nigromanten arbeiteten, sorgten die *Sif-Hanar* für gleichbleibend schönes Wetter in der Stadt, ohne zu vergessen, die umliegenden Felder mit genügend Regen zu versorgen, um eine reiche Ernte zu gewährleisten. Sollte es zu einer Belagerung kommen, würden die Hexenmeister und Katalyten keine Energie für die Erschaffung von Lebensmitteln erübrigen können.

Die Oberschicht Sharakans, die *Albanara*, bereiteten sich ebenfalls auf den Krieg vor – auf ihre Weise. Die Gutsbesitzer unter ihnen ließen ihre FeldMagi besonders hart arbeiten. Wer über ein wenn auch noch so bescheidenes Talent als Bildner verfügte, meldete sich als freiwilliger Helfer der Gildewerker. Der Einfall machte rasch Furore. Bald war es nicht mehr ungewöhnlich, einen Marquis zu sehen, der seine magischen Kräfte darauf verwandte, einen Riß in der Stadtmauer zu reparieren, oder einen Baron dabei beobachten zu können, wie er vergnügt in der Schmiede den Blasebalg betätigte. Die vornehmen Herrschaften amüsierten sich großartig, wenn sie eine Stunde pro Woche im Schweiße ihres Angesichts schufteten, um dann erschöpft nach Hause zu wanken, ein ausgiebiges heißes Bad zu nehmen und sich zu ihrem opferbereiten Patriotismus zu gratulieren. Leider waren sie eher eine Last als eine Hilfe für die Gildewerker, denen trotzdem nichts anderes übrigblieb, als sich in Geduld zu fassen und zu retten, was zu retten war, nachdem die ›Patrioten‹ die Arbeit halbfertig oder verpfuscht liegengelassen hatten.

Die aristokratische Damenflor Sharakans war nicht weniger enthusiastisch, wenn es darum ging, in diesen schweren Zeiten Opfer zu bringen. Viele stellten die Dienste ihrer privaten Katalyten und HausMagi der Sache zur Verfügung. Das erforderte wahren Idealismus. Sich ›eigenhändig die Haare gemacht‹ zu haben galt als schick, und die Baronin, die mit einem kleinen Seufzer äußern konnte: Sie habe einfach nicht genug Leben, um *Schwanenfalle* spielen zu können, da ihr Katalyt in den Palast beordert worden sei, um dort das Kämpfen zu lernen, wurde von den weniger glücklichen Damen, deren Katalyten man als untauglich abgewiesen hatte, mit schlecht verhohlenem Neid betrachtet.

Prinz Garald wußte von diesen absurden Vorfällen und sah darüber hinweg. Der Marquis, der drei Stunden brauchte, einen kleinen Stein in die Mauer zu passen, hatte sein halbes Vermögen der Kriegskasse gespendet, und der Baron am Blasebalg lieferte aus seinen Speichern genügend Vorräte, um die ganze

Stadt einen Monat lang zu ernähren. Garald war durchaus zufrieden mit der Art und Weise, wie seine Untertanen sich für den bevorstehenden Konflikt rüsteten. Er selbst war unermüdlich tätig; wenn er nicht als Ausbilder fungierte, arbeitete er daran, seine eigenen Kenntnisse zu erweitern.

Wenn Garald einen heimlichen Wunsch im Leben hatte, dann den, ein Hexenmeister zu sein. Weil das nicht möglich war – er gehörte zur Kaste der *Albanara* –, tat er das nächstbeste und verschrieb sich mit Leib und Seele dem Krieg. Seine Studien betrieb er mit solchem Eifer, daß er fast ebenso beschlagen war wie die Magi Bellorum, jene Hexenmeister, die ihr Leben lang in der Kriegskunst geschult wurden. Der Prinz errang den Respekt dieser Männer und Frauen – kein leichtes Unterfangen –, und im Gegensatz zu anderen Staaten, wo die Magi froh waren, wenn der König sich nicht in ihre Arbeit einmischte, waren die von Sharakan dankbar über ihres Prinzen Rat und Hilfe. Mit ihnen zusammen unterrichtete er die Novizen und die ihnen zugeteilten Katalyten in den Kampftechniken. Die Strategie für diesen Krieg hatte er entwickelt, und er wollte auch den Oberbefehl am Spielbrett übernehmen, sobald die Kampfhandlungen begannen – eine Entscheidung, die widerspruchslos akzeptiert wurde, denn die Magi Bellorum erkannten ein Naturtalent, wenn sie es sahen.

Aus diesem Grund wußte Kardinal Radisovik genau, wo er Prinz Garald finden würde. Der Prinz war praktisch ganz in den jetzt Kriegszimmer genannten Saal umgesiedelt. Als Mosiah, der Kardinal und Simkin (mit pinkfarbenem Schlips) sich dem Gebäude näherten, konnten sie hören, wie Garalds Stimme unter der hohen, kunstvoll bemalten Decke widerhallte.

»Alle Katalyten nehmen jetzt ihre Positionen ein,

rechts oder links von ihrem Hexenmeister, je nachdem welche Seite er vorzieht.« Eine Pause, ausgefüllt mit halblautem Gemurmel, als die Hexenmeister ihren Helfern erklärte, ob sie Rechts- oder Linkshänder waren. Dann erhob sich wieder Garalds Stimme: »Katalyten, euer Platz ist etwa fünf Schritte seitlich und fünf Schritte hinter eurem Magus.« Seinen Worten folgten die Geräusche von aufgeregtem Hin und Her. An den offenen Flügeltüren des Ballsaals angelangt, konnten die drei sehen, wie die Katalyten und Hexenmeister sich zu ihrer eigenen Art von Tanz gruppierten, auf demselben Boden aus poliertem Marmor, der vor noch nicht allzulanger Zeit unter den Füßen weniger todbringender Paare geschimmert hatte.

Sobald alle ihre Positionen eingenommen hatten, schritt der Prinz an den langen Reihen rotgekleideter Hexenmeister und graugewandeter Katalyten entlang und inspizierte sie. Zwei in schwarze Kutten gehüllte *Duuk-tsarith* – des Prinzen persönliche Leibwache – folgten ihm schweigend, die Hände vor dem Leib gefaltet, wie es die Ordensregel vorschrieb.

»Die korrekte Position des Katalyten ist im Kampf von grundlegender Bedeutung«, fuhr der Prinz mit dem Unterricht fort, während er hier einem Katalyten winkte vorzutreten und dort einem anderen bedeutete, sich etwas weiter hinten zu postieren.

»Es ist die Aufgabe des Katalyten, dem Hexenmeister während des Kampfes Leben zu gewähren. Also muß der Abstand zwischen beiden so bemessen sein, daß er ein Exeunt öffnen und die Magfie von sich in seinen Partner einströmen lassen kann. Weil das die ungeteilte Konzentration und Aufmerksamkeit des Katalyten erfordert, hat er keine Möglichkeit, sich zu verteidigen. Daraus erklärt sich seine Position einige Schritte hinter dem Hexenmeister, der ihn mit einem magischen Schild oder anderen geeigneten Mitteln vor Angriffen schützen wird.

»Ein kluger Gegner wird selbstverständlich bestrebt sein, den Katalyten seines Opponenten bei der ersten sich bietenden Gelegenheit außer Gefecht zu setzen. Ihr Hexenmeister habt die üblichen Gegenmaßnahmen gelernt, die wir später noch üben werden. Heute möchte ich das Augenmerk auf eine Fähigkeit der Katalyten lenken, die oft übersehen wird. Nicht nur verfügt ihr Katalyten über die Gabe, Leben zu gewähren, ihr seid auch in der Lage, einem Feind Leben zu entziehen und diese zusätzliche Energie eurem Partner zuzuleiten. Von dieser Gabe Gebrauch zu machen erfordert ein präzises Urteilsvermögen und einen scharfen Blick, denn ihr müßt sicher sein, daß euer Mitstreiter genug Leben besitzt, um eine Zeitlang ohne eure Hilfe auszukommen, und ihr müßt auch erkennen, wann ein gegnerischer Hexenmeister so abgelenkt ist, daß man ihn überrumpeln kann. Die Gefahr besteht darin, daß der Angegriffene natürlich sofort bemerkt, daß ihm Leben entzogen wird und sich zur Wehr setzt. Deshalb müßt ihr schnell zuschlagen und eure ganze Energie auf diesen Coup konzentrieren.«

Nachdem er seine Inspektion beendet hatte, erhob sich Garald vom Boden, um aus der Luft seine Truppen mustern zu können. »Die beiden vorderen Reihen stellen sich einander gegenüber auf. Ihr übrigen tretet zurück. Du dort! Paß gefälligst auf. Ihr alle kommt noch früh genug an die Reihe. Übrigens erwarte ich von denen, die jetzt zuschauen, daß sie gleich beim erstenmal perfekt agieren, da man ihnen bereits vorgeführt hat, wie's gemacht wird. Hexenmeister – Gefechtszauber der dritten und vierten Ordnung. Ihr könnt die Formeln beruhigt aussprechen, das Zimmer ist mit einem Dispersionszauber geschützt. Ihr Katalyten versucht, ob es euch gelingt, dem ›Feind‹ Leben zu entziehen.«

Ein Gewirr von Stimmen erhob sich, Feuer wurde beschworen, Blitz und Donner, als die Magier die ›Schlacht‹ eröffneten. Schräg hinter ihnen stehend, wie es vorgeschrieben war, begannen die Katalyten mit der kniffligen Aufgabe, Leben zu nehmen, statt es zu geben. Die meisten von ihnen waren nicht sehr erfolgreich. Zwar gehörte die Technik zur Ausbildung eines Katalyten im Baptisterium, aber die wenigsten hatten je erlebt, wie sie angewendet wurde, und keiner war je in die Verlegenheit gekommen, selbst Gebrauch davon zu machen, da in Thimhallan seit Generationen Frieden herrschte. Einige entzogen irrtümlich ihren eigenen Hexenmeistern Leben. Andere konnten sich nicht an die Worte der Beschwörung erinnern, die ihnen die Macht verlieh, und ein bedauernswerter junger Katalyt war so verwirrt, daß er aus Versehen seine eigene Kraft aufzehrte und ohnmächtig zu Boden fiel.

Mosiah beobachtete das Treiben mit offenem Mund, derart fasziniert, daß er vergaß, weshalb er eigentlich gekommen war. Er hatte nie zuvor mit militärischen Dingen zu tun gehabt, und bisher war das Gerede von Krieg für ihn nichts weiter gewesen als eben Gerede. Jetzt rückte es in den Bereich der Realität, und ein erregtes Prickeln lief durch seinen Körper. Wie Garald sehnte auch er sich danach, ein Hexenmeister zu sein, jedoch war Mosiah zwar ein talentierter Magus, aber nicht zum Mysterium des Feuers geboren, der Gabe des Almin für die Berufenen. Garald hatte Mosiah allerdings versprochen, ihn unter die Bogenschützen einzureihen, da er bereits mit Pfeil und Bogen umzugehen verstand. Mit ihrer

Ausbildung sollte demnächst begonnen werden, und plötzlich glaubte Mosiah es nicht mehr erwarten zu können.

Der junge FeldMagus mochte den Zweck seines Kommens vergessen haben – Kardinal Radisovik nicht. Unterwegs hatte er Mosiah und Simkin ausgehorcht. Die beiden erzählten, was sie in den Grenzlanden gesehen hatten, und der Kardinal lauschte äußerlich ruhig dem Bericht über die merkwürdigen und unnatürlichen Ereignisse. Tatsächlich legte er eine solche Gelassenheit an den Tag, daß Mosiah sich beschämt fühlte, denn er glaubte mehr und mehr, daß er sich von einem – wie Simkin es ausdrückte – Zyklon im Teetopf hatte erschrecken lassen.

In Wirklichkeit war Radisovik jedoch zutiefst beunruhigt, und als die Übung unterbrochen wurde, um den bewußtlosen Katalyten hinauszutragen, nutzte er die Gelegenheit, sich Prinz Garald zu nähern, nachdem er Mosiah und Simkin ein Zeichen gegeben hatte, ihm zu folgen.

Sobald er des Kardinals ansichtig wurde, schwebte Garald respektvoll zu Boden, dem Radisovik wie alle Katalyten unabänderlich verhaftet war. Der Prinz trug dieselbe Kleidung – enganliegende Hose und ein weißes Hemd mit weiten, gebauschten Ärmeln –, die er anhatte, wenn er sich im Fechten übte. Er galt als ausgezeichneter Fechter. Obwohl er sich ihnen mit dem gewinnenden Lächeln und Eleganz in Haltung und Bewegung näherte, die dem gutaussehenden jungen Mann von Natur aus eigen waren, verriet die steile Falte zwischen den feingezeichneten Brauen einen gewissen Unmut.

»Nun, Kardinal Radisovik«, wandte sich Prinz Garald an das Oberhaupt der Kirche in Sharakan, »es tut mir leid sagen zu müssen, daß ich von Euren Schäfchen ganz und gar nicht begeistert bin.«

Radisovik lächelte mild. »Habt Geduld, Euer Gnaden«, meinte er beschwichtigend. »Was den Krieg anbetrifft, sind die Katalyten Anfänger. Sie werden lernen. Außerdem glaube ich mich an eine Zeit erinnern zu können, als Ihr selbst Anfänger in der Kunst des Fechtens wart.«

Prinz Garald warf ihm einen mürrischen Blick zu. »Kommt schon, Radisovik. So schlecht war ich nun auch wieder nicht.«

»Wenn ich zurückdenke, sehe ich Euch ins Klassenzimmer kommen, über das Schwert stolpern und mit einem Plumps ...«

»Das ist nicht wahr!« fiel Garald ihm mit hochrotem Gesicht ins Wort. Als er Radisoviks strengen Blick auf sich ruhen fühlte, zuckte er mit den Schultern. »Also gut, ich bin gestolpert, aber ich bin *nicht* ... Ach, von mir aus sollt Ihr recht haben!« Er grinste reuevoll, richtete sich auf, und man konnte förmlich sehen, wie die gereizte Stimmung von ihm abfiel. »Und es stimmt natürlich, ich bin zu ungeduldig. Mosiah, ich freue mich, dich wieder einmal zu sehen.« Er wandte sich ausdrücklich dem jungen FeldMagus zu, begrüßte ihn mit einem liebenswürdigen Lächeln und streckte ihm die Hand entgegen, nicht zum Kuß, sondern als freundschaftliche Geste. »Es geht dir gut, hoffe ich? Wie geht es in der Schmiede voran?«

Im Lauf seiner inzwischen einige Monate dauernden Bekanntschaft mit dem Prinzen hatte Mosiah seine ehrerbietige Scheu vor diesem Mann soweit überwunden, daß er in der Lage war, seine Hand zu drücken und ohne Befangenheit auf seine Fragen zu antworten. An die Stelle der anfänglichen Ehrfurcht war Respekt getreten, Bewunderung und Liebe. Es war für Mosiah nicht schwer zu verstehen, weshalb der Prinz in Sharakan so beliebt war, daß man ihm widerspruchslos in den Krieg folgte. Man würde ihm auch folgen, wenn er verkündete, sich von einer Klippe ins Meer stürzen zu wollen.

»Simkin«, Garald wandte sich an den flaumbärtigen jungen Mann, »ich finde deinen Aufzug ungewöhnlich trist. Fühlst du dich nicht gut?«

»Angelegenheiten von schwerwiegendster Bedeutung, Euer Gnaden«, erwiderte Simkin in einem Ton, der einem altgedienten Leichenbitter zur Ehre gereicht hätte.

Ein Lächeln spielte um Garalds Lippen. Mit hochgezogenen Augenbrauen wartete er darauf, die Pointe eines von Simkins berüchtigten Scherzen zu hören, doch ein Blick in Radisoviks Gesicht warnte ihn, daß es sich tatsächlich um etwas besonders Wichtiges handelte.

»Die Leute sollen zum Mittagessen gehen«, befahl Garald einem der Magi Bellorum, der nicht weit von ihm entfernt in der Luft schwebte. »In einer halben Stunde machen wir weiter. Sollte ich bis dahin nicht zurück sein, laßt sie diese Übrung wiederholen.«

»Zu Befehl, Euer Gnaden.« Der Hexenmeister verneigte sich tief, die Hände in den weiten Ärmeln seiner roten Kutte verborgen.

Der Kardinal und die beiden jungen Männer folgten dem Prinzen aus dem Kriegszimmer, in dem erleichterte Seufzer und fröhliche Stimmen widerhallten. Das Schloß war ein weitläufiges Gebäude mit unendlich vielen Zimmern, Kammern, Sälen und Gemächern und es bereitete dem Prinzen keine Schwierigkeiten, einen Raum zu finden, der sich für vertrauliche Gespräche eignete.

Sie traten in ein offenbar lange ungenutztes, leeres und fensterloses Gemach. Mit einem Wink seiner Hand erweckte Garald Kugeln aus Licht in den Schatten unter der hohen Decke zum Leben. Die freundliche, warme Helligkeit erinnerte an Sonnenschein, der auf die Wände fiel und die Farbenpracht des Mosaikfußbodens aufleuchten ließ, auf dem in verschlungenen Mustern Blumen und Vögel dargestellt waren. Möbel gab es keine. Garald schien zu glauben, es handle sich nur um eine kurze Unterredung. In einer Haltung, die Neugier, aber auch Ungeduld verriet, wartete er darauf, daß der Kardinal zu sprechen begann.

»Ich glaube, Ihr solltet dieses Zimmer versiegeln, Hoheit«, meinte Radisovik.

Ein wenig verwundert und auch ärgerlich wegen der Zeitverschwendung, befahl Garald den beiden *Duuk-tsarith*, die ihn auf Schritt und Tritt begleiteten, die Beschwörung vorzunehmen. Als das Zimmer abgeschirmt war, wandte er sich wieder an den Kardinal. »Also gut. Worum geht es?«

Kardinal Radisovik forderte Mosiah mit einer Handbewegung auf zu sprechen.

Gehemmt von dem ungewohnten Gefühl, im Mittelpunkt der Aufmerksamkeit zu stehen, berichtete Mosiah stockend, was er in den Grenzlanden gesehen und erlebt hatte.

Je länger er zuhörte, desto ernster wurde Garalds Gesicht. Als Mosiah davon erzählte, wie er Saryons Statue zertrümmert und entweiht vorgefunden hatte, stieg dem Prinzen die Zornesröte in die Wangen.

»Ich nehme an, Ihr wißt, was das bedeutet?« wandte er sich an Radisovik und unterbrach Mosiahs Beschreibung des Unwetters, das am Gestade wütete.

»Da bin ich nicht unbedingt sicher, Hoheit«, sagte Radisovik milde, aber mit einem tadelnden Unterton in der Stimme. »Man sollte den jungen Mann zu Ende hören.«

»Mosiah weißt schon, daß ich nicht unhöflich sein will«, verteidigte sich der Prinz ungehalten »Er versteht die Wichtigkeit dieser Information ...«

»Aber der Sturm ...«

»Stürme! Es gibt immer wieder Stürme!« Der Prinz, der unruhig auf und ab ging, wischte den Einwand mit einer Handbewegung beiseite.

»Nicht in den Grenzlanden«, gab Radisovik ruhig zu bedenken.

»Das ist nicht so wichtig!« schrie Garald fast und ballte die Fäuste. Der Kardinal musterte ihn besorgt. Nachdem er tief Atem geholt hatte, erlangte der Prinz die Beherrschung zurück. »Begreift Ihr denn nicht, Radisovik! Das bedeutet, er hat es!«

»Wer hat was?« erkundigte sich Simkin mit einem Gähnen. »Hört mal, ihr könnt von mir aus hin- und herlaufen soviel ihr wollt, aber ich hatte einen anstrengenden Tag und bin unheimlich müde. Stört es euch, wenn ich mich setze?«

Er wedelte mit dem orangefarbenen Schnupftuch, und prompt erschien ein Diwan im Zimmer, auf dem er sich genüßlich der Länge nach ausstreckte, ohne sich davon stören zu lassen, daß der Kardinal ihn strafend ansah, denn niemand setzte sich in der Gegenwart des Prinzen, ohne ausdrücklich dazu aufgefordert worden zu sein.

Garald schaute Mosiah an und sagte mit aufrichtiger Herzlichkeit: »Vielen Dank, mein Freund. Für diese Nachricht stehe ich tief in deiner Schuld. Jetzt aber, wenn du uns entschuldigen willst, möchte ich mit dem Kardinal unter vier Augen ...«

»Nein, laßt sie bleiben, Hoheit«, warf Radisovik überraschend ein und trat neben den Prinzen. »Sie wissen ebensoviel über diese Angelegenheit wie wir. *Oder mehr*«, fügte er halblaut hinzu.

Der Prinz fixierte Radisovik einen Moment lang zweifelnd, dann richtete er den Blick auf Mosiah, der unbehaglich den Kopf zwischen die Schultern zog, weil er sich durchdringend gemustert fühlte. Von ihm wanderte Garalds Blick zu Simkin, dessen müßiges Räkeln ihm ein Stirnrunzeln abnötigte.

»Wie Ihr meint, Radisovik«, sagte er. »Aber ich warne euch, meine jungen Freunde: Was hier gesprochen wird, darf diesen Raum nicht verlassen!«

Mosiah brummte etwas Unverständliches vor sich hin, denn er spürte, wie sich die unsichtbaren Augen der *Duuk-tsarith* in seinen Rücken bohrten.

»Ihr könnt grenzenloses Vertrauen zu mir haben, Euer Gnaden«, versicherte Simkin träge. »Wenn's nicht stimmt, will ich tot umfallen – wenn auch nicht so plötzlich wie die Herzogin von Marlborough, die auf der Stelle entseelt zu Boden sank. Sie nahm *immer* alles so wörtlich ...«

Ein gereizter Blick Garalds veranlaßte Simkin, den Mund zu halten. Der Prinz sprach weiter: »Mosiah, hast du Jorams Schwert irgendwo bei den Trümmern der Statue liegen gesehen?«

Mosiah schüttelte den Kopf. »Nein ...«

»Seht Ihr!« Garald fuhr zu Radisovik herum.

» ... aber der Sturm tobte so heftig, daß es vielleicht unter dem Sand begraben wurde«, schloß Mosiah.

»Ja«, warf Simkin fröhlich ein. »Des Katalyten armer alter Schädel steckte drin bis zu den Augenbrauen. Wir mußten ihn ausbuddeln. Ich kam mir ein bißchen vor wie ein Grabräuber.«

Mosiah stieß ein gepreßtes Stöhnen aus und bedeckte das Gesicht mit der Hand.

»Es tut mir aufrichtig leid, Mosiah«, meinte Garald ernst. »Ich teile deinen Schmerz. Aber dies ist der Augenblick, um zu handeln und Vergeltung zu üben, nicht um zu trauern.«

»Vergeltung?« Mosiah hob verblüfft den Kopf.

»Allerdings, junger Freund«, nickte Garald grimmig. »Dein Freund Saryon wurde ermordet.«

»Aber – warum?« stöhnte Mosiah.

»Liegt das nicht auf der Hand? Das Dunkle Schwert. Ich glaube, wir können als sicher annehmen, daß es sich jetzt in der Hand unseres Widersachers befindet. Xavier ist es schließlich doch gelungen, sich die Waffe anzueignen.« Der Prinz nahm seine Wanderung durchs Zimmer wieder auf. »Narr, der ich war«, murmelte er vor sich hin. »Ich hätte besser auf der Hut sein müssen. Aber ich war überzeugt, daß er niemals einen Weg finden würde ...«

Mosiah öffnete den Mund, um etwas zu sagen, dann fiel ihm ein, daß er sich in Gegenwart seines Souveräns befand, und er schwieg. Zu seiner Verwunderung suchte Kardinal Radisovik seinen Blick und gab ihm mit einer auffordernden Geste zu verstehen, daß er sprechen sollte.

»Doch was ist mit dem Sturm, Hoheit?« fragte Mosiah schließlich nach einem zweiten drängenden Wink des Kardinals. »Er ist – er ist furchtbar!« fügte er hilflos hinzu, unfähig, Worte zu finden, um das Schreckliche zu beschreiben. »Ich hatte Angst, größere Angst als je zuvor. Nicht einmal als die *Duuk-tsarith* mich in Merlyns Hain gefangennahmen, habe ich mich so gefürchtet. Es war eine Angst, die tief aus mir kam und mich durchströmte wie Eis.«

»Einer von Xaviers Zaubern, zweifellos.«

»Nein, Hoheit!« rief Mosiah erregt. Als Garalds starre Miene ihm zu Bewußtsein brachte, daß er seinem Souverän widersprochen hatte, biß er sich auf die Zunge. »Es tut mir leid. Ich weiß, daß Kaiser Xavier sich vielleicht das Schwert angeeignet hat, bedeutet Gefahr, aber das ist nichts im Vergleich zu dem, was möglicherweise tatsächlich im Gange ist! Zuerst habe ich Simkin nicht geglaubt, aber jetzt ...« Er verstummte.

Simkin auf seinem Diwan verlustierte sich damit, sein orangefarbenes Tuch in die Luft zu blasen und auf sein Gesicht niederschweben zu lassen. Mosiah, der das selbstgefällige Lächeln auf den bärtigen Lippen bemerkte, wurde blaß vor Scham und Zorn. Er studierte verdrossen seine Fußspitzen und deshalb entging ihm der rasche Blick, den Garald und Radisovik tauschten.

»Was weißt du darüber, Simkin?« fragte Garald langsam.

»Einiges, wenn es nicht zu unbescheiden klingt.« Simkin pustete heftig und sah zu, wie das Tuch, einem herbstlichen Blatt ähnlich, sich in Spiralen auf seine Brust senkte. »Unter anderem die interessante und wenig bekannte Tatsache, daß es unserem allseits beliebten und schmerzlich vermißten Joram bestimmt ist, aus dem Reich der Toten wiederzukehren und das Ende der Welt einzuläuten.«

Der Froschprinz

Prinz Garald warf dem Kardinal einen vorwurfsvollen Blick zu. »Ich habe Wichtigeres zu tun«, bemerkte er kühl und machte auf dem Absatz kehrt. »Da Xavier jetzt das Schwert besitzt, müssen wir unsere Anstrengungen verdoppeln, solange er noch nicht weiß ...«

»Hoheit«, schnitt Radisovik ihm das Wort ab, »wenn ich Euch raten darf, nehmt Euch die Zeit, ihn anzuhören.«

Obwohl er leise sprach, klang seine Stimme fest und duldete keinen Widerspruch. Der Kardinal, ein Mann in mittleren Jahren, hatte den Prinzen aufwachsen sehen, hatte ihm den ersten Unterricht erteilt, seine spätere Erziehung überwacht, ihm behutsame Führung zuteil werden lassen und bei jedem Schritt ins Leben zur Seite gestanden. Mosiah erkannte mit plötzlicher Hellsichtigkeit, daß dieser Priester und nicht der blindlings in den Sohn vernarrte Vater es gewesen war, der den Charakter des Prinzen geformt hatte. Wie ein Druide liebevoll und sorgsam einen jungen Baum hegt und pflegt, hatte Radisovik sich des unzweifelhaft verwöhnten und störrischen Knaben angenommen und durch Liebe und gutes Beispiel zu einem verantwortungsbewußten, disziplinierten Kronprinzen erzogen. Es war die Stimme des Lehrers, des Mentors, die jetzt sprach, und es war der Schüler, der sich in widerwilligem und doch respektvollem Gehorsam herumdrehte.

»Also gut, Simkin«, meinte Garald schroff, »erzähl deine Geschichte. Schade, daß keine Kinder da sind, um das Märchen zu hören.«

»Vergebung, Hoheit«, meinte Kardinal Radisovik mit der verbindlichen Stimme des Kirchenmannes, »aber vorher möchte ich wissen, weshalb Simkin oder Mosiah uns bisher nichts davon gesagt haben. Es muß euch doch klar gewesen sein, Mosiah, daß es uns schwerfiel, die offizielle Erklärung, die von Merilon abgegeben wurde, zu akzeptieren.«

»Was war das für eine offizielle Erklärung?« erkundigte sich Simkin und blies das orangefarbene Schnupftuch von seinem Gesicht.

Ergrimmt schnappte Garald das Stück Seide aus der Luft und stopfte es in seine Schärpe. »Setz dich vernünftig hin und benimm dich gefälligst«, befahl er in so scharfem Ton, daß sich sogar Simkin die Vermutung aufdrängte, er habe möglicherweise den Bogen überspannt. Im Nu verwandelte er den Diwan in einen unbequem aussehenden Stuhl mit hoher, steifer Rückenlehne, expedierte ihn in eine Ecke des Zimmers, kleidete sich in einen kindlichen Matrosenanzug und stützte beleidigt die Stirn gegen die Wand.

Prinz Garald trat aufgebracht einen Schritt auf ihn

zu, aber Radisovik ergriff das Wort und glättete die Wogen.

»Ich bin sicher, es würde überhaupt keine offizielle Erklärung gegeben haben«, äußerte er, »wären nicht die merkwürdigen Vorfälle gewesen, die zu bizarr waren, um sie totschweigen zu können. Die Gerichtsverhandlung wurde von Vanya und Xavier im Geheimen abgehalten, und man ließ sich keine Zeit damit, das Urteil zu vollstrecken. Es war offensichtlich – die übrige Welt sollte nie etwas von der ganzen Sache erfahren. Ihr Plan wäre vielleicht aufgegangen, aber den Tod der Kaiserin konnte man weder leugnen noch vertuschen, ebensowenig Bischof Vanyas Schlaganfall oder das Verschwinden des entmachteten Kaisers. Deshalb wurde verlautbart, man hätte Joram zur Wandlung verurteilt, weil er einer ohne Leben war. Der Katalyt Saryon beschloß, in unseliger Verblendung, sich für ihn zu opfern, und Joram nutzte die Gelegenheit und versuchte zu fliehen. Als er sich von *Duuk-tsarith* umzingelt sah und begreifen mußte, daß eine Flucht unmöglich war, suchte er sein Heil im Jenseits, statt seine gerechte Strafe auf sich zu nehmen.«

»Ich glaube, mir ist etwas in dieser Richtung zu Ohren gekommen.« Simkin nuschelte, weil er den Daumen im Mund hatte.

»So ist es also nicht gewesen?«

Simkin schüttelte den Kopf.

»Woher willst du das wissen?«

»Ich war dabei«, antwortete er. »Dritte Palme von links.«

Prinz Garald stieß einen ungeduldigen Seufzer aus, doch Radisovik hob die Hand. »Sprich weiter.«

»Und wenn ich nicht will?« Auf Simkins Gesicht erschien ein Ausdruck von weinerlichem Trotz. »Man glaubt mir ja doch nicht ... Na gut, wenn Ihr darauf besteht«, lenkte er hastig ein, als er ein unheilverkündendes Knurren hinter sich hörte. Er ließ den Stuhl rasant über den Boden schlittern, bremste abrupt und wirbelte zu seinen Zuhörern herum. »Seht Ihr, das ist nämlich so – Eurer Joram war ein Prinz in Froschgestalt.« Der Kardinal sah ihn verständnislos an und Simkin erklärte: »Der Sohn der Kaiserin. Berichte über den Tod des Thronfolgers – maßlos übertrieben, gelinde gesagt.«

»Aber natürlich!« flüsterte Garald staunend. »Ich wußte, daß Joram mich an jemanden erinnerte. Dieses Haar, die Augen – seine Mutter!«

Simkin erwärmte sich für sein Thema. »Von fahrendem Volk aus der kaiserlichen Wiege gestohlen, aufgewachsen in einem Dörfchen in der ländlichen Idylle des Mittelwestens, ach ja ... Von falschen Freunden vom rechten Weg abgebracht«, Simkin bedachte Mosiah mit einem vorwurfsvollen Blick, »und auf die schiefe Bahn geraten. Mord und Metallurgie – welch tragische Verstrickung ... Das Schwert in der Hand, nichts ahnend vom blauen Blut in seinen Adern, reiste unser Frosch nach Merilon, wo er durch die Liebe einer guten Frau geläutert und von einem elenden Katalyten an Seine Schmerbäuchigkeit, Bischof Vanya verraten wurde. Von Seiner Bischöflichen Exzellenz deftig auf den Scheitel geküßt, verwandelte unser warziger Held sich in einen unbequemen Prinzen und mußte es sich gefallen lassen, zu einem Dasein als sein eigenes Denkmal verurteilt zu werden ...«

»Und eben das ergibt keinen Sinn«, unterbrach ihn Garald, an Radisovik gewandt.

Das andere etwa? fragte Mosiah sich stumm.

»Es geht noch weiter!« ließ Simkin sich vernehmen, aber Garald hörte nicht.

»Vorausgesetzt, Joram war der echte Kronprinz

Merilons, warum hat Xavier ihn nicht zum Tode verurteilt oder heimlich aus dem Weg räumen lassen? Warum die Wandlung?«

»Das will ich doch gerade erklären!« rief Simkin aufgebracht. »Wenn Ihr nur zuhören würdet! Es hängt alles mit der Prophezeiung zusammen ...«

Bei diesem Wort wandten die beiden *Duuk-tsarith* einander schweigend das Gesicht zu; es trafen sich die Blicke unsichtbarer Augen, ein Dialog ohne Worte fand statt.

»Hoffentlich bring ich's noch zusammen.« Simkin legte die Stirn in Falten. »In meinem Kopf herrscht ein solcher Kuddelmuddel ... Aha, ich hab's! So lautet die Prophezeiung: ›Dem Herrscherhaus wird ein Kind geboren werden und dann sterben. Und leben und sterben und leben und sterben, bis alle Beteiligten das Hin und Her gründlich satt haben, dem Stehaufmännchen den Hals umdrehen und es in einen tiefen Brunnen werfen.«

Prinz Garald kehrte sich mit einer schroffen Bewegung zur Tür um. »Löst das Siegel«, befahl er.

»Vergebung, Hoheit.« Einer der *Duuk-tsarith* trat vor. »Aber ich kann in dieser Angelegenheit eventuell behilflich sein.«

Der Prinz blieb stehen und musterte den Hexenmeister erstaunt. Die gefürchteten Hüter des Gesetzes von Thimhallan sprachen nur wenig, und Garald konnte sich nicht erinnern, daß je einer von ihnen unaufgefordert Informationen preisgegeben hätte.

»Ist in Eurem Orden etwas darüber bekannt? Ich habe Euch unmittelbar nach dem Vorfall befragt, und da habt ihr vorgegeben, nichts zu wissen.«

»Zu der Zeit verfügten wir über nicht mehr Informationen als Ihr selbst«, erwiderte der *Duuk-tsarith,* unberührt von der Verärgerung des Prinzen. »Wie euch bekannt ist, Hoheit, geloben die Mitglieder unseres Ordens ihrem Dienstherrn Treue und Ergebenheit. Die Brüder und Schwestern, die bei der Urteilsvollstreckung zugegen waren, stehen in den Diensten Bischof Vanyas und des Kaisers. Sie wahren über deren Belange ebenso Stillschweigen wie wir über die Eures Vaters, des Königs, und die Euren.«

»Selbstverständlich.« Garald errötete. Er wußte, er hatte die Zurechtweisung verdient. »Vergebt mir.«

»Aber wir kennen die Prophezeiung, von der der junge Mann gesprochen hat.«

»Das Kindermärchen? Leben und sterben und leben und sterben ...«

»Nein, Euer Gnaden. Die Prophezeiung ist, fürchte ich, nicht nur ein Kindermärchen. Sie stammt aus den dunklen Zeiten nach den Eisenkriegen, von dem damaligen Bischof Thimhallans und lautet: *Dem Herrscherhaus wird ein Sohn geboren werden, der tot ist und doch lebt, dem bestimmt ist zu sterben und wieder zu leben. Und wenn er wiederkehrt, hält er in seinen Händen das Ende der Welt.*«

»Na bitte. Ich war doch nah dran.« Simkin schniefte.

»Der Almin stehe uns bei.« Radisovik machte das Segenszeichen.

»Er schütze und bewahre uns!« bemerkte Garald mit Nachdruck.

»Simkin, wie hast du davon erfahren?«

»Meiner Treu, ich war dort!«

»Wo?«

»Na dort, bei den Katalyten. Es liegt etliche hundert Jahre zurück. Wir waren um den Born des Lebens versammelt und harrten des Almin, der übrigens überhaupt kein Gespür für Mode hat. Natürlich hält er sich für erhaben über solche Trivialitäten wie geschmackvolle Kleidung, aber das ist kein Grund ...«

»Pah!« unterbrach ihn Garald zornig und wandte sich wieder an den Hexenmeister. »Wer sonst kennt sie? Ich habe bisher nie davon gehört.«

»Durchaus verständlich, Euer Gnaden. Es ist oder war das am besten gehütete Geheimnis in Thimhallan. Weshalb, ist leicht einzusehen.«

»Allerdings.« Garald wurde blaß und zog fröstelnd die Schultern hoch. »Kein Kind eines Herrscherhauses wäre mehr sicher.«

»So ist es. Aus diesem Grund wurde die Prophezeiung in die Hut der *Duuk-tsarith* gegeben, deren Großmeister sie nur einer Person außerhalb des Ordens offenbart, und zwar dem jeweiligen Bischof Thimhallans am Tag seiner Investitur. Handelte es sich bei diesem Joram wahrhaftig um den Sohn der Kaiserin und war er ohne Leben ...«

Der Hexenmeister verstummte abwartend. Garald überlegte und nickte dann zu beidem.

» ... dann versteht Ihr, weshalb es unmöglich war, ihn hinrichten oder ermorden zu lassen. Die Wandlung bot sich als ideale Lösung an, denn so blieb er am Leben und konnte doch nicht mehr gefährlich werden. Aber es kam anders. Als er merkte, daß es kein Entkommen gab, zog er es vor, den Tod im Jenseits zu suchen, und erfüllte so den ersten Teil der Prophezeiung.«

»Kein Entkommen? Aber das stimmt doch nicht! Warum hörte mir eigentlich keiner zu?« Simkin verdrehte die Augen. »Ich sage doch die ganze Zeit, daß ich noch nicht fertig bin ...«

»Aber dann *ist* er doch tot, oder nicht?« Garald schien taub zu sein für Simkins Einwurf; er sprach immer noch zu dem *Duuk-tsarith*. »Niemand ist je aus dem Jenseits zurückgekehrt.«

Der *Duuk-tsarith* gab keine Antwort. Es war seine

Pflicht, Informationen zu geben, nicht, über ihren Wahrheitsgehalt zu spekulieren.

»Hoheit«, versuchte Simkin nochmals, sich Gehör zu verschaffen.

»Glaubt Ihr daran, Radisovik?« fragte Garald erregt. Simkin verschränkte seufzend die Arme und lehnte sich auf dem Stuhl zurück.

»Ich bin mir nicht sicher, Hoheit«, antwortete der Kardinal, den die Neuigkeit offenbar erschüttert hatte. »Man sollte genauer nachforschen.«

»Ja.« Garald wanderte schweigend auf und ab, bis er plötzlich stehenblieb und entschieden den Kopf schüttelte. »Nun, ich glaube nicht daran. Ein Mann, ein *Junge* – und soll die Macht haben, eine ganze Welt zu zerstören? Pah!«

»Hoheit ...«

»Und selbst wenn ich an dieses Märchen glaubte«, fuhr der Prinz fort, ohne Simkin zu beachten, »darf es unsere Kriegspläne nicht beeinflussen. Die Tatsache, daß etwas dergleichen überhaupt geschehen konnte, ist nur ein weiterer Beweis, daß Vanya und Xavier nicht an der Macht bleiben dürfen! Und ich muß von der Annahme ausgehen, daß Xavier das Dunkle Schwert besitzt und nicht ein Phantom aus dem Jenseits. Ich kehre ins Kriegszimmer zurück.«

Der Ton seiner Stimme verriet, daß er sich diesmal nicht aufhalten lassen würde. Radisovik verneigte sich stumm, während Garald den *Duuk-tsarith* winkte, die den Bann von der Tür nahmen und schweigend hinter dem Prinzen herschwebten, der sich den Flur hinunter entfernte. Radisovik schaute ihm kopfschüttelnd nach. Dann holte er tief Atem, lächelte Mosiah zu und verließ ebenfalls das Zimmer.

»Da hast du ja wieder mal alles gehörig vermasselt!« Mosiah fuhr zu Simkin herum. »Dein Glück, daß der

Hexenmeister sich eingemischt hat. Mir kam es vor, als würde Garald liebend gern *dich* in einen tiefen Brunnen werfen!«

Simkin antwortete nicht. Er war sitzen geblieben, den Arm lässig über die Stuhllehne geworfen. Der alberne Matrosenanzug verschwand, und er trug wieder das grauseidene Paradestück konservativer Schneiderkunst.

»Weißt du, mein Bester«, sinnierte er, während er mit geistesabwesender Intensität ins Leere starrte, »es gibt da einen Punkt, der mir ungeheuer wichtig zu sein scheint, und keiner will mir zuhören.«

»Was ist das für ein Punkt?« fragte Mosiah unwirsch. Seine Gedanken beschäftigten sich mit dem Unwetter in den Grenzlanden.

»Ich habe versucht, Garald darauf aufmerksam zu machen, aber er ist so besessen, Krieg zu führen, daß er nichts anderes hören will. Xavier weiß es, und er hat Angst. Vanya weiß es – deshalb der Schlaganfall. Der entmachtete und unbeweinte Kaiser – Jorams leiblicher Vater – hat es gewußt und sich vorsichtshalber dünne gemacht. Joram ist nicht ins Jenseits geflohen, weil er den *Duuk-tsarith* entkommen wollte. Das war gar nicht nötig.«

»Warum? Wieso?« Mosiah hob erwartungsvoll den Kopf. Eine Gänsehaut kroch über seinen Körper.

»Joram hatte das Dunkle Schwert …«

Diskurs über die Art der Kriegführung in Thimhallan

Weil er Grund zu der Befürchtung zu haben glaubte, daß Prinz Xavier das Dunkle Schwert besaß, und bestrebt war zuzuschlagen, bevor der Hexenmeister lernte, sich dessen ganze Macht zunutze zu machen, beschleunigte Garald die Kriegsvorbereitungen in seinem Reich. Die Katalyten und Magier begannen mit ihren Übungen früh am Morgen und hörten erst auf, wenn es längst dunkel war; manche schliefen vor Erschöpfung gleich an Ort und Stelle ein.

Die Schmiede der Nigromanten starrte mit feurigen Augen in die Nacht; mit den knirschenden Zähnen und fauchenden Blasebälgen schien sie ein Ungeheuer zu sein, daß man gefangen und auf dem Marktplatz angekettet hatte. Wie die Hexenmeister mußten auch die Nigromanten lernen, mit Katalyten zusammenzuarbeiten, nachdem in den letzten düsteren Jahren ihrer Geschichte nur ein einziger – Saryon – den Weg zu ihnen gefunden hatte. Indem sie Magie und Technologie kombinierten, war es ihnen möglich, ihre Waffen einfacher und schneller herzustellen, was nicht von allen als Segen betrachtet wurde.

Schließlich hielt Garald seinen Stadtstaat für ausreichend gerüstet. Im Rahmen einer jahrhundertealten Zeremonie, die das Tragen roter Gewänder und merkwürdig aussehender Hüte verlangte (ein Quell unterdrückter Heiterkeit und lebhafter Spekulation in den Reihen des Adels, denn niemand erinnerte sich daran, woher diese Kopfbedeckungen stammten oder welchen Sinn und Zweck sie gehabt haben mochten), traten Prinz Garald und die Edlen des Reiches vor den Monarchen hin, verlasen die Liste der Anklagen gegen Merilon und forderten Krieg.

Der König stimmte natürlich zu. Es gab ein großes Fest, und dann rüstete sich jeder für den nächsten Schritt – die Herausforderung.

Die Kriegführung in Thimhallan unterlag strikten Vorschriften, die noch aus der Zeit stammten, als die Bevölkerung in dieses Land gekommen war. Jene ersten Siedler glaubten, ein Volk, durch Intoleranz und Gewalt aus seiner ursprünglichen Heimat vertrieben, sollte zu einem friedlichen Miteinander in der neuen Welt imstande sein. Eine Illusion, wie ihre Führer sehr genau wußten. Deshalb stellten sie die Regeln des Krieges auf, an die man sich seither gehalten hatte – mit der Ausnahme der verheerenden Eisenkriege.

Wegen der Nichtbeachtung eben dieser Regeln waren die Nigromanten vertrieben worden. Nach den Aufzeichnungen der Katalyten (den Bewahrern der Geschichte) befreiten sich die Nigromanten von der kurzen Leine ihrer Meister – der Magi Bellorum – und versuchten, die Herrschaft über die Welt an sich zu reißen. Sie weigerten sich, die auf dem Feld der

Ehre gefallene Entscheidung zu akzeptieren (eine von den Magi vermittels des Spielbretts herbeigeführte Entscheidung) und überzogen das Land mit wirklichem, blutigem Krieg. Daß Prinz Garald sich bei den Vorbereitungen zu dem jetzigen Krieg von Nigromanten unterstützen ließ, hatte einen Aufschrei der Empörung im ganzen Land zur Folge gehabt, obwohl der Prinz seinen Verbündeten (und auch seinem Gegner) geduldig immer wieder versicherte, daß es keinen Grund zur Besorgnis gäbe.

Die Regeln des Kriegs, wie sie von den Ahnen festgelegt waren, ähnelten den Regeln des Duells – einer anerkannt zivilisierten Methode, Unstimmigkeiten zwischen Gentlemen beizulegen. Der Beleidigte tat öffentlich kund, welchen Groll er hegte, und sprach anschließend die Herausforderung aus. Es gab zwei Möglichkeiten, auf die Herausforderung zu reagieren. Man konnte sie annehmen – was Krieg bedeutete – oder der Herausgeforderte konnte eine Entschuldigung äußern, in welchem Fall über eine gütliche Einigung verhandelt wurde. Dieses Mal war mit einer Entschuldigung nicht zu rechnen; auch in Merilon rüstete man zum Krieg.

Der Herausforderer zu sein, hat Vor- und Nachteile. Ist der Herausforderer mächtig genug, um die gegnerische Partei gehörig einzuschüchtern, schlägt das als psychologischer Vorteil zu Buche. Um einen Ausgleich herzustellen, darf der Verteidiger seine Position auf dem Feld der Ehre bestimmen und erhält das Recht für den Eröffnungszug auf dem Spielbrett.

Endlich dämmerte der lang erwartete Tag der Herausforderung. Ganz Sharakan hatte sich während der Nacht für das Ereignis gerüstet, das zur Mittagsstunde beginnen sollte, mit der symbolischen Schlacht zwischen den *Thon-li*, den Hütern der Transversalen und den Truppen des Prinzen.

In früheren Zeiten war diese Schlacht eine wirkliche gewesen – ausgetragen zwischen den Magi Bellorum und den Schöpfern der Transversalen, den Sehern. Aber diese Zunft der Magie, mit der Gabe, in die Zukunft zu schauen, war in den Eisenkriegen ausgelöscht worden. Übrig blieben nur die Katalyten, ihre Helfer – die *Thon-li* –, um die Pfade zu erhalten, auf denen die Bewohner Thimhallans durch Raum und Zeit reisten.

Weil die *Thon-li* nur Katalyten mit geringem magischem Leben waren, hätten die Magi Bellorum, die mächtigsten Zauberer von Thimhallan, sie buchstäblich hinwegfegen können. Das wäre allerdings der Zerstörung des Transportsystems gleichgekommen, woran selbstverständlich niemand ein Interesse hatte. Deshalb gestattete man den *Thon-li*, sich nach kurzem, symbolischen Widerstand zu ergeben. Anschließend öffneten sie den Truppen Sharakans die Transversalen.

Prinz Garald bot an jenem Tag seinem Volk das erwartete grandiose Spektakel. Trompetenstöße und Trommelwirbel verkündeten den Beginn. Die Bürger der Stadt ließen sich nicht lange bitten. Sie strömten aus den Häusern, angetan mit ihren besten Kleidern, aufgeregte Kinder an der Hand. Man versammelte sich an zuvor festgelegten Plätzen, wo die Magi Bellorum mit ihren Katalyten warteten, dem kriegerischen Anlaß entsprechend gewandet – die Magi in roten Roben, die Katalyten in Grau mit roter Verbrämung.

Das Getöse der martialischen Instrumente verstummte. Es wurde still. Die Menge hielt den Atem an. Dann tönte ein Fanfarenstoß von den Zinnen des Schlosses herab durch die klare, prickelnde Luft (die *Sif-Hanar* übertrafen sich selbst). Prinz Garald erhob die Stimme zu einem Ruf, in den seine Magi Bellorum überall in der Stadt einstimmten, und forderte im Namen des Königs von Sharakan die *Thon-li* auf, die Transversalen freizugeben.

Eine nach der anderen öffneten sich die Transversalen; zweidimensionale Tore entstanden in den Straßen, und darin erschienen die *Thon-li,* die Hüter der Transversalen.

»Im Namen des Königs von Sharakan und seiner getreuen Untertanen fordern wir Euch auf, uns passieren zu lassen, damit wir dem Herrscher Merilons die Kriegserklärung überbringen können«, rief Prinz Garald der Hüterin zu, die ihm gegenüberstand.

»Im Namen des Almin, dem Bewahrer des Friedens, weigern wir uns«, antwortete die Thon-li dem Prinzen. Ein ranghohes Mitglied ihres Ordens, eigens für diese bedeutende Gelegenheit ausgewählt, schien sie vergessen zu haben, daß es sich nur um eine Zeremonie handelte, und starrte Garald so finster an, als hätte er tatsächlich vor, ihre Stellung mit seinen Truppen zu überrennen.

Ein wenig verdutzt über die trotzige Haltung der Katalytin, gab der Prinz dem Trompeter Zeichen, einen zweiten Tusch zu blasen. Seine Magi traten mit ihren Helfern vor, und die ›Schlacht‹ konnte ihren Anfang nehmen.

Die Katalyten etablierten Exeunts zu ihren Hexenmeistern; das Leben, das sie in sich polarisierten, strömte als blauer Lichtbogen auf den Magier über. Durchflutet von Magie, sprachen die Hexenmeister ihre Beschwörungsformeln. Feuerkugeln explodierten am Himmel; Zyklone entstanden aus dem Nichts und rotierten auf der ausgestreckten Handfläche der Magier, als anschauliche Drohung, daß sie jederzeit in voller Gewalt gegen die *Thon-li* entfesselt werden konnten. Blitze zuckten aus Fingerspitzen, glühender Hagel prasselte zischend auf die Straßen. Die Kinder kreischten vor Angst und Entzücken, und ein junger Magus steigerte sich in einen solchen Rausch hinein, daß sich durch seinen Zauberspruch mitten in der Stadt ein tiefer Riß im Boden auftat. Die Umstehenden erschraken ebenso wie die *Thon-li*.

Glücklicherweise veranlaßte diese imposante Demonstration von Macht die Hüter, sich ohne weiteres Sträuben geschlagen zu geben, auch die kämpferische Katalytin, die Prinz Garald immer noch mit trotzigem Stolz anfunkelte. Sie kam aus der Transversale und streckte ihm die Arme mit gekreuzten Handgelenken entgegen. Die übrigen *Thon-li* taten das gleiche. Dem Zeremoniell entsprechend, legten die Magi Bellorum ihrem geschlagenen Gegner symbolisch Fesseln aus Seide an. Ein Tusch verkündete den Sieg, und die Zuschauer jubelten.

Dann verschwanden die *Thon-li* in ihren Transversalen, die Bürger kehrten in ihre Häuser zurück, und der Prinz zog mit seiner Streitmacht aus, um Merilon offiziell den Krieg zu erklären.

Die Bevölkerung Sharakans wußte nicht, daß der Prinz keineswegs ein vergnügliches Spiel spielte. Insgeheim war Garald überzeugt, daß Xavier sich mit einem Sieg auf dem Schachbrett nicht zufriedengeben würde, falls er siegte. Mit einer Niederlage würde er sich schon gar nicht abfinden. Wie die Würfel auf dem Feld der Ehre auch fallen mochten, Prinz Garald glaubte, daß der Welt wieder ein wirklicher Krieg bevorstand.

Sein Herz schlug rascher. Träume von großen Taten auf dem Schlachtfeld, vom Ruhm des Sieges über einen grausamen Feind erfüllten ihn mit hochgemuter Freude. Der Prinz hob den Blick zum Himmel und dankte dem Almin, daß er geboren war, um das Unrecht auszumerzen und der Welt Gerechtigkeit zu bringen.

Die Herausforderung

Der Kristallpalast von Merilon überstrahlte die aufgehende Sonne an diesem frühen Morgen – kein großes Kunststück, in Anbetracht der Umstände.

Tags zuvor hatten die *Sif-Hanar* mit wachsender Begeisterung ihre Kampfzauber gegen das strahlende Himmelslicht geschleudert – sie verdunkelten es mit schwarzen Wolken, verschandelten es mit greulichen Farben, versuchten gar, es ganz vom Himmel zu tilgen. Deshalb schob sich die Sonne an diesem Morgen nur zögernd, bleich und verdrießlich über den Horizont und scheinbar bereit, sofort wieder zu verschwinden, sollten die WetterMagi sich irgendwo blikken lassen.

Aus diesem Grund also war die Sonne nur ein fahler Schatten ihrer selbst, verglichen mit dem Glanz des Kristallpalastes, in dem während der ganzen Nacht die Lichter nicht erloschen waren. Bei Tagesanbruch wurden die Gobelins vor den transparenten Wänden und Mauern aufgerollt, Vorhänge wurden zur Seite gerafft, Jalousien hochgezogen, Fensterläden geöffnet. Die magische Helligkeit strömte nach draußen und breitete ihren Schimmer über die Stadt.

In den Tagen des vorigen Kaisers und seiner bezaubernden Gemahlin hätte diese Festbeleuchtung von einer rauschenden Ballnacht gekündet. Schöne Frauen und elegante Kavaliere hätten sich in geschmückten Sälen gedrängt und die Räume mit Lachen und dem Duft von Parfum erfüllt. In den Tagen des neuen Kaisers waren brennende Lampen ein Zeichen für nächtelanges Grübeln und Planen. Rotgewandete Hexenmeister huschten durch die Gänge, flüsterten und raunten in Ecken und Winkeln und verbreiteten leichten Schwefelgeruch.

An diesem Morgen, dem Morgen der Herausforderung, verharrte Kaiser Xavier schwebend vor der transparenten Außenwand des Studierzimmers und schaute auf seine Stadt hinunter. Allem Anschein nach wartete er ungeduldig auf seinen Gegner. Ein prüfender Blick zeigte ihm seine Magi Bellorum auf ihren Beobachtungsposten inner- und außerhalb des Palastes. Es war sein Plan, aus Garalds Auftreten und Gefolge möglichst genaue Rückschlüsse auf Sharakans militärische Stärke zu ziehen. Insbesondere hoffte er, einen Hinweis darauf zu erhalten, wie Garald die ihm zur Verfügung stehende neue Technik einzusetzen gedachte. Nicht das Xavier erwartete, der Prinz würde alle seine Geheimnisse preisgeben. Nein, dafür war er ein viel zu gewiefter Taktiker. Dennoch war Garald gezwungen, einiges von seiner Macht zu demonstrieren, um seiner Herausforderung das nötige Gewicht zu verleihen und Merilon durch Säbelrasseln zur Kapitualtion zu bewegen.

Selbstverständlich hatten seine Spitzel in Sharakan Xavier berichtet, daß die Adepten des Neunten Mysteriums sich in der Stadt niedergelassen hatten und Tag und Nacht in der Waffenschmiede arbeiteten. Doch es war den Spionen nicht gelungen, in diese verschworene Gemeinschaft einzudringen, die in den Jahren der Verfolgung ein starkes Mißtrauen gegen Fremde entwickelt hatte. Der *DKarn-Duuk* hatte nicht in Erfahrung bringen können, welche Art Waffen hergestellt wurden. Schlimmer noch – Xavier wußte nicht, ob die Nigromanten das geheime Wissen besaßen, wie man Arkanum verarbeitete oder ob das Dunkle Schwert die einzige existierende Waffe aus diesem Magie absorbierenden Erz war.

Ein Ariel, einer der geflügelten Boten Thimhallans, erschien auf der anderen Seite der Kristallmauer, vor der Xavier sinnend stand. Die gewaltigen Schwingen des Mutanten bewegten sich träge, er ruhte auf den Luftströmungen, die den Palast umspielten.

Mit einem Wink seiner Hand ließ Xavier die Mauer verschwinden und forderte den Ariel auf hereinzukommen.

»Die Eroberung der Transversalen wurde soeben beendet, Majestät«, teilte er seinem Kaiser mit.

»Sei bedankt. Du kannst auf deinen Posten zurückkehren.« Nachdem der Bote ihn verlassen hatte, ließ Xavier die Mauer wieder erscheinen und gab das verabredete Zeichen. Roter Qualm stieg gen Himmel. Seine Magi Bellorum hörten auf, sich zu unterhalten, schwebten hinüber zu den Stadtmauern und warteten gespannt.

Der DKarn-Duuk'Est hatte sich vorgenommen, das Geschehen von dem bestmöglichen Aussichtspunkt zu verfolgen und sein Studierzimmer auf die höchste Turmspitze des an Türmen reichen Palastes bringen lassen. Tief unten konnte er sehen, wie die Bürger Merilons sich zu den besten Plätzen drängten. Die Reichen erhoben sich in ihren prunkvollen fliegenden Karossen über das Getümmel oder schwebten elegant zwischen den Wolken der Oberstadt. Die Angehörigen der Mittelschicht strömten in die Unterstadt, belagerten die Tore, drängten in Merlyns Hain und säumten mehrere Reihen tief die Begrenzung der schützenden magischen Kuppel.

Die Menge war in festlicher Stimmung. Nicht einmal die ältesten von ihnen konnten sich erinnern, wann das letzte Mal eine Kriegserklärung überbracht worden war. Es war ein historisches Ereignis und überall herrschte die entsprechende Aufregung. Nach der eigentlichen Herausforderung war bei den Oberen Zehntausend zu rauschenden Festen geladen. Militärische Uniformen aus sämtlichen Epochen waren der letzte Schrei; die Stadt gemahnte an ein Feldlager Cäsars, das von Attila dem Hunnenkönig und Richard Löwenherz mit seinen Truppen überrannt worden war. Doch inmitten der hochgehenden Wogen freudiger Erregung gab es eine Unterströmung der Enttäuschung. Eine kleine Wolke warf ihren Schatten auf einen sonst wunderbaren Tag.

Im Kristallpalast würde kein Ball stattfinden.

Man wunderte sich darüber. Kaiser Xavier war als nüchterner Mann bekannt (manche bezeichneten ihn auch als ›langweilig‹). Man hielt es für ganz richtig, daß er diesen Krieg nicht auf die leichte Schulter nahm, aber mit einem Fest zu Ehren des bedeutenden Ereignisses hatte man doch gerechnet, und als statt der erwarteten Einladungen aus dem Palast die Nachricht kam, der Kaiser wünsche unter keinen Umständen gestört zu werden, tauschte man vielsagende Blicke und schüttelte den Kopf. Bei seinem Vorgänger hatte es das nicht gegeben, sagten die Leute wehmütig. Und nicht wenige begannen zu vermuten, daß dieser Krieg vielleicht doch nicht der schnelle Handstreich sein würde, den der *DKarn-Duuk'est* vorhersagte.

Xavier wußte, daß er seine Untertanen mit der Weigerung, einen Ball zu veranstalten, vor den Kopf gestoßen und beunruhigt hatte. Sein Minister hatte die letzten beiden Tage nichts anderes getan, als ihn darauf hinzuweisen. Den *DKarn-Duuk'est* jedoch scherte das nicht. Grübelnd bewegte er sich schwebend hinter der Kristallfassade des Palastes hin und her, die Hände hinter dem Rücken verschränkt. Xavier gestattete sich diese für ihn ungewöhnliche Zurschaustellung von Nervosität nur, weil er allein in seinem Studierzimmer war. Die transparenten Mauern ermöglichten zwar die Sicht nach draußen, waren aber mit einem Spiegelzauber belegt, so daß man nicht ins Innere des Palastes sehen konnte. Als hervorragend geschulter Hexenmeister vermittelte Xavier der übrigen Welt den Eindruck eines undurchschaubaren und stets beherrschten Menschen. Das war er auch die meiste Zeit. Neuerdings fiel es ihm allerdings schwer, die Pose aufrechtzuerhalten. Er hatte Sorgen.

Und zwar nicht wegen der Kriegserklärung.

Jemandes Eintritt in sein Arbeitszimmer veranlaßte Xavier stehenzubleiben. Der Betreffende hatte eine Transversale benutzt, die sich lautlos öffnete, um ihn aufzunehmen und ihn ebenso lautlos wieder entließ; nur das Rascheln schwerer Tuche und mühsame Atemzüge verrieten seine Ankunft. Xavier wußte, um wen es sich handelte. Nur ein Mensch auf der Welt hatte via Transversale Zugang zu ihm, und deshalb galt sein Blick über die Schulter weniger dem Gesicht des Besuchers als dem Ausdruck darauf.

Xavier schien nicht zufrieden zu sein, denn stirnrunzelnd wandte er sich wieder dem Panorama der Stadt tief unten zu. Noch gab es nichts zu sehen. Die Stunde der Herausforderung war noch nicht gekommen, und er nahm ohnehin nichts wahr – seine Gedanken beschäftigten sich mit anderen Dingen. Das vorgetäuschte Interesse an dem bevorstehenden Ereignis bot jedoch eine gute Entschuldigung, dem Besucher weiter den Rücken zuzuwenden und die eigene Gemütslage nicht preiszugeben.

»Ich nehme an, die Neuigkeiten sind schlecht, Eminenz?« eröffnete er das Gespräch mit kalter, beherrschter Stimme. Er hatte seine ruhelose Wanderung unterbrochen und stand in der Haltung vollkommener Gelassenheit mit ruhig gefalteten Händen vor der Kristallwand. Nur der Almin wußte, woher er die Willenskraft nahm.

»Ja«, antwortete Bischof Vanya schnaufend.

Obwol der Schlaganfall den linken Arm und die linke Gesichtshälfte gelähmt hatte, war es Bischof Vanya mit Hilfe der *Theldara* gelungen, ein weitgehend normales Leben zu führen. Sein politischer Einfluß hatte sich jedenfalls nicht vermindert. Eher war seine Macht unter Xaviers Regime noch größer geworden.

Allerdings ermüdete der betagte Kirchenfürst jetzt rasch. Selbst die wenigen Schritte, die er tun mußte, um die Transversale im Baptisterium zu betreten und in Xaviers Arbeitszimmer wieder zu verlassen, hatten ihn erschöpft. Er sank in den ersten Sessel und rang asthmatisch nach Luft.

Nachdem er sich ein wenig erholt hatte, warf Bischof Vanya dem Hexenmeister unter gesenkten Lidern einen forschenden Blick zu. Als er sicher sein zu können glaubte, daß Xaviers Aufmerksamkeit tatsächlich ganz von den Vorgängen draußen in Anspruch genommen war, umfaßte er schnell die linke, gelähmte Hand mit der rechten, legte sie auf die Armlehne des Sessels und plazierte die Finger so, daß es ganz natürlich wirkte. Selbstverständlich wußte alle Welt Bescheid, und man hielt taktvoll den Blick abgewendet, bis Vanya sich in Positur gesetzt hatte. Die Bevölkerung Merilons war geübt darin wegzuschauen und sich etwas vormachen zu lassen, immerhin hatte sie ein ganzes Jahr lang widerspruchslos hingenommen, daß man aus machtpolitischen Gründen den Tod der Kaiserin verschwieg und ihren durch Magie zu einer Marionette herabgewürdigten Leichnam in einem makabren Possenspiel dem Volk als lebendig präsentierte.

Als die Geräusche ihm verrieten, daß Bischof Vanya seine Vorbereitungen beendet hatte, drehte Xavier sich ein Stück herum und musterte seinen Besucher über die Schulter hinweg. »Nun, Eminenz?« fragte er schroff. »Was hat Euch aufgehalten? Ich habe gestern abend mit Euch gerechnet.«

»Die *Duuk-tsarith* sind erst heute früh zurückgekehrt«, antwortete Vanya und lehnte sich vorsichtig zurück, wobei er darauf achtete, daß der linke Arm nicht von der Lehne rutschte. Seine Aussprache war trotz der Lähmung der linken Gesichtshälfte klar und deutlich. Geblieben waren ein kaum merklich nach unten gebogener Mundwinkel und ein hängendes Lid. Der Bischof würde sich damit nicht abgefunden haben, hätte sein behandelnder *Theldara* ihn nicht ermahnt, daß er besser daran täte, dem Almin zu danken, noch am Leben zu sein, statt sich über solche irdischen Nichtigkeiten zu beschweren.

»Ich kann Euch am Gesicht ablesen, daß Ihr nichts Gutes bringt«, sagte Xavier, der den Blick wieder auf die Stadt gerichtet hate. »Das Dunkle Schwert ist verschwunden.«

»Ganz recht, Majestät.« Die Finger von Vanyas gesunder Hand bewegten sich spinnengleich über die Armlehne.

»Und weshalb hat es so lange gedauert, das herauszufinden?«

»Der Sturm an der Grenze tobt immer heftiger«, erklärte Vanya und befeuchtete sich die Lippen. »Als meine Leute eintrafen, war die Statue des Katalyten ganz unter Sandmassen begraben. Die Landschaft ist vollkommen verändert, Majestät. Sie haben die Grenzlande kaum wiedererkannt, obwohl sie bei der Hinrichtung ...«

»Es ist mir bekannt, aus welchem Anlaß sie dort gewesen sind«, fiel ihm Xavier ins Wort. In dem Bemühen, den Anschein äußerer Gelassenheit aufrechtzuerhalten, krampft er die Hände zusammen. »Fahre fort.«

»Ja, Majestät.« Von dem herrischen Ton in seinem Stolz gekränkt, warf der Bischof dem Rücken des *DKarn-Duuk'est* einen haßerfüllten Blick zu. »Es dauerte einige Zeit, bis die *Duuk-tsarith* den Standort der Statue gefunden hatten, dann mußten sie den Sand wegschaufeln, der sie bedeckte. Sie waren gezwungen, im Schutz magischer Schilde zu arbeiten, so heftig wehte es. Zwei Hexenmeister und vier Katalyten waren allein nötig, die Schilde aufrechtzuerhalten. Endlich waren sie bis zu den Trümmern der Statue vorgedrungen ...«

»Ist der Katalyt – dieser Saryon – tot?«

Vanya trocknete sich mit einem weißen Tuch den Schweiß von der Stirn. Dieser Tage schwitzte er entweder, oder er fror.

Als er antwortete, sprach er mit gesenkter Stimme. »Der Bann war gebrochen, die Seele entflohen. Doch ob in das Reich der Toten oder der Lebenden, läßt sich nicht mit Gewißheit sagen.«

»Verflucht!« Xavier ballte die Hand zur Faust. »Und das Schwert ist verschwunden?«

»Schwert und Scheide.«

»Kein Zweifel?«

»Die Duuk-tsarith machen keine Fehler, Majestät«, erwiderte Vanya. »Sie haben die Umgebung der Fundstelle abgesucht und nichts gefunden. Hinzu kommt, daß sie die Gegenwart des Schwertes nicht *spürten*, wie es der Fall gewesen wäre, wenn es sich in der Nähe befunden hätte.«

Xavier schnalzte verächtlich mit der Zunge. »Das Schwert hat seinen Besitzer schon früher davor bewahrt, von den *Duuk-tsarith* entdeckt zu werden!«

»Das gelingt nur in einer Menschenmenge. Sind keine störenden Einflüsse vorhanden, kann es von den *Duuk-tsarith* gewittert werden, denn es zehrt an ihren magischen Kräften, selbst wenn es nicht von der Hand seines Schöpfers geführt wird. Jedenfalls hat es mir die Großmeisterin so berichtet. Sie hatte nicht viel Zeit, Genaueres herauszufinden, bevor das Schwert in den Händen dieses elenden Katalyten zu Stein wurde. Nein«, fuhr Vanya düster fort, »das Dunkle Schwert ist verloren. Die *Duuk-tsarith* behaupten, nur *seine* Macht hätte den Bann, der auf Saryon ruhte, brechen können.«

Der *DKarn-Duuk'est* schwieg. Nicht einmal während des Gesprächs hatte er den Blick von der Stadt abgewendet und sah deshalb, daß der große Augenblick gekommen war. Die Transversalen rings um den unsichtbaren, magischen Schutzwall Merilons taten sich auf. (Nur wenige Transversalen führten in die Stadt selbst. Die meisten davon mündeten an den Toren, die gewöhnlich nur von den *Kan-Hanar* bewacht wurden. In Kriegszeiten standen auch *Duuk-tsarith* und *DKarn-Duuk* dort Wache. Es handelte sich jedoch nur um eine Formalität. Abgesehen davon, daß es ein grober Regelverstoß gewesen wäre, hätte jeder Versuch des Feindes, via Transversale in die Stadt einzudringen, eine magische Schlacht mit womöglich verheerenden Auswirkungen zur Folge gehabt, was keine der beiden Parteien wollte – wenigstens nicht in diesem frühen Stadium. Die einzigen anderen Transversalen, die nach Merilon hinein- und hinausführten, waren die geheimen Verbindungen zwischen dem Palast und dem Baptisterium.)

Die Armee Sharakans – Hunderte von Hexenmeistern gefolgt von der Schar der Katalyten – strömte aus den magischen Toren. Die Hexenmeister mit ihren Katalyten postierten sich rings um die Stadt, so daß sie einen in regelmäßigen Abständen unterbrochenen Kreis bildeten. Sobald alle ihre Plätze eingenommen hatten, ertönte ein einzelner Trompetenstoß, und Prinz Garald erschien in einem goldenen, von schwarzen Rossen gezogenen Streitwagen. Flammen loderten aus den Nüstern der magischen Geschöpfe, Blitze umzüngelten ihre Hufe, wenn sie sich aufbäumten. Ihr schrilles Wiehern war so laut, daß man es bis in die Stadt hören konnte.

Prinz Garald, der mit starkem Arm die feurigen Tiere zügelte, war eine imposante Erscheinung, angetan mit der silbernen Rüstung, die seit Generationen in seiner Familie weitervererbt wurde. Manche behaupteten, sie stamme noch aus der alten Welt und wäre mit Schutz- und Siegeszaubern versehen. Er trug den Helm unter dem Arm, sein kastanienbraunes Haar flatterte im Wind. Nach einer formellen Verbeugung vor den Schaulustigen zog er die Pferde herum und lenkte den Wagen an der Stadtmauer entlang. Während er dahinflog, entrollten sich über ihm die Banner des Königreichs Sharakan, bis Merilon von den leuchtenden Farben des Feindes umringt war. So schön war der Prinz, so furchteinflößend der Anblick der schwarzen, feuerschnaubenden Rösser und so prachtvoll die Banner, daß die Meriloner in begeisterten Jubel ausbrachen.

Wieder am Haupttor angelangt, brachte Prinz Garald das Gefährt zum Stehen. Er hob die Hand, und die Trompete antwortete. Plötzlich stürmten wilde Zentauren, die halbmenschlichen Gesichter zu wütenden Fratzen verzerrt, aus den aufgesperrten Rachen der Transversalen. Mit trommelnden Hufen galoppierten sie auf die von einer magischen Kuppel überwölbte Stadt zu, und in ihren Augen loderte Tod. Sie trugen Speere – Waffen aus der Hexenküche der Schwarzen Künste.

Über ihnen flogen Drachen, zerfetzten mit Prankenhieben die Luft und verseuchten sie mit ihrem giftigen Atem. Ihnen folgten Riesen, so groß, daß ihre mächtigen Schädel bis zur Oberstadt hinaufreichten. Aus dieser Höhe schauten sie einfältig grinsend auf die unten wimmelnden, winzig kleinen Menschen hinab. Greife, Chimären, Satyrn, Sphinxe, alle nur denkbaren Spielarten magischer Geschöpfe quollen aus den Tiefen der Transversalen, brüllend, heulend, durstig auf Menschenblut.

Jubel und Beifall waren verstummt. Kinder kreischten vor Entsetzen, Mütter drückten ihre schreienden Säuglinge an sich, Männer sprangen herbei, um ihre Familien zu schützen. die adligen Herren, erzürnt über die Dreistigkeit, stießen Flüche und Drohungen aus, während die Damen standesgemäß in Ohnmacht fielen.

Als die Zentauren nahe herangekommen waren, als die Riesen ihre plumpen Hände ausstreckten, als die Drachen im Sturzflug auf die magische Kuppel niederstießen, ließ Prinz Garald die Trompete ein drittes Mal ertönen.

Eine nach der anderen zerbarsten die Illusionen unter hallenden Donnerschlägen, und ein farbenprächtiges Feuerwerk stieg in den Himmel. Die erschöpften Hexenmeister und nicht weniger ausgelaugten Katalyten, die gemeinsam die Trugbilder erschaffen hatten, brachten kaum noch die Kraft auf, sich stolz vor dem überwältigten Publikum zu verneigen.

Prinz Garald hob sein Banner über den Kopf und rief mit lauter Stimme, die in der ganzen Stadt zu vernehmen war:

»Ich fordere die Bürger Merilons auf, sich von ihrem verbrecherischen Monarchen und dieser Kröte von einem Bischof loszusagen. Ihr seid in einem Traum befangen, der so wenig echtes Leben in sich birgt, wie eure viel zu lange um die ewige Ruhe betrogene Kaiserin und so bemitleidenswert verrückt ist wie euer verschwundener Kaiser. Zerstört die Kuppel, die euch von der Wirklichkeit trennt. Wir in Sharakan bieten euch Leben. Kehrt in das Reich der Lebenden zurück.

Seid ihr nicht bereit, euch von den Parasiten zu befreien, die sich von eurem Blut nähren, dann werden wir sie austilgen, damit sie nicht auch die übrige Welt infizieren. Zwischen unseren Reichen wird Krieg herrschen. Wie lautet die Antwort?«

»Krieg! Krieg!« schrien die Meriloner enthusiastisch. »Krieg! Krieg!« riefen die adligen Herren, und die in Ohnmacht gefallenen Damen kamen pünktlich wieder zu sich, um silberhell einzustimmen: »Krieg!«

Mütter sagten es ihren dreijährigen Kindern vor, bis sie in aller Unschuld nachplapperten: »Krieg!« Größere Kinder krähten es schrill und wedelten mit spitzen Stöcken, als wären es Speere. Studenten der Universität Merilons johlten: »Krieg!« und gelobten im Chor, sich freiwillig zu melden. Eine Gruppe junger Katalyten, die von der allgmeinen Begeisterung angesteckt waren, mußte sich von einer Diakonin streng ermahnen lassen, daß der Almin Gewalt nicht billigte. Leider war sie in Eile und konnte die Sünder also nicht im Auge behalten, und die Katalyten gaben ihre Büßermiene auf, kaum daß sie den Rücken gekehrt hatte.

»So sei es!« rief Prinz Garald grimmig, aber seine Worte verhallten ungehört. Mit einem letzten, steifen Neigen des Kopfes lenkte er den Streitwagen in die Transversale zurück und verschwand, zusammen mit seinen Hexenmeistern und Katalyten.

Es war Mittag. In Merilon läuteten sämtliche Glokken, die *Sif-Hanar* färbten in einer Anwandlung von Patriotismus die Wolken in den Landesfarben, so daß man glauben konnte, der Himmel über Merilon sei mit Fahnen drapiert. Die Aristokratie begab sich zu den Feiern und Banketten. Die Bürger der Unterstadt tanzten in den Straßen und entzündeten Freudenfeuer. Jedes Haus war hellerleuchtet, die Festlichkeiten würden bis tief in die Nacht dauern.

Der Kaiser von Merilon stand in seinem kristallenen Studierzimmer hoch über dem Trubel und beobachtete das ausgelassene Treiben, ohne etwas zu sehen oder zu hören. An ihm war das grandiose Schauspiel unbemerkt vorübergezogen, obwohl sich alles vor seinen Augen abspielte und er den freiesten Ausblick genoß. Durch seine Gedanken schritt nur eine einzige Gestalt, und sie trug in ihrer Hand eine Waffe der Dunkelheit.

Die Feste in Merilon näherten sich dem Höhepunkt; der sonnige Tag dämmerte dem Abend entgegen, und die ersten Sterne tauchten am Himmel auf, ohne daß der *DKarn-Duuk'est* sich bewegt oder ein Wort geäußert hätte. Nur die schweren Atemzüge des Bischofs waren in der Stille zu hören. Während er sich in immer kürzeren Abständen mit dem weißen Tuch über die Stirn fuhr, dachte er, daß es längst Zeit fürs Abendessen war, und zuckte erschreckt zusammen, als Xavier zu guter Letzt das Schweigen brach.

»Joram ist aus dem Reich der Toten zurückgekehrt«, sagte der Kaiser Merilons halblaut. »Wenn es uns nicht gelingt, ihn aufzuhalten, wird sich die Prophezeiung erfüllen. Alarmiert die *Duuk-tsarith*. Gebt Befehl, Joram zu töten, sobald sie ihn aufgespürt haben. Diesmal *muß* er sterben!«

Auf den Sieg

Eine Woche nach der Kriegserklärung begannen an einem zwischen Repräsentanten beider Parteien ausgehandelten Tag die Feindseligkeiten zwischen Merilon und Sharakan.

Frühmorgens, lange vor Sonnenaufgang, trafen Prinz Garald und sein Gefolge auf dem Feld der Ehre ein, um das Spielbrett vorzubereiten. Der Feind, Kaiser Xavier nebst Entourage, fand sich zur beinahe selben Zeit ein, um einige Meilen weit entfernt das gleiche zu tun.

Das Feld der Ehre lag in der ungefähren Mitte von Thimhallan. Man hatte das große Stück Land – eine grasbewachsene Ebene, die sich wie ein samtiger grüner Teppich zwischen vereinzelten Baumgruppen dehnte – schon in alter Zeit zum Austragungsort für Konflikte zwischen den Reichen bestimmt. In Friedenszeiten störte kein Besucher die parkähnliche Idylle. Es war geweihter Boden, sowohl durch Gebete wie auch durch Blut – eine unbeabsichtigte Folge der Eisenkriege.

Nach jener Zeit wurden Kriege auf zivilisierte Art geführt, wie es sich für die höhere Gattung magisch begabter Menschen schickte (im Unterschied zu den weniger hochentwickelten ohne Leben, die in der alten Welt zurückgeblieben waren). Die auffallende Besonderheit des Feldes waren die Spielbretter. Genaugenommen handelte es sich um Steinplatten – Granit aus der unmittelbaren Umgebung des Lebensborns, der Quelle der Magie –, die man an gegenüberliegenden Seiten des Feldes plaziert hatte. Jede Tafel war zu einem exakten Quadrat geformt worden, drei Meter lang, drei Meter breit. Herrschte Frieden, lagen sie wie unbeschriftete Gedenktafeln oder flache Sokkel für noch zu erschaffende Kunstwerke auf dem Boden. Für die Pflege waren Druiden zuständig, die die Pflanzen im Zaum hielten und durch Schutzzauber verhinderten, daß irgendwelches Getier die heilige Stätte entweihte.

Am Tag der Schlacht versammelten sich die Feldherren, Minister, Magi Bellorum und ranghohen Katalyten bei den Spielbrettern, um die Zeremonie der Erweckung und Segnung vorzunehmen, sobald die ersten Strahlen der Morgensonne das Feld trafen.

Prinz Garald nahm mit Kardinal Radisovik seinen Platz an der nördlichen Seite der Steintafel ein, die Mitglieder seines Gefolges gruppierten sich zu je neun an den übrigen Seiten. Jeder Fürst oder Herzog hatte seinen Katalyten zur Seite. Auf ein Zeichen des Prinzen begann der Kardinal mit der liturgischen Anrufung.

»Allmächtiger Almin«, betete er, wohl wissend, daß

in gar nicht so großer Entfernung Bischof Vanya dieselben Worte sprach, »blicke heute gnädig auf unseren Wettstreit nieder und segne ihn. Mögen wir von Dir für würdig befunden werden, den Sieg davonzutragen, denn wir kämpfen, um Dir wohlgefällig zu sein und um einen Feind in die Schranken zu weisen, der Deinen Geboten zuwidergehandelt und Aufruhr und Unfrieden in unser Land gebracht hat.«

Es folgte eine Aufzählung der Missetaten Merlions, für den Fall, daß sie dem Almin nicht mehr recht gewärtig sein sollten.

»Schenke uns heute den Sieg, gütiger Almin«, fuhr Radisovik anschließend in feierlichem Ton fort, »und wir aus Sharakan geloben, das Los der Bauern zu mildern, die unter dem schweren Joch der habgierigen Oberschicht Merilons stöhnen.«

(»Wir aus Merilon geloben, die ketzerischen Nigromanten auszurotten, die die Bevölkerung Sharakans unterdrücken.«)

»Wir aus Sharakan werden die magische Kuppel zerstören, die Merilon umgibt, um es deiner Luft und Sonne zugänglich zu machen.«

(»Wir aus Merilon werden den Bürgern Sharakans Erleuchtung und Kultur bringen und ihre Stadt mit einer magischen Kuppel umhüllen.«)

»Wir aus Sharakan werden den verbrecherischen Tyrannen Merilons stürzen ...«

(»Wir aus Merilon werden den verbrecherischen Tyrannen Sharakans stürzen ...«)

» ... und Bischof absetzen, der aus der Gemeinschaft der heiligen Mutter Kirche ausgeschlossen worden ist ...«

(» ... und den Kardinal absetzen, der aus der Gemeinschaft der heiligen Mutter Kirche ausgeschlossen ist ...«)

»... und Thimhallan Frieden bringen in deinem Namen. Amen!«

(»... und Thimhallan Frieden bringen in deinem Namen. Amen!«)

An diesem Punkt der Zeremonie trafen nach und nach die Zuschauer in ihren phantasievollen fliegenden Karossen ein. Kardinal Radisovik, der nach dem Amen den andächtig gesenkten Kopf hob, glaubte fast, inmitten der bunten Schar am Himmel auch den Almin zu erkennen, der hoch über ihnen thronte, Wein trank und an einem Hühnerbein nagte. Es war eine befremdliche Vision, und Radisovik verbannte sie schleunigst aus seinem Kopf, nicht ohne den Almin in Gedanken um Vergebung für das Sakrileg gebeten zu haben.

Prinz Garald stieß seinen Katalyten an, der offenbar von dem Schauspiel der eintreffenden Gäste gefesselt war und vergessen hatte, daß der letzte Teil der Zeremonie noch ausstand. Kardinal Radisovik nickte verlegen und gewährte seinem Prinzen Leben. Alle anwesenden Katalyten taten für ihre Herren das gleiche. Bei den meisten der anwesenden Magi handelte es sich um *Albanara*, es befanden sich aber auch zwei *Sif-Hanar*, ein Angehöriger der *Kan-Hanar* sowie ein Nigromant darunter – der Schmied, anstelle des greisen Andon jetzt Obmann der Adepten. In Demut empfingen sie die Magie und verwandten sie auf ein weiteres Zeichen des Prinzen darauf, das Spielbrett zu aktivieren.

Die Granitplatte verströmte ein bläuliches Licht. Die umstehenden Magi hoben langsam die Hände, und ebenso langsam hob sich das Spielbrett vom Boden. Es stieg höher und höher, bis es ungefähr anderthalb Meter über dem Boden schwebte. Prinz Garald winkte befehlend, und die Magier hielten inne. Das Brett blieb in der Luft hängen, wie von unsichtbaren Fäden gehalten.

Prinz Garald, der seine magischen Kräfte noch nicht genutzt hatte, legte beide Hände auf die Platte und stimmte einen Sprechgesang an, der so alt war wie der Stein selbst – die Aktivierung. Winzige Figuren – Miniaturausgaben der wirklichen Personen und Tiere, die unter Garalds Banner kämpften – nahmen ihre Plätze auf dem Spielbrett ein, und zwar simultan mit ihren realen Gegenstücken auf dem Feld der Ehre.

Als erste materialisierten sich die Magi Bellorum und ihre Katalyten. Nur gelegentlich um Rat nachsuchend, arrangierte Prinz Garald die winzigen lebendigen Spielfiguren in dem Muster von Sechsecken, das jetzt das Spielbrett überzog: Er wies zum Beispiel einen Magus an, sich mehrere Hexagone nach Norden zu bewegen, oder beorderte einen anderen zurück, der versehentlich auf feindliches Territorium geraten war.

Nachdem die Magi Bellorum zu seiner Zufriedenheit aufgestellt waren, widmete er sich den *Sif-Hanar*, den Wettermachern, und verteilte sie in unterschiedlichen Abständen längs der Seiten des Spielbretts. Als endlich alles bereit war, ließ er die Truppen aufmarschieren: all diejenigen Menschen oder Geschöpfe, die unter dem Befehl der Magi Bellorum kämpfen sollten.

Horden wilder Zentauren, im Außenland gefangen und jetzt unter dem Bann der Hexenmeister, stürmten auf die Walstatt; sie wurden teils von den Magi befehligt, teils unterstanden sie direkt dem Kommando des Prinzen. Geflügelte Ariels hielten sich bereit, die Anweisungen Garalds an seine Truppen auf dem Feld zu überbringen.

Zusammen mit den Zentauren erschienen die Riesen – mutierte Menschen, die ebenfalls im Außenland hausten. Anders als die Zentauren, die lebten, um zu töten, waren die Riesen im Grunde sanftmütige Geschöpfe mit dem Verstand eines Kindes. Um ihren Zorn anzustacheln, traktierte man sie mit Blitzen oder fügte ihnen Schmerzen zu, das einzige Mittel, die friedfertigen Giganten in Rage zu bringen.

Ihnen folgten die Drachen, Greife und eine bunte Schar von Zauberwesen, darunter etliche, die eigens für diese Schlacht erschaffen worden waren: Riesenratten, aufgerichtet fast zwei Meter groß; Riesenkatzen, um die Ratten zu töten, und andere Wesen, je nach Einfallsreichtum und Talent des betreffenden Magiers. Besonders gefährlich waren die Werwesen – von den Hexenmeistern in blutdurstige Bestien verwandelte Männer und Frauen, die noch ihre menschliche Intelligenz besaßen.

Zu guter Letzt nahmen die *Theldara* ihre Plätze am Rand des Spielbretts ein, um jedem Verwundeten zur Hilfe zu eilen.

Während Prinz Garald mit der Aufstellung seiner Truppen beschäftigt war, konnte er sehen, wie sich in der gegnerischen Hälfte die Armeen des Kaisers materialisierten. Interessiert studierte er dessen Schlachtordnung. Gelegentlich nahm er bei seinen Truppen Veränderungen vor, rückte hier oder dort eine Figur auf ein anderes Feld, doch bewußt ließ er sich nicht allzusehr von Xaviers Maßnahmen beeinflussen. Seine Strategie stand fest. Er vertraute auf seine Magier und sein Volk.

Endlich waren die Vorbereitungen beendet. Während er den Blick über das Spielbrett gleiten ließ – jetzt bevölkert mit Zauberern, Magiern, Katalyten, brüllenden Zentauren, grinsenden Riesen, Drachen im Fluge, knurrenden Werwölfen und all den anderen

Getreuen –, trat ein stolzes Lächeln auf Prinz Garalds Gesicht. Er hob die Hand, in der durch Zauberei ein volles Weinglas erschien. Die Gäste folgten bereitwillig seinem Beispiel, desgleichen die Zuschauer, die am Himmel über dem Spielbrett schwebten und begierig darauf warteten, daß die Schlacht beginnen möge.

»Auf den Sieg!« rief Prinz Garald. »Der Tag wird uns gehören!«

Man tat ihm freudig Bescheid; die versammelten Honoratioren betrachteten sich gegenseitig und ihren Prinzen voller Stolz. Garald hatte nie so eindrucksvoll oder majestätisch ausgesehen wie an diesem Tag. Sein Gesicht war vor Erregung leicht gerötet, aus seinen klaren Augen leuchtete der aufrichtige Glaube an die Gerechtigkeit seiner Sache und der Eifer, den heiligen Krieg zu beginnen. Wieder hob er das Glas, nachdem es sich durch Magie erneut mit funkelndem rotem Wein gefüllt hatte. Radisovik fühlte sich an Blut gemahnt, das aus einer Wunde strömte, und machte erschauernd das Abwehrzeichen gegen das Böse, wobei er sich fragte, weshalb er wohl von solchen beunruhigenden und unwillkommenen Gedanken heimgesucht wurde.

»Auf unsere Geheimwaffe«, sagte Garald, drehte sich zu dem Nigromanten herum und prostete ihm zu.

»Auf unsere Geheimwaffe«, wiederholten die Umstehenden im Chor. Der Schmied, der sich im Mittelpunkt der Aufmerksamkeit sah, war so überwältigt von Stolz und Verwirrung, daß er sein Glas auf einen Zug leerte, sich verschluckte und zu husten anfing. Ein leibhaftiger Baron klopfte ihm den Rücken.

Aller Augen richteten sich auf den Teil des Brettes, über dem dichter magischer Nebel lag. In der kaiserlichen Hälfte gab es eine ebensolche Wolke. Obwohl das Reglement verlangte, daß die Streitmacht offen plaziert werden mußte, war es den Kontrahenten gestattet, Einheiten zurückzuhalten.

Diese Reserven bildeten oft das Zünglein an der Waage, und beide Feldherren – Garald wie auch Xavier – versuchten, die gegnerische Nebelwand mit den Blicken zu durchdringen, während sie versuchten aus der Position auf dem Brett, den Berichten von Spionen und hundert anderen Faktoren auf die Bedrohung zu schließen, die dahinter verborgen war.

Xavier hatte kaum Zweifel, daß es sich um eine Einheit der Nigromanten handelte, aber wie sah ihre Bewaffnung aus? Und ihr Angriffsplan? Und – die wichtigste Frage von allen – waren sie mit Arkanum ausgerüstet?

Auch Prinz Garald glaubte sicher zu wissen, was Xavier in der Hinterhand hatte. Einen Hexenmeister, der mit dem Dunklen Schwert bewaffnet war. Folglich hatte er seinem mächtigsten Magus Bellorum ein mit besonderen Waffen versehenes Regiment gegeben und einen einzigen Befehl: um jeden Preis das Dunkle Schwert zu erobern. Er wäre überrascht gewesen zu erfahren, daß Xavier *seinen* mächtigsten Magus Bellorum ebenfalls mit einem Regiment und der gleichen Instruktion ins Feld schickte.

Das Dunkle Schwert zu erobern.

Noch jemand war auf der Suche danach. Angst vor der Prophezeiung hatte die *Duuk-tsarith* bewogen, am Abend vor der Schlacht ein geheimes Konklave in den Höhlen tief unter der Erde einzuberufen; Höhlen, über deren Lage niemand Bescheid wußte.

Die vermummten Gestalten versammelten sich schweigend, lautlos wie ein Heer von Schatten, um einen in den Boden eingelassenen neunzackigen Stern. Eine aus ihren Reihen erhob sich in die Dunkelheit unter der Höhlendecke, unsichtbar für das Auge, jedoch mit dem Bewußtsein deutlich wahrzunehmen. Sie stellte eine Frage.

»Kämpft das Dunkle Schwert für Sharakan?«

»Nein.« Vielstimmige Antwort aus einer Hälfte der Grotte.

»Kämpft das Dunkle Schwert für Merilon?«

»Nein.« Wieder antworteten viele Stimmen, diesmal aus der anderen Hälfte.

»Sind der Joram oder der Katalyt Saryon in dieser Welt gesehen worden?«

»Ja.« Diesmal ertönte nur eine Stimme, aus dem Hintergrund des Kreises.

Augenblicklich gab die Hexe ein Zeichen, daß das Konklave beendet sei. Die schwarzen Schatten verschmolzen mit der Finsternis, kehrten zu ihren Pflichten zurück. Nur ein Schatten blieb zurück. Die Hexe rief ihn zu sich.

»Wo ist Joram?«

»Ich weiß es nicht. Das Dunkle Schwert schirmt ihn ab.«

»Aber er wurde gesehen. Von wem? Wer hat es euch gesagt?«

In den Gedanken des Mannes formte sich ein Name. Er sprach ihn nicht aus, vielleicht, um nicht einmal die Nacht in das Geheimnis einzuweihen.

Die Hexe, die seine Gedanken lesen konnte, nickte zufrieden.

Der Mann schien Zweifel zu hegen. »Ist das eine vertrauenswürdige Quelle?«

»Absolut vertrauenswürdig«, nickte die Hexe.

Aus dem Nebel

Mosiah hockte auf einem kleinen, grasbewachsenen Erdhügel, die Schultern gegen den dichten, bedrükkenden Nebel hochgezogen, der ihn umfing wie eine kalte, feuchte Hand. Er hatte keine Ahnung, welche Tageszeit es war oder wie lange er hier schon saß. Seine Einheit war zu dieser Stellung beordert worden. Vor einem halben Tag? Vor einem Monat? In dieser nebelverhangenen Welt war ihm das Zeitgefühl abhanden gekommen, und er hatte den Eindruck, daß es nicht mehr lange dauern konnte, bis er auch den Rest seiner Sinne verlor.

In den weißgrauen, klammen Schaden war nichts zu erkennen, nicht einmal die Silhouetten seiner Kameraden. Die Tatsache, daß feindliche Augen ihn ebensowenig zu erspähen vermochten, war ein schwacher Trost, aber kein Ausgleich für das wachsende Unbehagen, das von ihm Besitz ergriff – etwas in seinem Inneren flüsterte, daß die übrige Menschheit längst verschwunden war und man ihn als einzigen zurückgelassen hatte. Der einzige Mensch auf Erden.

Natürlich waren das Hirngespinste. Allein die Geräusche, die er hörte, sprachen dagegen. Sämtliche Laute klangen im Nebel verzerrt, unheimlich, fremd; völlige Stille wäre leichter zu ertragen gewesen. Waren diese tonlosen, hohlen Stimmen die Stimmen von Menschen oder von Geistern? Waren das Schritte? Vielleicht der Feind, der sich von hinten an ihn heranpirschte?

»Wer da?« rief Mosiah mit bebender Stimme.

Keine Antwort. Der Nebel spann die Worte in seine grauen Fäden ein und trug sie davon.

Berührte etwa eine Hand seine Schulter?

Mit blanker Klinge sprang Mosiah auf, wirbelte herum und erdolchte nicht ungeschickt einen Baum.

»Dummkopf!« schalt er sich selbst, steckt den Dolch ein und schob den borstigen Ast, der seinen Nacken gestreift hatte, beiseite. In der Hoffnung, nicht gesehen worden zu sein, schaute er sich verlegen um, dann setzte er sich mit einem erleichterten Aufatmen wieder hin und inspizierte einen Striemen an seiner Hand. Der Ast hatte sich mit einem zurückschnellenden Zweig für den Angriff gerächt.

Ob die Schlacht begonnen hatte? Mosiah war überzeugt davon, denn er glaubte bestimmt, seit mehreren Stunden hier zu sitzen. Vielleicht war schon alles vorbei? War seine Einheit aufgerufen worden und er hatte es nicht gehört? Der Gedanke war so alarmierend, daß er nach der schweren, eisernen Armbrust griff und sich ein paar Schritte von seinem Platz entfernte, um eventuell jemanden zu finden, der ihm sagen konnte, was los war.

Dann blieb er unentschlossen stehen.

Seine Befehle waren unmißverständlich gewesen: Still ausharren, bis der Nebel sich hebt. Prinz Garald hatte keinen Zweifel daran gelassen, wieviel davon abhing, daß diese Anweisungen genauestens befolgt wurden.

»Ihr Nigromanten seid der entscheidende Faktor«, sagte er zu ihnen in den dunklen Stunden vor Tagesanbruch, als sie sich bei der Transversale bereithielten, um auf das Feld der Ehre befordert zu werden. »Weshalb? Weil ihr nicht auf Magie angewiesen seid! Sobald die Hexenmeister des Kaisers sich verausgabt haben und ihre Katalyten zu schwach sind, um ihnen neue Energie zuzuführen, greift ihr an. Xavier wird nicht mehr in der Lage sein, nennenswerte Gegenwehr zu leisten.«

Nun gut. Während Mosiah sich sagte, daß das Warten vermutlich doch erst fünf Stunden dauerte und nicht fünf Wochen, machte er kehrt und wollte zu seinem Hügel zurückkehren, nur um feststellen zu müssen, daß der Hügel verschwunden war. Verdutzt blieb er stehen und versuchte, sich an jeden seiner Schritte zu erinnern. Nachdem er aufgestanden war, hatte er sich nach links gewandt. Gegangen war er höchstens vier oder fünf Schritte weit. Wenn er sich also rechts hielt, mußte er zu seinem Ausgangspunkt zurückfinden.

Zwanzig Schritte später war er dessen nicht mehr so sicher. Er hatte völlig die Orientierung verloren, weil er in dem schier undurchdringlichen Nebel in alle möglichen Richtungen geirrt war.

»Jetzt hast du's geschafft!« lamentierte eine vorwurfsvolle Stimme an seinem Ohr. »Jetzt haben wir uns total verirrt.«

Mosiah sprang senkrecht in die Luft, das Herz

klopfte ihm vor Schreck bis zum Hals. Den Dolch in der zitternden Hand, wirbelte er herum, doch es war nichts zu sehen.

»Du wirst doch nicht wieder auf einen Baum losgehen, oder?« erkundigte sich die Stimme in strengem Ton. »So eine Blamage ...«

»Simkin!« zischte Mosiah wütend und bemühte sich, sein wild schlagendes Herz zu beruhigen, während er den Nebel mit Blicken zu durchdringen versuchte. »Wo steckst du?«

»Hier«, antwortete die körperlose Stimme, wieder dicht an seinem Ohr. »Und so gelangweilt wie in den letzten paar Stunden habe ich mich noch nie, nicht einmal bei der Abendgesellschaft, als der Kaiser seine Lebensgeschichte zum besten gab, und zwar vom Augenblick der Zeugung an – oder wenigstens kam es mir so vor.«

Mosiah nahm den Köcher vom Rücken und warf ihn auf den Boden.

»Autsch!« rief die Stimme. »Das ist ja wohl eine reichlich überzogene Reaktion! Du hast meine Federn geknickt!«

»Und du erschreckst mich fast zu Tode!« fauchte Mosiah ergrimmt.

»Kann ich machen, wenn du darauf bestehst«, ertönte es verwundert und auch ziemlich dumpf aus dem Behältnis, »obwohl es mein Begriffsvermögen übersteigt, weshalb ich dich noch mal ...«

»Nein, du Schwachkopf!« schrie Mosiah und versetzte dem Köcher einen Tritt. »Ich wollte sagen, du *hast* mich fast zu Tode erschreckt.« Er legte die Hand auf die Brust und fühlte, wie sein Herz immer noch heftig klopfte. »Ich glaube, es geht mir gar nicht gut«, murmelte er und ließ sich mit weichen Knien auf einen Baumstumpf sinken.

»Tut mir echt leid.« Einer der Bolzen bewegte sich und rutschte langsam, Stück für Stück aus dem Köcher. Mosiah, der mit finsterer Miene zuschaute, sah, daß es sich um ein leuchtend grünes Exemplar handelte, mit orangefarbener Befiederung – ein auffallender Kontrast zu den schmucklosen Eisenbolzen, die er zu benutzen pflegte. »Du könntest mir ruhig behilfilch sein«, beschwerte sich der farbenfrohe Sonderling im selben Atemzug, doch Mosiah schaute weiterhin ungerührt zu, wie er sich drehte und wand, um ins Freie zu kommen.

»Ein schlichtes Nein hätte auch genügt«, meinte der Bolzen pikiert. Mit einem letzten Ruck schob er sich hinaus, und im Nu stand Simkin in voller Lebensgröße vor Mosiah. »Ich bin so steif wie die verstorbene Kaiserin, und in den Zehen habe ich überhaupt kein Gefühl mehr«, klagte er verdrossen. »Übrigens, gefällt dir mein Anzug? Die Farbe heißt *Lincoln Green*. Da gab es diese fröhliche Räuberbande, deren Anführer den Tick hatte, in Seidenhosen und Federhütchen die Wälder zu durchstreifen. Man ertappte ihn dabei, wie er mit Rehen komische Sachen anstellte. Es wurden Beschwerden eingereicht und dann ...«

»Was tust du hier?« unterbrach ihn Mosiah grollend. Er schaute sich nach allen Seiten um, lauschte und strengte sich an, etwas zu hören oder zu sehen. Es kam ihm vor, als wären von links wirre Geräusche zu vernehmen. »Du weißt, Garald hat gesagt, daß er nicht einen Zipfel deines orangefarbenen Seidenfetzens auf dem Schlachtfeld sehen will.«

»Garald ist ein lieber Kerl und mir wirklich ans Herz gewachsen, aber du mußt zugeben, manchmal benimmt er sich wie ein aufgeblasenes Arsch ...«

»Pst!« Mosiah war erschüttert. »Nicht so laut!«

»Ich sag's dir nicht gern, alter Knabe«, meinte Simkin heiter, »aber wir sind meilenweit vom Ort des Geschehens entfernt. Mach nicht so ein enttäuschtes Gesicht, die ganze Sache ist ohnehin stinklangweilig. Ein Haufen seniler Hexenmeister, die sich gegenseitig Zaubersprüche an den Kopf schleudern, sofern sie sich an die Worte erinnern können. Katalyten, die in der Sonne dösen. Manchmal bringt ein junger Hitzkopf etwas Leben in die Bude, indem er ein oder zwei Zentauren ins Gefecht schickt. Urkomisch, wenn die alten Krauter mit geschürzten Kutten den Rückzug antreten. Trotzdem ist es scheußlich öde. Niemand wird getötet.«

»Das ist ja der Sinn des Ganzen«, brummte Mosiah geistesabwesend. Er fragte sich, ob Simkin recht hatte und er ohne es zu merken, immer weiter in die Irre gegangen war.

»Ich weiß. Aber ich hoffte, ein Zentauer würde sich selbständig machen oder ein Riese Amok laufen. Nichts. Es wurde immer langweiliger. Als Krönung des Ganzen saß ich in der Kutsche des Barons von Licktenstein, der berühmt ist für seine phantastischen Picknicks. Er hatte einen riesigen Korb bei sich, aus dem die herrlichsten Düfte stiegen. Doch es war noch eine Stunde bis Mittag und der Baron ein geschwätziger Trottel, der darauf bestand, mir alle Spielzüge haarklein zu erklären. Ich gab ihm zu verstehen, ich sei schwach vor Hunger; leider überhörte er meine diskreten Andeutungen, daß ein kleiner Imbiß mir helfen würde, seine Erläuterungen besser zu würdigen. Endlich beschloß ich, dir einen Besuch abzustatten, alter Freund. Außerdem hatte ich dir etwas Wichtiges zu sagen.«

»Längst nicht Mittag. Wie spät ist es denn jetzt?« fragte Mosiah und wünschte sich, Simkin hätte nicht von Essen gesprochen.

»Gegen eins oder zwei, würde ich sagen. Es war übrigens verflixt schlau von mir, mich in deinen Köcher zu mogeln, findest du nicht ...«

Mosiah unterbrach ihn wieder. »Was wolltest du damit sagen, du hättest mir etwas Wichtiges mitzuteilen?«

Simkin zog eine Augenbraue in die Höhe. »Ach ja«, sagte er mit dem für ihn typischen, rätselhaften, halb spöttischen und doch völlig ernsthaften Lächeln, bei dem Mosiah unweigerlich ein Schauer über den Rükken lief. »In Merilon bin ich einer alten Bekannten von dir begegnet.«

»Einer Bekannten von *mir*?« Mosiah betrachtete Simkin aus zusammengekniffenen Augen. »Wer?«

»Deine Freundin, die Hexe. Großmeisterin der *Duuk-tsarith*.«

»Mein Gott!« Mosiah erbleichte.

»Beim Barte des Almin, Jungchen!« Simkin musterte ihn amüsiert. »Nun reg dich nicht so auf. Du siehst regelrecht schuldbewußt aus, dabei hast du gar nichts angestellt, jedenfalls nicht daß ich wüßte.«

»Du hast keine Ahnung, wie es gewesen ist!« Mosiah schluckte. »Manchmal träume ich, daß ich immer noch ihr Gesicht sehe, wie es sich höhnisch über mich beugt ...« Er verstummte, als ihm die Bedeutung von Simkins Worten klar wurde. »Was hattest du gestern abend in *Merilon* zu suchen?«

»Ich bin die ganze letzte Woche dort gewesen«, antwortete Simkin gähnend. Nachdem er geringschätzig den Baumstamm gemustert hatte, auf dem Mosiah saß, ließ er mit einer Handbewegung einen Diwan erscheinen, legte sich hin und verschränkte die Hände unter dem Kopf. »Die Parties waren sagenhaft. Nur vom Feinsten.«

»Aber Merilon ist der Feind!«

»Mon ami, ich *habe* keine Feinde«, bemerkte Simkin. »Aber du hast mich völlig aus dem Konzept gebracht. Was wollte ich noch sagen ...« Er legte die Stirn in Falten und streichelte seinen Bart. Der dichte Nebel wallte um seine Gestalt, bis Mosiah nichts weiter von ihm sehen konnte als das grelle Orange, das Simkin zu seinem Kostüm trug, und die Spitzen seiner orangefarbenen Schuhe. »Da fällt's mir wieder ein. Die Hexe fragte mich ganz beiläufig, ob ich Joram in letzter Zeit gesehen hätte.«

»Joram!« wiederholte Mosiah entgeistert. Es hielt ihn nicht mehr auf seinem Baumstumpf. Er stand auf, trat zu Simkin und stützte sich auf den Diwan mitten im Wald, froh darüber, etwas Reales berühren zu können. »Aber – das ergibt keinen Sinn! Vielleicht hast du dich verhört, oder sie meinte ...«

»Dachte ich auch. Es hat mich umgehauen. Buchstäblich. Ich plumpste förmlich aus der Luft. ›Meine Ohren‹, sagte ich zu ihr, ›sind nicht mehr das, was sie waren. Ich bilde mir tatsächlich ein, Ihr hättet gefragt, ob ich Joram gesehen habe.‹

›Ihr habt ganz richtig gehört‹, sagte diese *Duuk-tsarith* ohne lange Umschweife.

›Joram?‹ wiederholte ich. ›Der Bursche mit dem kuriosen Schwert, der uns vor einem Jahr – äh – verlassen hat?‹

›Eben der‹, sagte sie.

›Dann reden wir also von Gespenstern?‹ fragte ich weiter. ›Klappernde Knochen, klirrende Ketten, Joram, der im Nachthemd durch Gemächer und Kemenaten geistert?‹ Sie gab keine Antwort, sondern schaute mich nur an.« Simkin imitierte den durchbohrenden Blick der Hexe so überzeugend, daß Mosiah erschauerte und hastig nickte.

»Ich verstehe«, meinte er heiser. »Weiter.«

»Dann sagte sie: ›Wir bleiben in Verbindung.‹ Ich schwöre, daß ich seither eiskalte Finger an meinem Ohr gespürt habe ...«

»Sag nicht sowas!« Schweißperlen standen auf Mosiahs Oberlippe. »Besonders nicht jetzt und hier.« Er sah sich um. »Ich hasse diesen elenden Nebel. Moment mal – hast du das auch gehört?« Lauschend hob er den Kopf. Ein merkwürdiges Geräusch schien von irgendwoher zu kommen. »Was ist das nun wieder? Warum schlagen wir eigentlich nicht los?«

»Du verstehst natürlich, was das alles bedeutet?«

»Nein!« entgegnete Mosiah, neigte horchend den Kopf und versuchte herauszufinden, aus welcher Richtung das eigenartige Geräusch gekommen war. »Aber ich bin sicher, du wirst es mir gleich sagen.«

»Es bedeutet, alter Freund«, erklärte Simkin von oben herab, »daß Xavier das Dunkle Schwert nicht hat. Und entweder er oder die *Duuk-tsarith* oder beide glauben, daß Joram wiedergekehrt ist. Und mit Joram – die Prophezeiung.«

Mosiah schwieg. Er hörte nichts mehr und nahm an, daß es sich nur um Einbildung gehandelt hatte. »Xavier hat recht«, sagte er schließlich leise. »Joram *ist* zurückgekehrt. Ich wußte es, als ich die Trümmer von Saryons Statue am Gestade liegen sah. Nur Joram konnte den Zauber brechen ...« Er verstummte, dann fügte er düster hinzu: »Wir müssen Garald überzeugen ...«

»Still! Der Nebel hebt sich!« rief Simkin und sprang auf.

Man hörte einen Trompetenstoß. Ein scharfer, frischer Wind kam auf und zerriß den Nebelvorhang zu weißlichen Fetzen, die über den Boden trieben, bis sie schließlich davongeweht wurden. Die Mittagssonne brannte vom klaren Himmel.

Mosiah kniff die Augen zusammen, weil sie sich erst an die Helligkeit gewöhnen mußten. Er fühlte dankbar die Wärme auf der Haut, bückte sich nach seiner Armbrust und warf den Köcher über die Schulter.

»Da ist meine Einheit!« Er zeigte auf eine Gruppe von Männern, die sich unter dem Kommando eines der Söhne des Schmieds in Marschordnung aufstellten. »Nicht einmal zwanzig Meter weit weg! Ich habe sie nicht verloren! Hallo, hier bin ich!« Mosiah rief und schwenkte die Arme, als er wieder das unheimlich brummende Geräusch hörte, diesmal viel näher und lauter. Er drehte sich um.

Grauen durchbohrte ihn wie ein scharfgeschliffener Speer. Er konnte sich nicht rühren, keinen klaren Gedanken fassen. Er konnte nur mit weit aufgerissenen Augen auf das Bild starren, das sich ihm bot.

»Simkin!« rief er kläglich. Sogar der eitle Geck und Narr, mit dem er in ständiger Fehde lag, war ihm jetzt willkommen als Halt inmitten des unvorstellbaren Entsetzens, das sich über ihn senkte, erstickender und kälter als der Nebel zuvor. »Simkin!« stöhnte er, starr vor Angst. »Laß mich nicht allein! Wo bist du?«

Schweigen.

Der unsichtbare Tod

Prinz Garald konnte nicht begreifen, was geschah. Ratlos starrte er auf das Spielbrett, ratlos und verwirrt. Allem Anschein nach wurde seine nördliche Flanke angegriffen. Dort kämpften die Spielfiguren verzweifelt um ihr Leben.

Sie starben ...

Dabei war nichts zu sehen! Keine feindlichen Truppen, keine todbringenden Ungeheuer, nichts!

»Was hat das zu bedeuten?« rief Garald heiser. Er umklammerte die Ränder des Brettes, als könnte er irgendwie aus dem teilnahmslosen Stein eine Antwort herauspressen. »Was hat das zu bedeuten?« fuhr er seine Generäle an, die betretene Mienen aufsetzten und nicht weniger ratlos aussahen als er selbst.

»Kardinal?« Garald wandte sich an seinen ersten Minister. Des Kirchenfürsten Gesicht war aschgrau, seine Lippen bewegten sich in stummem Gebet. Als er dem Blick des Prinzen begegnete, schüttelte er nur den Kopf.

»Ich weiß es nicht«, flüsterte er mit brüchiger Stimme.

»Xavier!« Garald krallte die Finger um die Kante der Granitplatte. »Er ist es! Das Dunkle Schwert! Aber ...«

»Nein, Hoheit.« Radisovik deutete mit zitternder Hand auf das Spielbrett. »Seht doch! Was immer uns angreift, attackiert auch Xavier!«

Garald folgte mit den Blicken dem ausgestreckten Finger, und was er noch sagen wollte, erstarb ihm auf den Lippen.

Die Truppen des Kaisers stritten offenbar gegen denselben unsichtbaren Gegner, denn sie hatten sich von Garalds Spielfiguren abgewendet und kämpften wie sie um ihr Leben.

Spielfiguren! Garald stöhnte auf. Es waren lebendige Männer und Frauen, die dort draußen starben, die Figuren auf dem Brett nur verkleinerte Abbilder ihres Schicksals. In hilfloser Verwirrung sah der Prinz die Reihen der Magi im nördlichen Teil des Brettes wanken und auseinanderbrechen. Die kleinen Gestalten machten kehrt und flohen. Einige der rotgewandeten Magi stürzten wie von einer unsichtbaren Gewalt niedergestreckt zu Boden; ihre Körper lösten sich auf, als das Leben sie verließ. Andere Hexer und Hexen machten den Versuch, standzuhalten und dem Gegner die Stirn zu bieten, den Garald nicht zu sehen vermochte, aber auch diese tapferen Streiter verschwanden nach kurzem Widerstand spurlos.

Was die Katalyten betraf – sie wurden nicht niedergeschlagen, fielen nicht leblos zu Boden. Sie lösten sich einfach in Nichts auf.

»Was geht da vor? Was kann das sein?« rief Garald. Er richtete sich aus seiner gebeugten Haltung auf und ballte die Hände zu Fäusten. »Wo sind die Ariels aus diesem Sektor! Wo sind sie?« Er schaute zum Himmel. »Weshalb kommen sie nicht und erstatten Bericht?«

Kardinal Radisovik blickte ebenfalls nach oben, dabei legte er seinem Prinzen die Hand auf die Schulter.

»Hoheit, die Zuschauer!« mahnte er. »Noch sind sie ahnungslos. ihr müßt ruhig bleiben, oder es wird eine Panik ausbrechen.«

Prinz Garald musterte die glitzernden Kutschen, die über ihnen am Himmel kreisten, während die blaublütigen, reichen Insassen das Mittagsmahl einnahmen. Unter das Stimmengemurmel mischte sich das Klingen von Champagnergläsern.

»Ich danke Euch, Radisovik«, sagte der Prinz und holte tief Atem. Er straffte sich, verschränkte die Hände auf dem Rücken und bemühte sich um eine noncholante Haltung. »Kommt näher«, befahl er seinen Generälen. »Stellt Euch so auf, daß die Sicht auf das Brett versperrt ist.« Die Generäle folgten der Aufforderung. »Wir müssen die Zuschauer loswerden«, sprach Garald mit gedämpfter Stimme weiter. »Aber unter welchem Vorwand ...«

»Vielleicht ein Unwetter, Garald«, schlug Radisovik vor. Wie beunruhigt er war, zeigte sich daran, daß er den Prinzen in der Öffentlichkeit mit Namen anredete. »Die *Sif-Hanar* ...«

»Ausgezeichnete Idee!« Garald winkte einem der Ariels, die sich in Bereitschaft hielten. »Folgende Botschaft an die *Sif-Hanar*: Ich will, daß ein Unwetter über dem Spielbrett niedergeht. Regen, Hagel, Blitz und Donner.« Er warf einen stirnrunzelnden Blick auf die Granitplatte. »Vielleicht hilft das auch gegen was immer es sein mag, das uns im Norden angreift«, fügte er hinzu. »Andere Boten sollen die Zuschauer warnen, daß Stürme und Gewitter bevorstehen.«

Der Ariel verneigte sich, breitete die Flügel aus,

schwang sich in die Luft und winkte anderen seiner Art, ihm zu folgen. Garald, der ihnen nachschaute, sah einige von ihnen plötzlich ausscheren und auf einen dunklen Fleck zwischen zwei Karossen zufliegen.

»Es ist ein Ariel«, berichtete Garald mit beherrschter Stimme. »Sie bringen ihn her. Ich glaube, er ist verletzt.«

Zwei Ariels, die ihren Kameraden in die Mitte genommen hatten und ihn behutsam an den Armen festhielten, kehrten um, während die anderen weiterflogen, um ihre Befehle auszuführen. Garald wartete ungeduldig, weil er sicher war, von dem Verwundeten etwas erfahren zu können, das Licht in die Sache brachte. Er spürte fast körperlich das plötzliche Schweigen der Zuschauer und hörte dann das fragende Raunen, als man bemerkte, daß die Dinge nicht den erwarteten Verlauf nahmen. Die Ariels kamen näher, und Garald konnte den Mann sehen, den sie zwischen sich trugen und ihm stockte der Atem. Den Umstehenden erging es nicht anders.

Der Körper des Ariels war mit Brandwunden übersät, die Federn der gewaltigen Schwingen versengt und feuergeschwärzt. Den Kopf gesenkt, hing er kraftlos im Griff seiner Freunde.

»Hoheit, wir haben ihn aufgefangen, als ihn die Kräfte verließen und er abzustürzen drohte«, meldete einer der Ariels, als sie vor ihrem Prinzen landeten und den Verwundeten behutsam ins Gras betteten.

»Schickt nach den *Theldara*!« ordnete Garald an. Sein Herz zog sich zusammen vor Mitleid mit dem Verletzten und vor Bewunderung für den Mut, der dazu gehörte, in diesem Zustand zu fliegen.

Sein Befehl wurde schnellstens befolgt, doch als Garald neben dem Geflügelten niederkniete, konnte er sehen, daß es zu spät war. Der Mann lag im Sterben.

Garald biß die Zähne zusammen. Er mußte herausfinden, was eigentlich vorging! Mit einem Wort zauberte er Wasser in seine hohle Hand. Nachdem er die schrundigen Lippen des Ariels befeuchtet hatte, träufelte er die kühlende Flüssigkeit auf das geschwärzte, von Brandblasen verunstaltete Gesicht.

»Kannst du mich hören, Freund?« fragte er leise. Kardinal Radisovik, der neben ihm kniete, begann mit gemessener Stimme das Totengebet zu sprechen.

»Per istam sanctam ...«

Die verbrannten Lider zuckten und hoben sich. Der Ariel schien nicht zu wissen, wo er war, er schaute sich angstvoll um und stieß einen lauten Schrei aus.

»Du bist in Sicherheit, Freund«, sagte Garald beruhigend und benetzte wieder die hilflos stammelnden Lippen. »Sag mir, was ist geschehen?«

Die Augen des Ariels richteten sich auf den Prinzen; mit der blutigen Hand umklammerte er seinen Arm. »Ungeheuer! Kreaturen – aus Eisen!« Der Mann rang nach Atem, sein Griff wurde schmerzhaft fest. »Tod – kriecht. Kein Entkommen!« Sein Blick wurde glasig, der Mund öffnete sich zu einem stummen Schrei.

»...untionem indulgeat tibi Dominus quidquid deliqusti...«

Die Hand an Garalds Arm sank herab. Der Prinz starrte blicklos auf die Blutflecken an seinem Gewand – dunkles Rot auf dem reinweißen Stoff.

»Kreaturen aus Eisen?« wiederholte er.

»Der Ärmste sprach im Todeskampf, Hoheit.« Kardinal Radisovik drückte dem Toten die Augen zu. »Ich würde seinen Reden keine so große Beachtung schenken.«

»Das waren nicht die Reden eines Mannes der nicht mehr weiß, was er sagt«, meinte Garald nachdenklich, als er unerwartet die Hand des Kardinals auf dem Arm spürte. Er blickte auf und sah Radisovik kaum merklich den Kopf schütteln, mit einem warnenden Blick in die Richtung der Generäle, die angespannt, mit blassen Gesichtern zu ihnen herschauten.

Der Prinz fuhr sich mit der Zunge über die trockenen Lippen. »Ihr habt vermutlich recht, Heiligkeit«, sagte er hölzern, als hätte er einen Irrtum eingesehen.

Der bisher strahlend blaue Himmel verdunkelte sich rasch. Aus dem Nichts zogen Sturmwolken auf, brodelnd und düster wie die verwirrten Gedanken in Garalds Kopf. Ohne sie bewußt wahrzunehmen, hörte er die Stimmen der Zuschauer, wie sie gereizt und zornig zu wissen verlangten, was geschehen war. Er hörte die Ariels antworten; respektvoll, aber bestimmt forderten sie die Zuschauer auf, nach Hause zurückzukehren, bevor der Sturm mit vernichtender Gewalt über sie hereinbrach.

Vernichtende Gewalt ... Kreaturen aus Eisen ... Tod – kriecht. Was für eine merkwürdige Formulierung. Der Tod kriecht ...

Fragen, Beschwerden, Fragen. Alle redeten gleichzeitig auf ihn ein, bedrängten ihn, forderten seine Aufmerksamkeit.

»Schweigt! Laßt mich in Ruhe! Ich muß nachdenken!« Am liebsten hätte er es hinausgeschrien, aber mit einer erheblichen Willensanstrengung beherrschte er sich. Jeder würde merken, daß die Situation seiner Kontrolle entglitt. *Kontrolle*? Garald lächelte bitter. Von Kontrolle konnte nicht die Rede sein; er wußte nichts, hatte keine Ahnung, hoffte verzweifelt, daß es sich doch um einen Schachzug Xaviers handelte. Zu seinem Leidwesen überzeugte ihn ein nochmaliger Blick auf das Spielbrett, daß es nicht so war. Merilons Truppen wurden genauso niedergemacht wie die Truppen Sharakans.

Aufgerieben von einem unsichtbaren Feind ...

Kreaturen aus Eisen ...

Kriechender Tod ...

»Ich will mir das mit eigenen Augen ansehen«, sagte er entschlossen.

Wolken überzogen den Himmel. Eine plötzliche Bö drückte das hohe Gras zu Boden und fuhr in das knarrende Geäst der Bäume. Angekündigt von einem verästelten Blitzstrahl und einem hallenden Donnerschlag, brach das Unwetter los. Herabstürzender Regen durchnäßte die Kleider, Hagel prasselte auf Köpfe und Schultern. Mit dem Losbrechen des Sturms brachen sich auch die aufgestauten Emotionen der Menschen Bahn. Panik fegte durch die Schar der Edelleute wie der Wind durch Gras und Zweige.

Einige versuchten, den Prinzen von seinem Entschluß abzubringen, und drängten ihn, nach Sharakan zurückzukehren. Andere unterstützten ihn und bestanden darauf mitzukommen. Eine Fraktion vertrat die Ansicht, daß man es mit einer Hinterlist Xaviers zu tun hatte, und plädierte dafür, ihm alle noch verfügbarne Kräfte entgegenzuwerfen. Es gab auch welche, die anklagend auf den Schmied zeigten.

»Kreaturen aus Eisen!« rief einer. »Das verfluchte Werk dieser Ketzer!«

Der Sündenbock war gefunden.

»Die Schwarzen Künste!« fielen noch mehr Stimmen ein. »Die Nigromanten wollen die Herrschaft an sich reißen!«

»Kaiser Xavier hat vorhergesagt, daß es so kommen würde!« schrie ein gesichtsloser Querulant aus der Menge.

»Hoheit, ich schwöre!« Die bestürzte Stimme des Schmieds übertönte den krachenden Donner. »Wir haben damit nichts zu tun! Ihr wißt, daß wir Euch nie verraten würden!«

Kreaturen aus Eisen ...

Garald schenkte den Bitten, den Verdächtigungen

und den ausgestreckten Händen ebensowenig Beachtung wie dem Regen und dem Hagel. Er schob seinen Befehlshaber kurzerhand zur Seite und trat zu Radisovik, der eben seinen eigenen Umhang über den toten Ariel gebreitet hatte und sich erhob, als er den Prinzen herankommen sah.

»Öffnet mir eine Transversale«, verlangte Garald in schroffem Ton, weil er möglichen Widerspruch von vorneherein unterbinden wollte. Zu seiner Überraschung nickte der Kardinal bereitwillig. »Sogleich, Hoheit.« Er schaute Garald zwingend an. »Wie lauten Eure Befehle für die Zeit Eurer Abwesenheit?«

Im ersten Moment wollte Garald überhaupt nicht antworten und den Katalyten beiseite schieben wie die anderen. Aber der Kardinal umfaßte seinen Arm mit festem, beruhigendem Griff, seine Stimme klang ruhig und gelassen. Zwar malte sich auch auf seinen Zügen Furcht ab, aber beherrscht von Umsicht und Klugheit. Garald sah sein eigenes Gesicht in Radisoviks Augen widergespiegelt, starr, verzerrt, mit dem Ausdruck beginnender Panik.

Er zwang sich zur Ruhe.

»Meine Befehle«, wiederholte er gedehnt und strich mit der Hand durch sein nasses Haar, dabei fiel ihm auf, daß es um ihn immer noch in Strömen regnete, aber nicht auf ihn. Irgend jemand, vermutlich ein *Duuk-tsarith,* hatte einen magischen Schild über der Gruppe um das Spielbrett errichtet, um sie vor der Wut der Elemente zu schützen. In ähnlicher Weise schuf Garald einen Schild in seinem Bewußtsein, eine kleine Oase der Ruhe inmitten des Chaos. Er musterte die Lage auf dem Spielbrett.

»Zieht sämtliche Hexenmeister mit ihren Katalyten aus diesen Gebieten ab«, ordnete er an und wies auf die Einheiten im Osten, wo scheinbar noch alles in Ordnung war. Es wurde nicht gekämpft, man sah keine Fliehenden oder Toten. Was immer geschah, es bewegte sich von Norden ausgehend in westlicher Richtung. »Sie sollen sich nach Süden zurückziehen. Deckt ihren Rückzug mit Zentauren, Riesen, Drachen.« Er deutete auf die betreffenden Stellungen. »Diese Geschöpfe scheinen sich besser gegen«, er stockte, suchte nach Worten – »unsere seltsamen Gegner behaupten zu können.«

»Dort wird auch noch heftig Widerstand geleistet, Hoheit«, bemerkte einer der Generäle und lenkte die allgemeine Aufmerksamkeit auf ein Areal in der Nordwestecke des Spielbretts. Es handelte sich um Xaviers Feldherrenhügel. Schweigend beobachtete Garald die Gruppe winziger Gestalten, die erbittert kämpfte. »Unternehmt nichts weiter, bis ihr wieder von mir hört«, meinte er abschließend, kehrte seinem Brett und den verstörten Generälen den Rücken und entfernte sich mit raschen Schritten. »Radisovik, öffnet die Transversale. Ihr seid in der Zwischenzeit mein ...«

»Ich begleite Euch, Prinz.« Der Kardinal trat neben ihn.

»Das ehrt Euch, Radisovik.« Garald sprach leise. »Aber ich glaube, es wäre besser, wenn Ihr hierbleibt.« Er schaute zu den Generälen zurück, die sich gegenseitig und das Geschehen auf dem Spielbrett mit unbehaglichen Blicken streiften. »Einer der anderen Katalyten soll mitkommen. Eure Weisheit und nüchterne Überlegung ...«

» ... werden von meinem hitzköpfigen Prinzen gebraucht«, beendete Radisovik mit einem feinen Lächeln den Satz für ihn. Dann neigte er sich zu Garald, so daß nur er ihn verstehen konnte. »Erinnert Ihr Euch, was wir über die Grenzlande erfahren haben?«

Garald schaute ihn fragend an, aber der Kardinal

warf nur einen bedeutungsvollen Blick auf die Generäle und schwieg. Sein plötzlich verfallenes, um Jahre gealtertes Gesicht war jedoch Antwort genug.

Plötzlich begriff der Prinz. Die Prophezeiung ...

»Also gut, Radisovik.« Äußerlich war ihm nichts anzumerken von dieser neuen Bürde der Angst, obwohl er das Gefühl hatte, sein Herz sei zu Eisen geworden, so schwer lag es ihm in der Brust.

Radisovik ließ eine Transversale entstehen, einen Torbogen aus abgründiger Stille vor dem Hintergrund sturmgepeitschter Bäume und strömenden Regens. Der Prinz, der Kardinal und zwei *Duuk-tsarith* schickten sich an, den Korridor durch Zeit und Raum zu betreten.

»Ich werde Ariels als Boten zu euch schicken«, sagte Garald zu den Generälen, die ihm gefolgt waren. »Nigromant, du hast in meiner Abwesenheit das Kommando«, fügte er hinzu und brachte das protestierende Gemurmel mit einem Blick zum Schweigen. Auch er hatte daran gedacht, daß möglicherweise die Nigromanten auf diese Art versuchten, die Macht an sich zu reißen, war jedoch gleich wieder davon abgekommen. Er kannte diese Leute, glaubte an ihre Loyalität. Außerdem kannte er ihre Fähigkeiten und ihre Grenzen.

Kreaturen aus Eisen.

Garald stellt sich den vierschrötigen Schmied vor, wie er aus den Flammen Dämonen beschwor.

Nein. Unfug. Er hatte sie gesehen, wie sie Tag und Nacht schufteten, Speerspitzen schmiedeten und primitive Dolche ...

Kreaturen aus Eisen. Es war fast zum Lachen.

»Und wohin, Hoheit?« fragte Radisovik, als der Prinz die Transversale betrat.

»Bringt mich zu Kaiser Xavier.«

Kreaturen aus Eisen

Leben ist Magie. Magie ist Leben. Magie entströmte dem Herzen Thimhallans, floß aus dem Born des Lebens im Baptisterium und durchtränkte jedes Partikel Materie in Thimhallan. Jeder Kieselstein, jeder Grashalm, jeder Wassertropfen war voller Magie. Jeder Mensch verfügte über ein gewisses Maß an magischen Kräften. Es hatte nur einen wirklich toten Mann in Thimhallan gegeben, und er war vertrieben worden.

Doch jetzt schien der Quell der Magie vergiftet zu sein, die lautere Kraft verseucht von Angst aus einer so dunklen und tiefen Quelle, daß sie seit Jahrhunderten vergessen war. Wie die Beobachter an der Grenze ihre ungehörte Warnung in die Welt riefen, so schrien jetzt die Felsen Thimhallans vor Entsetzen, die Bäume erzitterten, die Erde bebte.

Mosiah konnte sich nicht rühren. Ein Nullmagiezauber hätte ihn nicht perfekter lähmen können, als seine Furcht es tat, deren eisige Finger ihm Vernunft, Atem und Kraft raubten, so daß er unfähig war, zu denken oder zu reagieren, als die Nebel sich teilten und der Schrecken zutage trat, der nach Thimhallan gekommen war.

Es war eine Kreatur aus Eisen. Aufgrund seiner Tätigkeit in der Schmiede erkannte Mosiah die schimmernden Metallplatten, deren Beschaffenheit die meisten Zauberer Thimhallans vermutlich vor ein Rätsel gestellt hätte, als das, was sie waren. Der plumpe, krötenähnliche Leib war so groß wie ein Greif, aber es hatte keine Flügel. Es hatte auch keine Beine und war gezwungen, auf dem Bauch zu kriechen. Der massige, abgeplattete Schädel drehte sich wie der Kopf einer Eule nach allen Seiten. Mosiah kam zu dem Schluß, daß es blind war, denn es wich Hindernissen nicht aus, sondern kroch stur weiter. Bäume rammte es nieder, rumpelte darüber hinweg und setzte seinen Weg fort. Es zermalmte Steine, wühlte die Erde auf und hinterließ tiefe, gewalttätig anmutende Furchen im Boden.

Mosiah beobachtete es mit fassungslosem Entsetzen. Er fragte sich, was für ein gräßliches Ungeheuer das war und woher es kam. Dann entdeckte er voller Grauen, daß das Geschöpf keineswegs blind war. Es hatte Augen. Wie der Basilisk gebrauchte es sie, um zu sehen und zu töten.

Aus seinem Versteck zwischen Bäumen, ungefähr zehn Meter von der Kreatur entfernt, sah Mosiah plötzlich einen Hexenmeister auftauchen, der vor dem Ungeheuer floh. Offenbar von Panik ergriffen, flog er so schnell er konnte und hatte die schwerfällige Kreatur bald hinter sich gelassen.

Ihr Kopf drehte sich, sie schien die Beute zu wittern. Plötzlich öffnete sich in dem Schädel ein einzelnes Auge – rund, schwarz und leer – und richtete sich auf den fliehenden Hexer. Dann schoß ein dünner Lichtstrahl aus dem Auge, rasch wie ein Lidschlag, so daß Mosiah zweifelte, überhaupt etwas gesehen zu haben.

Der Lichtstrahl traf den Hexenmeister in den Rükken, und er fiel, aber der Schwung seiner schnellen Vorwärtsbewegung ließ ihn noch ein Stück über den Boden rollen. Dicht vor Mosiah blieb er liegen. Der junge FeldMagus schöpfte neue Hoffnung. Endlich war er nicht mehr allein! Dieser Magus Bellorum wußte bestimmt, was passiert war. Er wartete darauf, daß der Mann aufstand, denn es war kein besonders schwerer Sturz gewesen. Aber der Hexenmeister regte sich nicht.

»Er ist nicht tot«, sagte Mosiah zu sich selbst und würgte die Angst hinunter, die ihm bitter in den Mund stieg. Als er aufblickte, sah er, daß die Kreatur zum Stillstand gekommen war und Ausschau zu halten schien. »Er kann nicht tot sein. Keine Wunde zu sehen, nichts, nur ein Loch in seiner Robe ... Bestimmt ist er betäubt. Ich muß ihm helfen ...«

Doch er brauchte einige Sekunden, um die Erstarrung abzuschütteln. Ein Auge wachsam auf das Ungeheuer gerichtet, dessen Kopf sich hin- und herdrehte, huschte Mosiah zwischen den Bäumen hervor, packte den Hexenmeister am Kragen und zerrte ihn mit sich in die Deckung der Büsche.

Dann drehte er ihn auf den Rücken, doch er brauchte die gebrochenen Augen und den offenen Mund nicht zu sehen, um zu wissen, daß der Mann tot war. Ein dünner Rauchfaden kräuselte sich aus seiner Brust. Mosiah hielt den Atem an und fuhr zurück.

Der Lichtstrahl hatte den Körper des Magiers durchbohrt wie ein rotglühender Schürhaken weiches Holz.

Unter Mosiahs Füßen vibrierte der Boden. Die Kreatur hatte sich wieder in Bewegung gesetzt. Mosiah wollte fliehen, weglaufen, aber die Beine gehorchten ihm nicht; der Anblick des Toten und die schnelle, unspektakuläre Art seines Sterbens, hatte ihn völlig aus der Fassung gebracht. Er hob den Blick von der Leiche und starrte auf das herannahende Ungetüm. Es mußte ihn entdecken, wenn es kam, um den Hexenmeister zu suchen, den es ermordet hatte. Trotzdem vermochte er sich nicht von der Stelle zu rühren.

Das Ungetüm näherte sich schwerfällig, aber unaufhaltsam. Mosiah roch die widerwärtige Ausdünstung des ungeschlachten Leibes, von der Unterseite des Rumpfs wölkten giftige Gase auf, die ihm den Atem nahmen. Hustend und würgend kauerte er zwischen den Bäumen, ohne einen Gedanken an Flucht, ohne überhaupt an etwas anderes denken zu können als an die Todesangst, die er empfand.

Zweifellos rettete er dadurch sein Leben.

Das Ungeheuer polterte und rumpelte an ihm vorbei, wie ein Wolf an einem Kaninchen, das wie erstarrt ausharrt, weil es weiß, daß die geringste Bewegung sein Tod wäre.

Mosiah sah zu, wie das Ungeheuer sich entfernte. Der blanke Schädel drehte sich wieder augenlos hierhin und dorthin, auf der Suche nach weiteren Opfern. Der tote Magus blieb unbeachtet.

Ein Zentauer tötet aus Haß und verstümmelt den Leichnam. Drachen töten aus Hunger, ebenso der Greif und die Chimäre. Ein Riese tötet, weil er dumm ist und die eigene Kraft nicht kennt. Aber dieses Ding hatte kaltblütig und ohne Grund getötet.

Obwohl der Nebel sich gehoben hatte und es Mosiah jetzt ein leichtes gewesen wäre, seine Einheit zu suchen und sich ihr wieder anzuschließen, wagte er sich nicht aus seinem Versteck hervor. Die Eisenkreatur befand sich noch immer in Sichtweite, ihr übelriechender Atem verpestete die Luft, während sie blindwütig durch Unterholz und Gestrüpp brach.

Waren noch mehrere davon in der Nähe? fragte sich Mosiah. Er lehnte an einem Baumstamm und zitterte am ganzen Leib – die Reaktion auf den ausgestandenen Schrecken. Ohne daß er es wollte, fiel sein Blick auf den Leichnam des Hexenmeisters ein Stück weiter. Was für ein Ungetüm hatte Merilon da auf die Welt losgelassen? Hastig wandte er den Blick wieder ab, von dem bleichen, erstaunten Gesicht des Toten und dem Rauchfaden, der sich aus dem verbrannten Stoff der Robe kräuselte ...

Die Robe!

Mosiah schaute genauer hin, seine Augen wurden groß. Der Hexenmeister trug die Farben Merilons!

»Gütiger Almin!« flüsterte Mosiah und sah zu der eisernen Kreatur hin, die eben hinter einer Hügelkuppe verschwand. »Ist das – unseres? Hat es mich deshalb nicht angegriffen?«

Die Nigromanten! war sein nächster Gedanke. Er wischte sich mit dem Handrücken den kalten Schweiß von der Oberlippe und musterte die Umgegend, in der Hoffnung, seine Kameraden zu entdecken. Viele von ihnen waren echte Nigromanten, geboren und aufgewachsen in dem geheimen Zirkel jener, die die Schwarze Kunst der Technologie praktizierten. Sie würden Bescheid wissen. Vielleicht hatten sie dieses Ding insgeheim gebaut, um die Herrschaft über die ganze Welt an sich zu reißen. Sie hatten oft genug davon gesprochen.

Er schloß die Augen und stellte sich das Geschöpf vor – die Schuppen aus Metall, die Ausdünstungen, die ihn an die glutheißen Dämpfe der Schmiede erinnerten.

›Ja‹, dachte er, mit ungestüm aufwallendem Zorn und Haß. ›Ja! Das ist ihr Werk! Ich habe ihnen nie getraut, nie ...‹

Aber noch während er es dachte, meldete sich ein nüchterner Teil von ihm zu Wort und schalt ihn einen Narren. Mosiah betrachtete die Armbrust, die er umklammerte, als hinge davon sein Leben ab. In seiner Angst hatte er völlig vergessen, daß er bewaffnet war. Er sah die einfache Machart, die krude Verarbeitung. Er dachte daran, wie lange es gedauert hatte, die Waffe herzustellen, wie die Männer Stunde um Stunde geschwitzt und gehämmert hatten. Dann rief er sich das Eisengeschöpf ins Gedächtnis – das spiegelglatte Metall, die gleitende Fortbewegung auf dem holprigen Boden. Selbst in den Tagen ihrer größten Macht und Glorie waren die Nigromanten nicht fähig gewesen, so etwas zu erschaffen. Erst recht nicht in den Tagen ihres Niedergangs. Sie brachten es ja kaum fertig, eine brauchbare Armbrust zu konstruieren und herzustellen.

Regentropfen schlugen gegen seine Wange, auffrischender Wind jagte ihm eine Gänsehaut über den Leib. Ein magischer Sturm zog auf; schwarze Gewitterwolken ballten sich am Himmel zusammen. Gezackte Blitze flammten auf, der grollende Donner erinnerte ihn an die Stimme der Eisenkreatur. Er sah den Toten an, und plötzlich hielt er es nicht mehr aus.

Panische Angst trieb ihn aus seinem Versteck. Er gestand es sich ein, während er über den unebenen Boden stolperte, die Tragegurte von Armbrust und Köcher an der Schulter umklammerte und furchtsame

Blicke nach allen Seiten warf. Der Wunsch, endlich Bescheid zu wissen, war größer als die Furcht vor dem Ungeheuer. Tatsächlich konnte nichts schlimmer sein als dieses Gefühl, einer fremden Macht ausgeliefert zu sein.

Der Sturm packte ihn, trieb ihn an mit heftigen Böen, Regen und Hagelschauern. Wasser lief ihm in die Augen, er konnte nichts sehen, trotzdem rannte er weiter, prallte gegen Bäume wie eine außer Kontrolle geratene Spielfigur, rutschte auf dem nassen Gras und verhedderte sich in zähen Ranken.

Endlich stolperte er in den Schutz von ein paar Bäumen und lehnte sich schnaufend gegen einen Stamm. Als er sich etwas erholt hatte, fiel ihm plötzlich Simkin ein.

Über all den furchtbaren Erlebnissen hatte er seinen Gefährten vergessen, der sich im Angesicht der Gefahr so diskret zu absentieren verstand. »Simkin wußte Bescheid. Simkin weiß *immer* Bescheid«, brummte Mosiah verdrossen. »Aber wo, zum Teufel, steckt er?« Er nahm den Köcher mit den Pfeilen von der Schulter, warf ihn auf den Boden und versetzte ihm einen Tritt. »Simkin?« schrie er gegen das Tosen des Sturms an. Er kam sich reichlich albern vor und hoffte doch wider aller Vernunft, das simkinsche ›Also wirklich, alter Knabe!‹ zu hören.

Leider gab es keinen grünen, orange befiederten Bolzen zwischen den schmucklosen grauen Pfeilen. Mosiah trat noch einmal gegen den Köcher. Nichts.

»Weshalb sollte ich mir auch wünschen, den Deppen hier zu haben!« brummte er und wischte sich den Regen aus dem Gesicht – Regen und Tränen der Angst, daß er sich jetzt völlig verirrt hatte. »Er ist eine Nervensäge und macht nur Schwierigkeiten. Ich …«

Mosiah verstummte und lauschte.

Donner grollte, Blitze breiteten Tücher aus Licht über den Himmel, bis es fast taghell war. Durch das Krachen, Rauschen und Prasseln hindurch glaubte er gehört zu haben ... ja, da war es wieder.

Stimmen!

Schwach vor Erleichterung, hätte Mosiah beinahe die Armbrust fallengelassen. Mit bebenden Händen legte er sie vorsichtig auf den Boden und hielt aus der Deckung des tropfenden Blättervorhangs heraus Umschau. Es hörte sich an, als kämen die Stimmen ganz aus der Nähe, offenbar aus einer anderen kleinen Baumgruppe, nur wenige Meter entfernt. Er konnte nicht verstehen, was gesprochen wurde, Wind und Regen und Donner übertönten so gut wie alle anderen Geräusche. Vielleicht waren es Zentauren. Mosiah lauschte angestrengt. Nein, unverkennbar menschliche Laute! Hexenmeister, zweifellos.

Mosiah kam vorsichtig unter den Bäumen hervor. Vermutlich war es angebracht, sich mit einem Ruf bemerkbar zu machen, sobald er nahe genug war. Das letzte, was er riskieren wollte, war, irgendeinen nervösen Hexenmeister zu erschrecken, der ihn womöglich in einen Frosch verwandelte. Die Stimmen waren jetzt deutlicher; es klang, als befänden sich mehrere Personen in dem Wäldchen, die in befehlendem Ton Anweisungen gaben. Ein Redeschwall drängte sich ihm auf die Lippen, er konnte es kaum erwarten, seiner Erleichterung Luft zu machen, die Dankbarkeit in Worte zu fassen, daß er endlich auf Freunde gestoßen war – aber dazu kam es nicht.

Als er den Rand des Wäldchens erreichte, verlangsamte er seinen Schritt. Weshalb? Er wußte es selbst nicht. Der Verstand drängte ihn weiterzulaufen, sich zu erkennen zu geben, aber ein tieferer Instinkt bewog ihn, zu schweigen und sich behutsam anzuschleichen. Vielleicht lag es daran, daß er selbst jetzt noch nicht verstehen konnte, was die Männer redeten; vielleicht hatte ihn die schlechte Erfahrung mit den *Duuktsarith* in Merlyns Hain damals Vorsicht gelehrt. Oder vielleicht war es derselbe Urinstinkt für Selbsterhaltung, der ihn vor der Eisenkreatur gerettet hatte.

Das Unwetter verhinderte, daß man ihn hörte, in dem strömenden Regen war er kaum auszumachen, also schlich er sich noch ein Stück näher an die Stelle heran, wo gesprochen wurde. Behutsam schob er die nassen Zweige zur Seite, und dann sah er sie.

Er verhielt sich absolut still, aber nicht aus Angst oder Vorsicht. Genaugenommen empfand er überhaupt nichts. Es war, als hätte sein Gehirn ihn im Stich gelassen und mit den Worten abgemeldet: ›Mir reicht's! Soll sich jemand anders damit rumärgern. Ciao!‹

Die Stimmen, die er gehört hatte, gehörten Männern nach ihrem muskulösen Körperbau zu urteilen. Zuerst dachte Mosiah, sie hätten Köpfe aus Eisen, denn er sah, wie die glatten, kahlen Schädel die zukkenden Blitze reflektierten. Dann nahm einer von ihnen seinen Schädel ab, um sich den Schweiß von der Stirn zu wischen, und Mosiah begriff, daß die Fremden Helme trugen.

Außerdem hatten die Männer gleichaussehende Anzüge an, die ihre Körper umhüllten wie eine zweite Haut. Mosiah hatte keinen Grund zu vermuten, es sei nicht ihre Haut, doch einer der Fremden streifte ein Stück davon ab, und eine ganze normale Hand kam zum Vorschein.

Der Mann hatte den Handschuh ausgezogen, um mit einem faustgroßen, ovalen Gegenstand zu hantieren. Er zeigte ihn einem der anderen und sagte in einer unverständlichen Sprache etwas zu ihm, wahrscheinlich betraf es den Gegenstand, denn der Mann schüttelte ihn ärgerlich. Der Angesprochene zuckte mit den Schultern, ohne überhaupt hinzusehen. Er schaute wachsam zwischen den Bäumen hindurch ins Freie und fühlte sich offenbar nicht wohl in seiner Haut.

Der Mann mit dem kleinen Gegenstand redete weiter, bis einer seiner Kameraden ein Zischen ausstieß. Das veranlaßte ihn, den Handschuh rasch wieder anzuziehen und in dieselbe Richtung zu blicken wie die fünf anderen. Alle duckten sich, und trotz des Regens konnte Mosiah erkennen, daß jeder von ihnen einen solchen ovalen Gegenstand in der ausgestreckten Hand hielt.

Mosiah suchte mit den Blicken das offene Gelände ab und fragte sich, was ihre Aufmerksamkeit erregt haben mochte. Er war immer noch wie betäubt und unfähig, Angst zu empfinden oder Neugier. Hätten die Männer sich herumgedreht und ihn entdeckt, wäre er zu nichts weiter imstande gewesen, als dazustehen und sie anzustarren. Einmal schaute tatsächlich einer der Fremden über die Schulter, aber nur kurz, flüchtig und offenbar erheblich mehr daran interessiert, was vor ihm passierte. Mosiah, gut getarnt von Buschwerk und Regen, blieb unbemerkt.

Ein Hexenmeister, eine Hexe und ihre Katalyten traten aus einem Wäldchen nicht allzuweit entfernt von dem, was Mosiah und den Fremden als Unterschlupf diente. Sie bewegten sich langsam, vorsichtig, und nach dem verstörten Ausdruck ihrer blassen Gesichter zu urteilen, hatten sie ähnliche Schrecken wie Mosiah erlebt. Die schwarzen Roben wiesen sie als *Duuk-tsarith* aus. Bei ihrem Anblick duckten sich die Fremden noch tiefer ins Unterholz.

Ein verirrtes Kind, das seine Eltern wiederfindet, hätte nicht froher und dankbarer sein können als

Mosiah beim Auftauchen der *Duuk-tsarith*. Während er sich eng an den Baumstamm schmiegte, hoffte er inbrünstig, außer Reichweite des Zaubers zu sein, von dem er wußte, daß die Magi ihn gegen die Fremden einsetzen würden. Die Fremden verstanden es, sich lautlos und unauffällig zu bewegen, ein Zeichen, daß sie in der Kunst des Hinterhalts erfahren waren. Dennoch bewegten sie sich nicht leise genug. Von den *Duuk-tsarith* sagte man, daß sie den Atem eines Kaninchens hören, das sich im Gras verbirgt.

Der Hexer reagierte sofort. Umflattert von seinen schwarzen Gewändern, fuhr er zu dem Wäldchen herum, streckte gebieterisch den Arm aus und sprach einen Zauber – einen Nullmagiezauber, die primäre Verteidigung der *Duuk-tsarith*. Er verfügte über ausnehmend große Macht, zudem mußte sein Katalyt ihm reichlich Leben gewährt haben, denn selbst auf diese Entfernung fühlte Mosiah einen schwächenden Einfluß auf seine eigenen magischen Kräfte. In der Erwartung, die Fremden wehrlos zu Boden fallen zu sehen, ihres Lebens beraubt, schickte Mosiah sich an, aus seinem Versteck hervorzukommen, weil er hoffte, von den *Duuk-tsarith* zu erfahren, was all die merkwürdigen Vorfälle in Almins Namen zu bedeuten hatten.

Doch verblüfft zögerte er. Die Nullmagie zeigte bei den Fremden nicht die geringste Wirkung. Sobald sie merkten, daß man ihre Anwesenheit entdeckt hatte und es unnötig war, sich länger zu verstecken, standen sie auf. Mosiah erinnerte sich an einen anderen Mann, dem die Nullmagie nichts anhaben konnte – Joram.

Diese Fremden waren ohne magisches Leben.

Einer von ihnen hob den Arm und deutete auf den Hexenmeister. Ein gleißender, nadelfeiner Lichtstrahl zuckte aus seiner Hand. Es summte und knisterte, der

Magus brach zusammen und starb ohne einen Laut. Sein Katalyt starrte fassungslos auf ihn hinab. Die dünne Rauchfahne, die von dem Leichnam aufstieg, gemahnte Mosiah mit qualvoller Deutlichkeit an den Tod, dessen Zeuge er erst vor kurzem gewesen war und an das in den Körper des Mannes gebrannte Loch.

Blieb abzuwarten, was die Hexe jetzt tun würde, aber sie war verschwunden. Diese Tatsache schien die Fremden zu beunruhigen, denn ihre behelmten Köpfe drehten sich forschend nach links und rechts, wie der Schädel der Eisenkreatur, die ihn vorhin so in Angst und Schrecken versetzt hatte. Nach einem Moment der Unschlüssigkeit zuckte der Fremde in der Mitte der Gruppe die Schultern, deutete mit seiner eigenartigen Waffe auf den Katalyten, der neben dem Leichnam seines Herrn niedergekniet war, um das Totengebet zu sprechen, und marschierte an der Spitze der Gefährten auf ihn zu.

Hinter dem Baum verborgen, wartete Mosiah mit angehaltenem Atem, daß sie den hilflosen Katalyten umbrachten. Der Priester hörte sie kommen, blickte aber nicht auf. Mit der Unerschütterlichkeit seines Ordens salbte er den Kopf des toten Magus' mit Öl und murmelte dabei die rituellen Worte: »*Per istam sanctam unctionem indulgeat ...*«

Der Fremde hielt unverändert die Lichtwaffe auf ihn gerichtet, aber zu Mosiahs Verwunderung tötete er ihn nicht. Ein anderer streckte zaghaft die Hand aus und umfaßte den Oberarm des Katalyten. Verärgert, weil man ihn hindern wollte, das Ritual zu vollenden, schüttelte der Katalyt die Hand ab. Die Fremden blickten auf einen Mann in ihrer Mitte, als erwarteten sie Order für ihr weiteres Vorgehen.

Dieser Mann, der ihr Anführer sein mußte, sagte

etwas in der sonderbaren Sprache der Fremden und gebot mit einem Wink seinem Vasallen, ein paar Schritte zurückzutreten und den Katalyten gewähren zu lassen.

Ein Fehler, belehrte Mosiah sie in Gedanken. Natürlich, weil sie ohne Leben waren, spürten sie nicht die zunehmende Spannung in der Luft; fühlten nicht, *konnten* nicht fühlen, wie Magie sich um sie herum verdichtete und zu vibrieren begann. Sie konnten nicht wissen, daß die Hexe sich noch ganz in der Nähe befand.

» *...quidquid deliqusti. Amen.* « Das Ritual war abgeschlossen. Nachdem der Katalyt dem Hexenmeister die Augen zugedrückt hatte, erhob er sich langsam.

Mosiah hörte einen der Fremden aufschreien – ein angstvoller Laut, der unheimlich und dumpf aus dem metallenen Helm schallte. Der Mann konnte nicht aufhören zu schreien. Von Entsetzen übermannt, zeigte er auf den Leichnam des Magus, der im Begriff war, sich zu verwandeln – in eine riesige Schlange. Die eben noch im Tod geschlossenen Augen des Hexenmeisters öffneten sich weit, und in ihnen glomm rot ein widernatürliches Leben. Der Körper veränderte sich und wuchs und wurde zu dem Leib eines Reptils, der sich gigantisch wie ein Turm in die Höhe reckte. Der flache, schillernde Kopf einer Königskobra wiegte sich hoch über den verstörten Fremden, die Zunge schnellte witternd vor und zurück.

Der Anführer der Fremden ermannte sich. Er sandte einen tödlichen Lichtstrahl gegen die Schlange, aber sein Arm zitterte, der Strahl verfehlte das Ziel, traf statt dessen einen Ast und setzte ihn in Brand. Schnell wie ein Blitz stieß die riesige Schlange zu und schlug die Giftzähne in die Schulter des Mannes. Die silbrige Haut, die er trug, vermochte ihn nicht zu schützen. Mosiah biß die Zähne zusammen, als der gellende Aufschrei des Fremden durch den Wald tönte, bis er mit einem schrillen Wimmern abbrach.

Das Reptil schenkte seinem Opfer keine weitere Beachtung mehr, sondern bog den Kopf zurück und faßte die übrigen Feinde ins Auge, aber die Fremden hatten sich längst zur Flucht gewandt. Blindlings hetzten sie davon. Neben der Schlange stehend, sah der Katalyt ihnen nach. Als sie verschwunden und auch ihre Schreie nicht mehr zu hören waren, begannen die Umrisse des Reptilkörpers zu flimmern, und es sank zu Boden. Ihres magischen Lebens beraubt, war die Kobra wieder zum Leichnam des Magus geworden.

Mosiah bemerkte plötzlich, daß er die ganze Zeit den Atem angehalten hatte, und holte tief Luft. Auf seiner Stirn standen Schweißperlen, er zitterte unkontrolliert am ganzen Leib. Beim plötzlichen Auftauchen der schwarzgewandeten Hexe dicht neben ihm tat sein Herz einen heftigen Sprung. Es fehlte nicht viel und er selbst hätte Fersengeld gegeben, aber mit unerbittlich festem Griff hielt sie ihn zurück.

»Habe ich nicht gesagt, daß ich ihn finden würde?!« tönte ein orangefarbenes Seidentuch, das die Hexe am Handgelenk trug. »Ich habe Euch stracks zu ihm geführt!«

»Du bist Mosiah?« Die im Schatten der Kapuze glitzernden Augen musterten ihn. »Ja«, beantwortete sie ihre eigene Frage. »Ich erkenne dich wieder.«

Auch Mosiah erkannte sie wieder, und die Erinnerung verschlug ihm die Sprache, denn dies war die Hexe, die ihn gefangen und dem fast sicheren Tod ausgeliefert hatte.

Das orangefarbene Tuch löste sich von ihrem Handgelenk und verdichtete sich zu der langen schlaksigen

Gestalt Simkins. Doch es war ein veränderter Simkin – ein bleicher, verstörter Simkin; ein Simkin, der nicht er selbst zu sein schien. Statt der für ihn typischen farbenfrohen Kreationen trug er Hosen aus grober Baumwolle, wie man sie höchstens bei einem armen FeldMagus erwartet hätte, dazu eine ärmellose, speckige Lederweste über einem tristen, zerschlissenen Seidenhemd. Nur das orangefarbene Seidentuch in seiner Hand flatterte munter, doch im nächsten Augenblick hatte er einen Zipfel davon in den Mund gesteckt und kaute geistesabwesend darauf herum.

»Was ist los?« stieß Mosiah tonlos hervor und schaute von Simkin zu der Hexe.

»Genau das wollten wir dich fragen!« Ihr Zischen gemahnte ihn lebhaft an die riesige Schlange. Als sein Blick furchtsam zu dem toten Hexenmeister irrte, sah er den Katalyten herbeieilen.

»Wir können hier nicht bleiben!« rief er halblaut. »Eine von den Eisenkreaturen kommt auf uns zu.«

»Transversale!« befahl die Hexe, und der Katalyt gehorchte augenblicklich. Simkin schlüpfte hinein, kaum daß das Tor sich aufgetan hatte, der Priester folgte ihm.

Mosiah zögerte. Er hörte das tiefe Brummen der nahenden Kreatur; er fühlte, wie der Boden unter seinen Füßen zitterte. Trotzdem hätte er es lieber mit dem blinden Ungeheuer zu tun gehabt als mit der Hexe, deren Anblick ihm die Erinnerung an ihre letzte, verhängnisvolle Begegnung zurückbrachte, an die Verzweiflung und den Schmerz der Fesseln aus dornigen Ranken.

»Narr!« Die Hexe packte ihn am Arm. »Du wärst rettungslos verloren. Es hat keine Augen, aber es ist nicht blind. Es tötet mit unfehlbarer Genauigkeit. So oder so nehme ich dich mit, aber es wäre mir lieb, wenn ich keine Gewalt anwenden müßte. Wir brauchen deine Hilfe.«

Das Brummen wurde lauter. Mosiah dachte an den Hexenmeister, der zu fliehen versuchte ... Ein Loch in seinen Körper gebrannt ... Dennoch konnte er sich nicht entschließen – ein Mann in einer lotrechten Felswand; eine Steinlawine geht nieder, und seine einzige Hoffnung ist der Sprung in den bodenlosen Abgrund.

»Wohin?« fragte er mit steifen Lippen, die ihm kaum gehorchten. Die Transversale begann sich bereits zu schließen.

»Zu Kaiser Xavier«, antwortete die Hexe. Ihr Griff um seinen Oberarm verstärkte sich unheilverkündend.

»Nicht nötig«, sagte er gepreßt. »Ich komme mit.«

Die Transversale nahm ihn auf.

Der kriechende Tod

Es war so still.

Garald, der vorsichtig aus der Transversale hinaustrat, fragte sich im ersten Moment, ob die *Thon-Li*, die sich in einem Zustand bemitleidenswerter Verwirrung befanden, einen Fehler gemacht und ihn in irgendeinen fernen, friedlichenTeil der Welt geschickt hatten. Doch er zweifelte wirklich nur einen Moment, dann wurde ihm klar, daß er an seinem Bestimmungsort angelangt war, daß die Stille, die ihn empfing, keine friedliche Stille war.

Es war die Stille des Todes.

Die Transversale schloß sich hinter ihm. Nur am Rande bemerkte er, daß Kardinal Radisovik die Augen mit der Hand bedeckte und stockend ein Gebet flüsterte. Ebenso hörte er seine Leibwächter vor Entsetzen und Zorn laut aufstöhnen. Er nahm es wahr, doch es berührte ihn nicht. Es kam ihm vor, als stünde er allein auf dieser Welt und sähe sie zum ersten Mal.

Die Sonne schien hell, ein krasser Gegensatz zu dem Unwetter, dem sie eben erst entronnen waren. An einem schieferblauen Himmel brannte sie mit verzehrender Kraft, wie um jede Spur der Schrecknisse auszutilgen, die sie hatte mitansehen müssen. Wenn Garald nach Norden blickte, konnte er seine Sturmfront heranziehen sehen. Nach allen Regeln der Kriegskunst hätte diese Wetterattacke Sharakans Xavier veranlassen müssen, seinen *Sif-Hanar* Gegenmaßnahmen zu befehlen, worauf das Kampfgeschehen sich mit Donner und Blitz in die Lüfte verlagert haben würde. Das war nicht geschehen. Die Sonne schien, kein Wölkchen zeigte sich. Der Grund dafür war offensichtlich.

Merilons *Sif-Hanar* lagen inmitten anderer Leichen unter ihrem Spielbrett begraben.

Das Brett selbst war in zwei Teile zerbrochen. Die eine Hälfte der massiven Granitplatte ragte schräg in die Höhe, die andere lag flach auf dem Boden. Garald konnte sich beim besten Willen nicht vorstellen, welche ungeheure Kraft den magischen Stein zu spalten vermocht hatte.

Langsam, ohne die Umgebung aus den Augen zu lassen, näherte er sich dem Brett, kniete nieder und legte die Fingerspitzen auf die glatte, kühle Oberfläche. Die Magie war erloschen. Keine Miniaturdrachen ließen ihren Feueratem lodern, keine daumengroßen Riesen stapften über die Platte, keine winzigen Hexer und Hexen maßen ihr Zauberkräfte mit ihrem Gegner. Merilons Spielbrett war so leer und leblos wie die Augen der Toten, die darunter eingeklemmt lagen.

Man brauchte nur den Blick zu heben, um das wirkliche Schlachtfeld zu sehen.

Es war übersät mit Leichen. Jeder Versuch, sie zu zählen, mußte scheitern. Kardinal Radisovik ging zwischen ihnen umher, sein roter Ornat flatterte im aufkommenden Wind, der bitterkalt über das Feld der Ehre strich, die Sonnenwärme aufsog und als eiskalten Hauch wieder ausstieß.

»Falls Ihr nach welchen sucht, die überlebt haben, vergeudet Ihr Eure Zeit, Radisovik«, sagte Garald dumpf vor sich hin. Nichts lebt dort mehr. Nichts und niemand ...

Erst nachdem er Radisovik einige Augenblicke lang beobachtet hatte, begriff er, daß der Kardinal nicht nach Überlebenden suchte. Er segnete die Toten.

Die Toten. Garalds Blick wanderte über die sonnenbeschienene Wiese, die sich vor ihm ausbreitete. Einst sorgsam gepflegt, plüschig wie grüner Samt, war das Gras von irgendeiner grobschlächtigen Kraft umgepflügt und verbrannt worden, als hätte die Sonne ihre Flammenhand vom Himmel gestreckt und einen Feuersturm entfesselt. Leichen lagen überall. Jedes Gesicht zu dem gleichen Ausdruck erstarrt: Angst, Entsetzen, Grauen.

Plötzlich vermochte Garald nicht mehr an sich zu halten. Er stieß einen Schrei voller Hilflosigkeit und Wut aus und stürmte blindlings los. Nach wenigen Schritten jedoch rutschte er in einer Blutlache aus und stürzte. Sofort waren die *Duuk-tsarith* zur Stelle, halfen ihm aufzustehen und ermahnten ihn, vorsichtig zu sein, weil die Gefahr vielleicht noch irgendwo in der Nähe lauerte. Garald wehrte ihre hilfreichen Hände ab, überhörte den guten Rat und hastete zu Radisovik, der über einer jungen Frau in schwarzem Gewand den Segen sprach. Jenseits aller Etikette und Umgangsformen, ergriff er den Arm des Kardinals und zwang ihn, sich aufzurichten.

»Seht doch!« rief er heiser und streckte die Hand aus. »Seht doch nur!«

»Ich weiß, Hoheit.« Radisoviks Gesicht war dermaßen von Kummer und Leid gezeichnet, daß Garald ihn kaum wiedererkannte. »Ich weiß«, wiederholte er leise.

Eine der prunkvollen Karossen, die der Adel Merilons sich als Transportmittel leistete, war vom Himmel gestürzt, die verkohlten, rauchenden Trümmer lagen im weiten Umkreis verstreut. Das Gespann durch Magie auf Riesenmaß vergrößerter Schwalben hatte den Absturz nicht überlebt. Sie trugen noch ihr goldenes Geschirr, der beißende Rauch verbrannter Federn hing in der Luft.

Das Flattern blauer Seide erregte Garalds Aufmerksamkeit. Taub für Radisoviks Warnungen, eilte er zur Unglücksstelle. Ein rauchendes Stück Holz war vielleicht eine Tür gewesen. Er griff danach und schleuderte es zur Seite. Darunter lag eine junge Frau, die verbrannten, gebrochenen Arme um einen Säugling geschlungen, als hätte sie versucht, ihn mit ihrem eigenen zarten Leib zu schützen. Vergebens. Das Kleine war tot wie die Mutter.

Nicht weit entfernt entdeckte Garald inmitten der Trümmer den Leichnam eines Mannes. Nach der Art seiner Kleidung zu urteilen, handelte es sich um den Eigentümer der Kutsche, einen Aristokraten aus Merilon. In der Hoffnung, bei ihm noch einen Funken Leben zu finden, drehte Garald ihn auf den Rücken.

»Mein Gott!« Der Prinz zuckte schaudernd zurück.

Der grinsende Mund und die leeren Augenhöhlen eines Totenschädels starrten ihn an.

Die Welt stand plötzlich kopf. Die Sonne fiel vom Himmel. Garald hatte das Gefühl, der Boden wurde ihm unter den Füßen weggezogen. Starke Hände griffen nach ihm, hielten ihn fest. Er merkte, daß man ihn hinlegte, und hörte aus unendlicher Ferne Radisoviks Stimme ...

»*Theldara* – holt einen her! Rasch!«

»Nein!« protestierte Garald krächzend. Sein Hals war rauh, das Sprechen bereitete Schmerzen. »Nein. Mir fehlt nichts. Es war nur dieser – dieser arme Mann! Was für ein Feuer könnte denn ...«

Kreaturen aus Eisen.

»Mir fehlt nichts!« Er schüttelte die Hände seines Ministers ab und setzte sich mühsam auf. Den Kopf zwischen den Knien, atmete er tief die kalte Luft ein, machte sich Vorwürfe und suchte so Zuflucht vor dem Grauen, das auf ihn einstürmte. Er hatte versagt! Ausgerechnet wenn sein Volk am dringendsten der Führung bedurfte, zeigte er Schwäche! Dieser nicht mehr junge Mann – ein Katalyt! – hatte mehr Rückgrat bewiesen als er, der Kronprinz.

Garald schüttelte heftig den Kopf, als könne er so Ordnung in das Chaos seiner Gedanken bringen. Er mußte entscheiden, was unternommen werden sollte. Gütiger Almin! *Konnte* man denn etwas unternehmen? Sein widerstrebender Blick wurde magnetisch von der Leiche des verbrannten Mannes angezogen. Faszination des Grauens. Schaudernd wollte er das Gesicht abwenden, dann aber biß er die Zähne zusammen und befahl sich, genau hinzuschauen. Wie er gehofft hatte, erregte der schreckliche Anblick seine Wut und den Wunsch nach Vergeltung.

»Garald«, Radisovik kniete neben ihm nieder, »Kaiser Xavier ist nicht unter den Toten und auch keiner seiner Magi Bellorum. Wenn ich recht verstanden habe, war es ursprünglich Eure Absicht, ihn aufzusuchen. Wollt Ihr das immer noch?«

»Ja«, antwortete Garald. Er war dem Kardinal dankbar, weil er seinen verwirrten Zustand erkannte und ihm taktvoll half, darüber hinwegzukommen. Seine eigene Stimme kam ihm fremd vor; er schluckte, um seine schmerzende Kehle zu befeuchten. »Ja«, wiederholte er. Mit geschlossenen Augen rief er sich das Spielbrett ins Gedächtnis. Da war das kleine Widerstandsnest ... »Er steht weiter östlich.«

»Gut, Hoheit. Osten.«

Die wortkarge Antwort und der angespannte Ton veranlaßten Garald, rasch den Kopf zu heben und Radisovik anzusehen, dessen Blick nach Osten gerichtet war, wo eine Rauchsäule über den Bäumen zu sehen war.

»Benutzen wir eine Transversale, Hoheit?« Wieder half ihm der Kardinal unauffällig, eine Entscheidung zu treffen. »Es könnte gefährlich sein ...«

»Zweifellos.« Garald überlegte schnell, Zorn und die Notwendigkeit zu handeln, verliehen ihm neue Energie. Ohne fremde Hilfe stand er auf und ging mit festen, entschlossenen Schritten zu dem zerbrochenen Spielbrett zurück. »Es ist schon eine Unvorsichtigkeit gewesen, via Transversale hierherzukommen. Wir hätten mitten in diesem ...« Er stockte und preßte die Lippen zusammen. »Unvorbereitet. Wehrlos. Aber wir haben keine andere Möglichkeit ...« Wieder unterbrach er sich, diesmal, um das Problem nüchtern und logisch zu durchdenken. Als er Anstalten machte weiterzusprechen, hob einer der *Duuk-tsarith* warnend die Hand. Auf ein knappes Wort seines Gefährten entstand ein magischer Schild um den Prinzen und den Kardinal, während die schwarzgewandeten Hexer sich ein Stück in die Luft erhoben. Einer von ihnen hielt nach vorne Ausschau, der andere sicherte nach hinten.

Umgeben von dem magischen Schutzwall, bemühte Garald sich zu hören, was den Argwohn der stets wachsamen *Duuk-tsarith* erregt hatte. Schließlich fühlte er mehr, als daß er es hörte – ein Vibrieren des Bodens, als näherte sich etwas Schweres, Großes ...

Kreaturen aus Eisen.

Wie die meisten Menschen hatte auch Garald sich über das Sterben und das Leben nach dem Tode Gedanken gemacht. Als er von Jorams Tod erfuhr, fragte er sich im stillen, ob er den Mut aufgebracht hätte, in die nebelverhangene Ungewißheit des Jenseits hinauszugehen. Doch niemals war ihm der Tod so hautnah begegnet. Niemals hatte er ihm eine solche abscheuliche Fratze gezeigt.

Er sah das Entsetzen auf den Gesichtern der Toten, die Spuren der Qualen, unter denen sie gestorben waren und die nicht einmal der Frieden des Todes hatte auslöschen können. Furcht stieg in ihm auf, sein Magen krampfte sich zusammen, die Knie wurden ihm weich.

Als er den Kardinal ein Gebet flüstern hörte, beneidete er den Mann um sein Gottvertrauen. Der Prinz hatte bisher von sich geglaubt, aufrichtig gläubig zu sein, aber jetzt wurde ihm bewußt, daß es nur ein Lippenbekenntnis gewesen war. Des Almins wunderbare Wege ... Hier war er bestimmt nicht vorbeigekommen.

Das Vibrieren unter seinen Füßen wurde stärker, und er hörte ein dumpfes Geräusch, wie rhythmische Hammerschläge. Ihm wurde übel, und er hatte das Gefühl, sich vor Angst übergeben zu müssen. Er sah es bildhaft vor sich – der Kronprinz von Sharakan kniet auf dem Feld der Ehre und kotzt sich die Seele aus dem Leib. Man würde es in Sagen und Liedern von Generation zu Generation weitergeben! Bei dem

Gedanken lachte er schrill auf. Kardinal Radisovik warf ihm einen besorgten Blick zu.

Er glaubt, daß ich hysterisch bin, dachte Garald und holte tief Atem. Die Übelkeit verging; der kalte Schweiß trocknete auf seiner Stirn und Oberlippe. »Das also ist Mut«, sagte er mit grimmiger Ironie zu sich selbst. »Bis zum bitteren Ende achten wir darauf, was andere von uns denken.«

Das dumpfe Dröhnen verstärkte sich. Aus dem Augenwinkel nahm Garald eine Bewegung wahr. Er griff nach Radisoviks Arm, deutete nach vorn und stieß einen tiefempfundenen Seufzer der Erleichterung aus.

Der obere Teil eines gewaltigen Schädels tauchte über einem Hügelkamm auf. Es folgten ausladende Schultern, ein mächtiger Leib, bekleidet mit Tierfellen und zu guter Letzt zwei säulengleiche Beine.

»Ein Riese!« murmelte Radisovik und sandte ein stummes Dankgebet gen Himmel.

Vielleicht etwas voreilig. Auch wenn dies nicht das Ungeheuer war, mit dem sie gerechnet hatten, erhielten die *Duuk-tsarith* den magischen Schild aufrecht, denn Riesen konnten unberechenbar sein. Dieser Riese hier machte jedoch einen weinerlichen und verwirrten Eindruck, und als er näher kam, sah Garald, daß er verwundet war. Er hielt den linken Arm umklammert, und in seinem schmutzigen Gesicht waren Tränen zu sehen.

Ein verwundeter Riese war noch gefährlicher, deshalb postierte sich einer der *Duuk-tsarith* zwischen ihn und den Prinzen. Der andere Leibwächter wendete sich, nachdem er einige Worte mit seinem Gefährten gewechselt hatte, an Garald.

»Hoheit«, meinte er, »dies könnte ein ideales Transportmittel sein, um uns zu Kaiser Xavier zu bringen.«

Überrascht von dem Vorschlag und noch nicht ganz erholt von der ausgestandenen Angst, starrte Garald den Hexenmeister verständnislos an, unfähig, klar zu denken und eine Entscheidung zu treffen. Der *Duuk-tsarith* stand jedoch in erwartungsvoller Haltung vor ihm, und Garald zwang seinen Verstand zu arbeiten.

Es war eine gute Idee. Der Riese konnte sie zu der Stelle bringen, wo Xavier sich noch gegen den unsichtbaren Feind zur Wehr setzte. Nicht nur, daß der Riese zu Fuß schneller vorankam, als sie fliegen konnten, von ihrem Ausguck in luftiger Höhe war es auch möglich, Gefahren rechtzeitig zu erkennen.

»Ausgezeichnet«, sagte Garald schließlich. »Trefft die nötigen Vorbereitungen.«

Aber der *Duuk-tsarith* hatte sich bereits ans Werk gemacht. Er überließ es seinem Gefährten, ihre Schützlinge zu bewachen, dann schwang er sich in die Luft und flog dicht an den Giganten heran, der ihn argwöhnisch musterte, aber keine offene Feindseligkeit erkennen ließ.

»Dann war es also kein Hexenmeister, der ihn angegriffen und verwundet hat«, überlegte Garald laut. »Andernfalls würde er sofort nach dem *Duuk-tsarith* schlagen oder die Flucht ergreifen.«

»Ihr habt vermutlich recht, Hoheit«, sagte Radisovik. »Er wurde wahrscheinlch von Magi für den Kampf ausgebildet und hat immer noch Vertrauen zu ihnen. Irgend *jemand* oder irgend *etwas* anderes muß ihm die Verletzung zugefügt haben.«

Der Hexenmeister sprach dem Riesen beruhigend zu und erbot sich, die Wunde zu heilen. Als er merkte, daß ihm Aufmerksamkeit zuteil wurde, flossen die Tränen des Riesen noch heftiger. Er hielt dem *Duuk-tsarith* bereitwillig den Arm hin und stieß einen Strom unverständlicher Worte aus. Beim Anblick der ausgedehnten Verbrennung, die sich feuerrot über den gewaltigen Arm zog, fragte Garald sich erneut, wer oder was um des Almins willen, die Macht oder die Waffe besaß, derartige Wunden zu verursachen.

Derselbe Gegner, der imstande war, eine massive Granitplatte in zwei Teile zu brechen, eine Karosse vom Himmel zu stürzen und einem Menschen das Fleisch von den Knochen zu sengen ...

Kreaturen aus Eisen.

Der *Duuk-tsarith* ließ mit einer Handbewegung eine Salbe auf dem Arm des Riesen erscheinen, die sich lindernd über die verbrannte Haut legte. Als nächstes zauberte der Hexer eine Rolle Verbandsstoff herbei und bandagierte den Arm, nicht so sehr, weil es für die Heilung unerläßlich war, sondern weil die Kolosse mit dem kindlichen Gemüt solch schmückendes Beiwerk liebten. Anschließend machte der *Duuk-tsarith* mit Zeige- und Mittelfinger ein Zeichen über der Stirn seines Patienten und kehrte zurück, um Bericht zu erstatten.

»Ich habe ihm ein Geas auferlegt«, sagte er, nachdem sein Gefährte den magischen Schutzschild aufgehoben hatte. »Er soll sich auf die Suche nach dem Lebewesen oder Ding machen, das für seine Schmerzen verantwortlich ist. Weil dieses Geas mit seinen Wünschen übereinstimmt, wird er es willig befolgen.«

»Ausgezeichnet.« Garald schaute nach Osten, wo die Rauchsäulen zahlreicher wurden. »Wir müssen uns beeilen.«

»Selbstverstänldich, Hoheit.« Der *Duuk-tsarith* skandierte eine Beschwörungsformel, hob den Prinzen und den Kardinal vermittels seiner magischen Kraft in die Luft und bugsierte sie geschickt auf die massigen Schultern des Riesen.

Während er sich so bequem wie möglich zurechtrückte, rümpfte Garald die Nase über den Geruch des ungewaschenen Körpers und der rohen Felle. Der Riese bezeigte ungemein großes Interesse an seinen Passagieren, und es dauerte eine Weile, bis er sich alles angesehen hatte. Sein Atem war noch übelriechender als seine Haut. Garald würgte, und Kardinal Radisovik hielt sich den Kuttenärmel vor die Nase, als der vor Staunen offene Mund mit den schadhaften Zähnen in seine Richtung grinste.

Schließlich gelang es den *Duuk-tsarith* aber, mit einem scharfen Befehl den Riesen zu veranlassen, sich schwerfällig in Marsch zu setzen. Sie zeigten auf die Rauchsäulen, um ihm klarzumachen, in welche Richtung er gehen sollte, dann flogen sie voraus, um für den einfältigen Giganten den besten Weg auszukundschaften.

Garald hatte gefürchtet, trotz des Geas könnte der Riese sich weigern, dorthin zu gehen, wo der Rauch aufstieg. Vielleicht brachte er aber Rauch nicht mit Feuer in Zusammenhang, denn er stapfte ohne Zögern voran und redete dabei in seiner unverständlichen Sprache, die sich anhörte wie das Plappern eines aufgeregten Dreijährigen.

Garald, der nur mit halbem Ohr zuhörte, begriff plötzlich, daß der Riese ihnen mitzuteilen versuchte, was geschehen war. Wiederholt deutete er gestikulierend auf seinen linken Arm, einmal mit solcher Heftigkeit, daß der Prinz beinahe abgerutscht wäre. Er hielt sich krampfhaft an den fettigen, verfilzten Haaren des Riesen fest und versuchte mit aller Kraft, das Gleichgewicht zu halten. Nachdem er den Schreck überwunden hatte, kam ihm der Gedanke, wie bedauerlich es war, daß bisher niemand sich die Mühe gemacht hatte, mit diesen eigentlich bedauernswerten Geschöpfen zu sprechen. Von normalen Menschen zu ungeschlachten Giganten mutiert, deren man sich während des Kriegs bediente, hatten ihre Meister sie anschließend in der Wildnis sich selbst überlassen, bis man sie irgendwann wieder brauchte.

Sie legten die Meilen zwischen dem zerbrochenen Spielbrett und dem neuen Kampfplatz in kürzester Zeit zurück; der Riese schritt mit solcher Begeisterung aus, daß die *Duuk-tsarith* ihm streng befehlen mußten, langsamer zu gehen, damit er unterwegs nicht seine Passagiere verlor.

Garald, der von seinem Aussichtspunkt das Feld der Ehre überblickte, sah noch mehr Leichen, und seine Züge verhärteten sich, je mehr sein Zorn wuchs. Er entdeckte weitere Spuren des Feindes – lange, tief eingegrabene Furchen im Erdreich, die ziemlich genau nach Osten führten. Augenscheinlich ließ er sich durch buchstäblich nichts aufhalten: große Bäume waren entwurzelt und beiseite geschoben worden, von kleineren ragte nur noch der geborstene Stumpf aus dem Boden; Sträucher, Buschwerk, Unterholz hatte man niedergewalzt oder in Brand gesetzt. Die meisten Toten lagen zu beiden Seiten dieser Schneise brutaler Zerstörung.

An einer Stelle, dicht bei den rauchenden Überresten eines Wäldchens, bemerkte Garald ein helles Aufblitzen – Metall, das in der Sonne glänzte. Er reckte sich, um besser sehen zu können, obwohl er dabei einen Sturz riskierte. Soweit er es auf den ersten Blick beurteilen konnte, handelte es sich um einen Leichnam, der, so unglaublich es zu sein schien, von einer Haut aus Metall überzogen war.

Im ersten Moment wollte Garald Halt machen lassen und sich vergewissern, dann sah er ein, daß es klüger war, darauf zu verzichten. Es bestand die Gefahr, daß der Riese sich einfach davonmachte, sobald man ihn sich selbst überließ.

»Vermutlich werde ich bald genug wissen, was geschehen ist«, sagte Garald sich grimmig, denn ein Blick nach vorne zeigte ihm, daß sie sich der schwärzesten und unheilverkündendsten Rauchsäule näherten. Über dem Geplapper des Riesen war ein leises Grollen zu hören, unterbrochen von solchen Explosionen, mit denen die Illusionisten an Feiertagen die Jugend in Schreck und Entzücken versetzten. Wieder überfielen den Prinzen die Magenkrämpfe, sein Hals wurde trocken, seine Knie weich.

Genau in diesem Augenblick erreichten die *Duuktsarith*, die vorausgeflogen waren, den Kamm einer steilen Erhebung. Aus irgendeinem Grund hielten sie in der Bewegung inne. Garald, der mit zusammengekniffenen Augen zu ihnen hinaufspähte, sah, wie die verhüllten Köpfe sich einander zuwandten. Obwohl er den Ausdruck auf ihren Gesichtern nicht erkennen konnte, spürte er eine von ihnen ausgehende Erschütterung und Fassungslosigkeit, Emotionen, die den Angehörigen dieses für seine strikte Disziplin berüchtigten Ordens fremd sein sollten.

Begierig zu erfahren, was sie gesehen hatten, richtete Garald sich auf, bis er gebückt auf den Schultern des Riesen kniete, der die Hügelflanke hinaufstieg. Beide sahen den Feind zur gleichen Zeit. Aufbrüllend blieb der Gigant so abrupt stehen, daß Garald den Halt verlor. Er kam ins Rutschen und fiel, aber seine Magie rettete ihn. Von ihrem Netz aufgefangen, hielt er sich in der Schwebe, auf gleiche Höhe mit den Wipfeln der Bäume auf dem Hügelkamm.

Als er nach unten schaute, erblickte er den Feind.

Kreaturen aus Eisen.

Die Legionen ohne Magie

Sie krochen, scheinbar blind wie Maulwürfe, über das Angesicht der Erde und hinterließen auf ihrem Pfad nichts als Tod und Zerstörung. Sie verschonten kein lebendes Wesen. Mit entsetzter Faszination sah Garald zu, wie der Kopf der Kreaturen sich hierhin und dorthin drehte, und wohin das Ungeheuer schaute, sandte es den Tod, rascher als ein Lidschlag und mit grauenerregender Präzision.

Die Bewegungen waren koordiniert und zielstrebig. Zwanzig oder mehr der Ungeheuer näherten sich von verschiedenen Punkten im Norden. Sobald sie sich trafen, fuhren sie in einigem Abstand nebeneinander. Hinter den Kreaturen marschierten Hunderte von Menschen. Wenigstens nahm Garald an, daß es Menschen waren. Sie hatten Beine und Arme und Köpfe und gingen aufrecht. Aber ihre Haut war aus Metall, das in der Sonne glänzte. Ihm fiel der Leichnam ein, den er zwischen den verbrannten Bäumen gesehen hatte.

Wenigstens konnten sie getötet werden, war sein erster Gedanke. Die zweite, erschreckendere Überlegung brachte ihm zu Bewußtsein, daß der Feind nach Süden zog. Er riß den Blick von dem furchtbaren Schauspiel los und hob den Kopf. In weiter Ferne sah er die Sturmwolken der *Sif-Hanar*, die den Standort seiner Truppen markierten. Es gehörte nicht viel Phantasie dazu, sich auszumalen, wie seine Magi Bellorum, die Hexen und Hexer dort ahnungslos warteten, daß der Tod sie überrollte. Er erinnerte sich an die Kutsche, die zerschmettert am Boden lag, und dachte an die Zuschauer mit ihren Picknickkörben voller Früchte und Wein. Das Unwetter würde ein paar von ihnen veranlaßt haben, anderswo Zuflucht zu suchen, aber wahrscheinlich hatten sie sich nur bis zum Rand des Feldes der Ehre zurückgezogen, wo es trocken war. Wenn das Unglück es wollte, waren einige womöglich sogar auf dem Weg hierher, weil sie gesehen hatten, daß in dieser Gegend die Sonne schien.

»Hoheit!« Einer der *Duuk-tsarith* berührte ihn am Arm, etwas, das Garald noch nie erlebt hatte, und ein sicheres Zeichen dafür, wie verstört diese disziplinierten und beherrschten Hexenmeister waren. Garald schaute in die Richtung, in die der Hexenmeister deutete.

Eine natürliche Felsformation war hastig in eine primitive Festung verwandelt worden. Im Innern dieser Festung konnte man Gestalten umhergehen sehen, deren rote und schwarze Roben sie als Hexenmeister und Hexen auswiesen. An den verschiedenen Nuancen des Rots war abzulesen, auf welcher Seite sie gekämpft hatten, ehe die neue Bedrohung sie vereinte. Garald bemerkte eine Person in karminroten Gewändern, die in befehlsgewohnter Haltung einherschritt.

»Xavier«, murmelte der Prinz.

»Hoheit, sie befinden sich genau im Weg dieser Kreaturen!« sagte der *Duuk-tsarith*. Seiner gepreßten Stimme war anzuhören, wie sehr er sich anstrengen mußte, die Beherrschung nicht zu verlieren.

Wußte Xavier, daß die Kreaturen nahten, und hatte sich entschlossen, hier seine Verteidigungsstellung zu errichten? Oder hatte er sich einfach nur hierher zurückgezogen, ohne zu ahnen, welche Streitmacht gegen ihn vorrückte?

Und was waren diese Kreaturen aus Eisen? Diese Männer aus Eisen? Garald zermarterte sich den Kopf nach einer Antwort, während er sie mit fasziniertem Grauen beobachtete. Woher kamen sie? Konnte es möglich sein, daß ein anderer Stadtstaat in Thimhallan irgendwie das Wissen und die Macht erworben hatte, diese Monstren zu erschaffen? Nein. Das war in höchstem Maße unwahrscheinlich. Es hätte sich nicht geheimhalten lassen. Diese Kreaturen mußten von Zauberern erschaffen worden sein, deren Fähigkeiten alles überstiegen, was selbst die Ahnen zu träumen gewagt hätten.

Warum aber waren sie nicht auf dem Spielbrett erschienen? Weshalb hatte er sie nicht sehen können?

Die Antwort lag so klar auf der Hand. Er hatte sie die ganze Zeit gewußt.

Sie waren ohne Leben. Allesamt – die Eisenkreaturen und die fremdartigen Männer mit der silbernen Haut.

Die Berührung des *Duuk-tsarith* ließ ihn aufschrekken. Nach einem letzten Blick auf die Felsbastion Xaviers, wollte er sich abwenden, doch plötzlich fiel ihm eine der Kreaturen auf, die vor einem großen Steinblock Halt machte, der ihr den Weg versperrte. Ein Lichtstrahl zuckte aus ihrem Auge, und der Stein zerfiel in tausend kleine Stücke.

Soviel zu der Felsbastion.

Garald setzte sich unverzüglich in Bewegung. Sein Verstand, nicht länger gelähmt von unbestimmten Ängsten, arbeitete schnell und effektiv.

»Wir müssen Xavier warnen«, überlegte er laut, »und ihn dazu bringen, sich zurückzuziehen. Mit diesem kleinen Kontingent kann er einem solchen Gegner nicht standhalten. Und wir müssen unsere Truppen über die Lage informieren.«

Er beendete sein Selbstgespräch, als er bei dem Riesen eintraf. Ihn, den Kardinal und fast alles andere hatte er in der ersten Bestürzung über den alptraumhaften Anblick beinahe völlig vergessen.

Der zurückgebliebene *Duuk-tsarith* hatte dem Kardinal geholfen, von der Schulter des Riesen auf den Boden zu gelangen, und mußte jetzt alle Zauberkraft aufwenden, um den wutschnaubenden Riesen im Zaum zu halten. Garald schlug das Gewissen, als er daran dachte, daß Radisovik zweifellos in Gefahr gewesen war und daß sein Prinz ihn seinem Schicksal überlassen hatte. Der Anflug von Reue währte jedoch nur kurz.

»Ihr habt es gesehen?« fragte Garald seinen Minister düster, als er neben ihm stand.

»Ich habe es gesehen«, bestätigte Radisovik sichtlich erschüttert. »Der Almin möge uns gnädig sein!«

»Schön wär's!« brummte Garald. Die sarkastische Bemerkung trug ihm einen besorgten Blick des Priesters ein. Es war jedoch nicht die Zeit, über Glauben und Nichtglauben zu debattieren. Garald winkte dem *Duuk-tsarith*, der ihn begleitet hatte, und gab seine Befehle.

»Ihr und Kardinal Radisovik werdet ...«

»Hoheit! Ich glaube, ich sollte bleiben ...«, warf der Kardinal ein.

» ...via Transversale zum Hauptquartier zurückkehren«, fuhr Garald fort, als hätte er ihn nicht gehört. »Es ist mir gleich, wie Ihr es anstellt, aber schafft die Zivilisten von da fort. Bringt sie alle ...« Er zögerte, bevor er mit einem schiefen Lächeln fortfuhr: » ...Freund wie Feind, nach Merilon. Es liegt am nächsten, und die magische Kuppel bietet einen gewissen Schutz. Ich frage mich, wen Xavier wohl als Statthalter eingesetzt hat? Vermutlich ist Bischof Vanya in die Stadt zurückgekehrt. Nun, das läßt sich nicht ändern. Radisovik, Ihr müßt den Bischof aufsuchen. Erklärt, was geschehen ist und ...«

»Garald!« sagte sein erster Minister und Ratgeber streng und zog die Brauen auf eine Art zusammen, wie Garald es seit den Streichen seiner Kinderzeit nicht mehr bei ihm gesehen hatte. »Ich bestehe darauf, daß Ihr mir zuhört!«

»Kardinal, *nicht* Eure Sicherheit ist der Grund, daß ich Euch zurückschicke! Ich brauche Euch, um mit dem Bischof zu verhandeln ...« begann Garald ungeduldig.

»Hoheit«, Radisovik schnitt ihm kurzerhand das Wort ab. »Es gibt keine Leichen von Katalyten!«

Garald starrte den Priester verständnislos an. »Wie?«

»In der Umgebung des Spielbretts, auf dem Feld der Ehre, das wir überquert haben befindet sich kein einziger toter Katalyt! Ihr wißt so gut wie ich, daß sie nie und nimmer ihre Herren im Stich lassen würden oder ihnen die letzten Riten versagen. Und doch war keiner der Getöteten mit den Riten versehen worden. Warum gibt es keine Leichen, wenn die Katalyten tot sind? Was ist aus ihnen geworden?«

Darauf wußte Garald keine Antwort. Von all den rätselhaften Dingen, die er gesehen hatte, war dies am seltsamsten. Es ergab keinen Sinn. Aber – was ergab schon einen Sinn? Kreaturen aus Eisen, die alles niedermachten, alles außer Katalyten töteten.

»Deshalb muß ich darauf bestehen, Hoheit«, Radisoviks Ton war kühl und förmlich, »daß mir als einem ranghohen Mann der Kirche gestattet wird, zu bleiben und mein möglichstes zu tun, um dieses Rätsel zu lösen und herauszufinden, was aus meinen Brüdern geworden ist.«

»Nun gut.« Garald hatte den Faden verloren und mußte sich erst wieder besinnen. Er wandte sich an den *Duuk-tsarith*. »Ihr sucht Vanya auf. Merilon muß befestigt werden. Sendet die Ariels zu den Dörfern und organisiert die Evakuierung der Leute in die Sicherheit der Stadt. Nehmt Verbindung zu den Mitgliedern Eures Ordens in anderen Städten auf und bringt in Erfahrung, ob auch sie angegriffen werden.«

Der *Duuk-tsarith* nickte stumm. Er hatte die Hände in den weiten Kuttenärmel gefaltet, wie die Ordensregel es vorschrieb, und machte einen ruhigen, gefaßten Eindruck. Vielleicht erging es ihm wie Garald, und er fühlte sich besser, weil er jetzt eine Aufgabe hatte.

»Die Magi Bellorum sollen bis zum letzten Moment ausharren. Ich werde versuchen, Xavier zu überzeugen, daß er sich hinter unsere Linien zurückzieht. Und benachrichtigt meinen Vater. Sagt ihm, was vorgeht und daß Sharakan sich darauf vorbereiten muß, einem Angriff standzuhalten. Obwohl – wie sie einem solchen Angriff standhalten wollen ...« Seine Stimme brach. Er hustete, räusperte sich und schüttelte ärgerlich den Kopf.

»Ihr wißt Bescheid?« fragte er schroff.

»Ja, Hoheit.«

»Dann geht. Doch erst sagt Eurem Gefährten, er soll den Riesen von dem Bann befreien.«

»Ja, Hoheit.«

Täuschte er sich, oder sah er tatsächlich ein Lächeln auf dem bleichen Gesicht in den Tiefen der Kapuze?

»Das sollte mir die Frist verschaffen, die ich brauche«, sagte er vor sich hin, während er zusah, wie der Hexenmeister mit seinem Gefährten sprach, der den Riesen bändigte. Die schwarze Kapuze nickte. »Ihr öffnet besser eine Transversale, Radisovik. Wenn der Riese frei ist, sollten wir uns schnellstens davonmachen.«

Ein zweidimensionales Tor erschien. Der erste *Duuk-tsarith* war bereits davongeflogen, um seine Befehle auszuführen. Der zweite befreite mit einem Wort den Riesen von dem Bann, der ihn an Ort und Stelle festgehalten hatte. Mit einem wütenden Aufbrüllen stürmte der Riese in unbeherrschter, zielloser Raserei über den Hügelkamm, seine stampfenden, trampelnden Füße fällten Bäume und ließen die Erde erbeben. Der Prinz und sein Kardinal duckten sich in die Transversale, sobald der *Duuk-tsarith* sich zu ihnen gesellt hatte, schlossen sie das magische Tor und ließen sich zu ihrem Ziel bringen.

»Es dauert vielleicht einige Zeit, aber die Eisenkreaturen werden den armen Kerl töten. Das wißt Ihr doch, Garald?« meinte Radisovik behutsam.

»Ich weiß es.« Garald dachte an den Felsblock, der vor seinen Augen zu kleinen Splittern zertrümmert worden war. Der Gedanke schmerzte ihn und machte ihn zornig, ohne daß er genau wußte weshalb. Auch wenn er nie zum Spaß Jagd auf Riesen gemacht hatte, wie viele Adlige es taten, aber es war ihm auch nie wichtig gewesen, ob sie lebten oder starben.

Jetzt war es ihm wichtig. Der Riese war ihm wichtig,

die tote Mutter, die vergebens versucht hatte, ihr Kind zu schützen. Die *Sif-Hanar* waren ihm wichtig, die unter dem zerbrochenen Spielbrett lagen, und Xavier war ihm wichtig, sein Feind, der diesen mordgierigen Kreaturen im Weg stand.

Ungefragt kamen ihm die Worte der Prophezeiung in den Sinn.

Dem Herrscherhaus wird ein Sohn geboren werden, der tot ist und doch lebt, dem bestimmt ist zu sterben und wieder zu leben. Und wenn er wiederkehrt, hält er in seinen Händen das Ende der Welt …

Seiner Welt.

Kein Entkommen

Schmerzhafter als die Dornen der todbringenden Kijwinde gruben sich die Fingernägel der Hexe in sein Fleisch, als sie ihn vor sich her aus der Transversale schob, ohne ihn auch nur einen Augenblick loszulassen. Simkin zeigte keine große Lust, ihnen zu folgen, aber ein durchdringender Blick der Hexe veranlaßte ihn, sich ins Freie zu wagen. Er kaute immer noch nervös an dem orangefarbenen Seidentuch.

»Es soll dir im Halse steckenbleiben, Verräter!« knurrte Mosiah.

Simkin bedachte ihn mit einem waidwunden Blick, setzte zu einer Erwiderung an, würgte und mußte husten. Er spuckte das Seidentuch aus, beäugte reuevoll den nassen Klumpen und überantwortete ihn der Luft.

»Habe ich das verdient?« meinte Simkin anklagend. »Nationaler Notstand und so weiter. Was blieb mir übrig?« Er warf einen hilflosen Blick auf die Hexe. »Sie hat an mein besseres Ich appeliert.«

»Hier entlang.« Die Hexe gab Mosiah einen auffordernden Stoß, ohne Simkin einer Entgegnung zu würdigen.

Die Transversale hatte sie im Innern einer großen Festungsanlage entlassen, die man offenbar in großer Hast unter Ausnutzung einer natürlichen Felsformation geschaffen hatte. Ungefähr zehn Meter hoch, bildeten die Mauern einen unregelmäßigen Kreis, in dem es von Hexern, Hexen, Heilern und Katalyen nur so wimmelte. ›Fenster‹ in den Mauern ermöglichten es den Magi, ihre Zauber gegen den Feind zu schleudern, oder sie konnten sich in der Deckung der Mauern in die Luft erheben und wieder zu Boden sinken lassen, ohne ihre magischen Kräfte vergeuden zu müssen, um sich zu schützen. Die Mauern bewahrten sie auch davor, von Zentauren überrannt zu werden. Während der ›Schlacht‹, wie sie ursprünglich geplant gewesen war, hätte diese Festung denselben Zweck erfüllt, wie die Sandburg von Kindern bei Spielen am Strand. Wem immer es gelang, die Festung zu erobern, der konnte den entsprechenden Teil des Spielfelds für sich beanspruchen.

Nach einem Blick auf die blassen Gesichter, die zusammengekniffenen Lippen und verkrampften Wangenmuskeln der Magi, wußte Mosiah, daß hier und heute weit mehr auf dem Spiel stand: Das Leben. Das Überleben.

Man brauchte ihm nicht erst zu sagen, welchem Feind diese Männer und Frauen so grimmig entgegensahen. Rauchwolken stiegen in den Himmel. Der Boden zitterte unter seinen Füßen, und in der Ferne hörte er das leise, unheilverkündende Grollen, das er bereits kannte.

»Sie kommen, nicht wahr?« sagte er. »Die Eisenkreaturen.« Er schaute die Hexe an. »Was wollt ihr tun? Einfach hierbleiben und sterben?«

Zum erstenmal, seit sie ihn in die Transversale gezerrt hatte, sah die Hexe ihm offen ins Gesicht. »Hierbleiben und sterben, irgendwoanders hingehen und sterben. Was macht das für einen Unterschied?« fragte sie leise und wandte sich ab, um einen Hexenmeister in karminrotem Gewand anzusprechen, der mit dem Rücken zu ihnen stand. »Majestät«, sagte sie knapp, »ich habe den jungen Mann Mosiah gefunden.«

Der Hexer sprach mit einer Gruppe von Magi Bellorum. Bei den Worten der Hexe drehte er sich ruckartig herum, die rote Robe mit den goldenen Emblemen leuchtete in der Sonne.

Als er das Gesicht des Mannes sah, durchfuhr Mosiah ein schmerzhafter Stich des Wiedererkennens. Nicht, daß der Mann Joram ähnlich gesehen hätte, doch er hatte das gleiche schwarze, schimmernde Haar, die klaren braunen Augen, die stolze, raubtierhafte Anmut, die gleiche arrogante Haltung des Kopfes.

Joram – der Sohn der Kaiserin?

Falls Mosiah Simkins Behauptung bis zu diesem Moment als Geschwätz abgetan hatte, jetzt glaubte er ihm. Die Ähnlichkeit war zu groß, als daß man sie hätte leugnen können. Mosiah stand vor dem ehemaligen Prinzen Xavier und neuen Kaiser von Merilon. Jorams Onkel.

Xavier lächelte.

»Ich sehe, du erkennst mich, junger Mann«, sagte er. »Wegen der Ähnlichkeit mit *ihm*, habe ich recht?«

Mosiah brachte keinen Ton heraus.

»Er ist zurückgekehrt! Ich weiß es!« Xavier nickte entschieden und fixierte Mosiah mit seinen kalten Augen. »Er ist zurückgekommen, und mitgebracht hat er das Ende der Welt! Wo ist er?« Er streckte die Hand aus, und seine krallenähnlich gekrümmten Finger griffen nach Mosiahs Hals. »Wo ist er? Antworte mir, oder bei den Göttern, ich reiße dir die Worte aus dem Herzen!«

Vor Schreck versagte Mosiah die Stimme. Wäre Simkin nicht zufällig gegen den Kaiser gestolpert, hätte Xavier seine Drohung vielleicht wahrgemacht.

»Meiner Treu! Seid Ihr das, Majestät? Erlaubt mir behilflich ... Parbleu! Was für eine garstige Miene! Eines Tages wird dieser Ausdruck auf Eurem Gesicht haften bleiben, denkt an meine Worte. Laß mich los, du Nichtsnutz!« Die letzten Worte galten einem *Duuktsarith,* der sich des jungen Mannes bemächtigt hatte. »Es war nicht meine Schuld. Der Bursche da drüben hat eine wahrhaft unerfreuliche Bemerkung vom Stapel gelassen. Er besaß die Taktlosigkeit zu sagen, wir würden alle eines furchtbaren Todes sterben. Ein plötzliches Verlangen, dieser gastlichen Stätte den Rücken zu kehren, überkam mich, und ich verwechselte Seine Majestät mit einer Transversale.«

»Schafft mir diesen Schwachkopf aus den Augen!« Xaviers Lippen verzogen sich vor Zorn.

»Ich gehe schon. Ihr braucht nicht zu spucken!« meinte Simkin erhaben, zupfte das orangefarbene Seidentuch aus der Luft und betupfte sein Gesicht. »Doch vorher noch eins – verschwendet nicht Eure Zeit mit diesem Bauernlümmel.« Er streifte Mosiah mit einem vernichtenden Blick. »Warum fragt Ihr nicht mich? Ich kann Euch sagen, wo Joram ist. Ich habe ihn gesehen.«

Xavier starrte Simkin an. Das heiße Licht in den Augen des *DKarn-Duuk'est* brannte mit einer solchen Intensität, daß man erwartete, den jungen Mann als verkohlte Leiche zu Boden sinken zu sehen. Eine Explosion erschütterte die Festung, fast alle zuckten zusammen und schauten angstvoll nach Norden. Der Kaiser rührte sich nicht.

»Was soll das heißen, du hast ihn gesehen?« verlangte er zu wissen. »Wo ist er?«

»Hier«, antwortete Simkin unbeeindruckt.

»Narr! Ich habe genug von deinen ...« Der *DKarn-Duuk'est* schlug wütend mit der Hand durch die Luft, und Mosiah erstarrte, weil er damit rechnete, Simkin in Flammen aufgehen zu sehen.

Offenbar hegte Simkin ähnliche Befürchtungen.

»Nicht *hier hier*«, berichtigte er hastig. »Hier in der Nähe. Irgendwo. Ich – äh ... Zieht eine Karte!« sagte er plötzlich und brachte aus dem Nichts ein Deck Tarockkarten zum Vorschein. »Eine beliebige Karte.« Er hielt dem Kaiser das aufgefächerte Spiel hin, zog es jedoch beim Anblick von dessen finsterer Miene sofort wieder zurück. »Bemüht Euch nicht, ich tu's selbst.« Er zeigte eine Karte. »Der Tod.« Er zog eine zweite. »Wieder der Tod.« Eine dritte. »Und wieder. Das ist Joram, seht Ihr. Einer ohne Magie. Seine Frau spricht mit den Toten, und er geht an der Seite des toten Priesters.«

Xavier ballte die Faust.

»Ihr habt recht. Ein du... dummes Spiel«, stammelte Simkin und warf alle Karten in die Luft. Sie sanken zu Boden wie bunte Blätter. Mosiah betrachtete sie genauer und sah, daß jedes Bild den Tod darstellte.

Rauch hing in der Luft, es roch nach Feuer. Das Grollen wurde lauter.

»Majestät!« riefen zahlreiche Stimmen. Magi Bellorum drängten heran, stießen sich gegenseitig aus dem Weg und wetteiferten um die Aufmerksamkeit ihres Souveräns.

»Ich kümmere mich um die Gefangenen, Hoheit«, erbot sich die Hexe.

»Und zwar schnell!« Xaviers finsterer Blick richtete sich wieder auf Mosiah und ließ ihn nicht los, bis er schließlich seine Aufmerksamkeit den ungeduldig wartenden Ministern zuwandte.

»Ich weiß nichts von Joram!« schrie Mosiah verzweifelt. »Ihr könnt mit mir tun, was Ihr wollt. Ich habe ihn nicht gesehen!«

»Aber du weißt, daß er zurückgekehrt ist.«

Eine neuerliche Detonation erschütterte die Festung. Mosiah schaute sich angstvoll um.

»Ich – ich weiß es nicht!«

»Selbstverständlich ist er zurückgekehrt!« behauptete Simkin aufgebracht. »Ich habe ihn gesehen, wenn ich's Euch doch sage! Keiner glaubt mir.« Er schniefte mir verletztem Stolz. »Und wenn Ihr glaubt, daß ich hierbleibe, um in der Gesellschaft von Leuten zu sterben, die mich für einen Lügner halten, seid Ihr schief gewickelt. Nein, keine Entschuldigungen. Ich finde dies alles tödlich langweilig. Leider befürchte ich, Ihr werdet es nur tödlich finden. Und deshalb adieu.«

Sein Blick fiel auf Mosiah, und plötzlich brach er in Tränen aus.

»Lebwohl, Freund aus seliger Kinderzeit!« Er warf die Arme um Mosiah und erdrückte ihn fast vor lauter Abschiedsschmerz. »Wir, die wir im Begriff sind, uns aus dem Staub zu machen, grüßen dich. Oder wie der Dichter sagt: ›Die Götter wollen dein Verderben/fort eil ich, nicht mit dir zu sterben.‹ Große Worte, große Worte!« Simkin hob die Hand, das Seidentuch flatterte wie ein stolzes Banner im Wind. »Auf in den Kampf, Freunde«, rief er kühn. »Auf in den Kampf!«

Ein letztes Wehen orangefarbener Seide, und er war verschwunden.

»Dann hat er also die Wahrheit gesagt.« Es war keine Frage; die Hexe, die sinnend und geistesabwesend auf die Stelle sah, wo der junge Mann gestanden hatte, grübelte offenbar über Simkins Worte nach.

»Die Wahrheit? Simkin?« Mosiah wollte auflachen, aber der Hohn blieb ihm in der Kehle stecken.

Ein gewaltiger Schlag traf die Festungsmauer, scharfkantige Gesteinssplitter schwirrten durch die Luft. Menschen schrien vor Schmerz oder Angst.

»Sie kommen! Wir sind verloren!« schrie jemand, und die Leute begannen ziellos wie Mäuse in einem Käfig hin- und herzulaufen. Die sich in der Nähe der Explosionsstelle befunden hatten, flüchteten in den hinteren Teil der Festung; die aus dem hinteren Teil drängten nach vorn, um zu sehen, was passiert war. Die wenigen *Theldara* eilten den Verletzten zur Hilfe. Kaiser Xavier schrie gegen den vielstimmigen Chor der Magi Bellorum an.

»Es können nicht die Kreaturen sein! Sie sind noch zu weit entfernt!«

»Außerdem sind sie blind ...«

»Sind sie nicht! Ich habe gesehen, wie ...«

Es herrschte ein unbeschreibliches Durcheinander. Die Hexe war verschwunden, Mosiah hatte keine Ahnung wohin, auch wenn er glaubte, über die Köpfe der wogenden Menge hinweg einen kurzen Blick auf sie erhascht zu haben, wie sie ins freie Feld hinausflog, wahrscheinlich, um zu erkunden, wo der Feind stand und was er plante. Allein mitten auf dem übervölkerten Platz verfluchte Mosiah Simkin, den ungetreuen Gesellen, weil er ihn hierhergebracht und dann im Stich gelassen hatte. Aber seine Erbitterung war nur halbherzig.

»Sonst wäre ich immer noch da draußen«, murmelte er fröstelnd. Die nächste Detonation erschütterte das Felsgestein des Schutzwalls. Die Menge schrie auf, Panik kündigte sich an. »Gefangen!« Die Brust wurde ihm eng, das Atmen fiel ihm schwer. Plötzlich sehnte er sich danach, da draußen zu sein, nur nicht hier zwischen diesen Mauern, wo er tatenlos dem sicheren Tod entgegensah.

Während er fieberhaft nach einer Fluchtmöglichkeit Ausschau hielt, fiel Mosiahs Blick auf Xavier, der mit seinen Vertrauten und Ministern in der Nähe stand. Er starrte ihn wie gebannt an. Mit dem *DKarn-Duuk'est* war eine Veränderung vorgegangen. Im Gegensatz zu seiner Unbeherrschtheit bei der Befragung Mosiahs und Simkins, wirkte er jetzt völlig ruhig, sein Gesicht sah bleich aus, aber gefaßt. Er hörte seinen Beratern zu, die hitzig über die wirkungsvollste Methode debattierten, den Eisenkreaturen den Garaus zu machen.

»Sie töten mit den Augen, wie der Basilisk, Majestät«, argumentierte der eine. »Das müssen wir bei der Verteidigung in Betracht ziehen. Einer von uns lenkt es ab, derweil greift ein anderer an. Ein Todesschlafzauber und ...«

»Vergebung, Majestät, aber das eigentlich Tödliche ist der Lichtstrahl aus dem Auge der Kreatur. Ein einfacher Dunkelheitszauber und ...«

»Reptil. Ganz offensichtlich handelt es sich bei der Kreatur um ein Reptil, Majestät. Sie hat Schuppen wie ein Drache. Man müßte ihr Blut mit einem Kältezauber zu Eis erstarren lassen und ...«

Hoffnungslos, erklärte Mosiah ihnen in Gedanken. Ich habe sie gesehen. Ich habe gesehen, wie ihr Kopf sich nach allen Richtungen dreht. Ich habe die Männer ohne Leben gesehen, die diesen Monstren folgen; Männer, die aus der offenen Hand den Tod versenden.

Es war unschwer zu erkennen, daß Xavier ähnliche Gedanken wie Mosiah hegte. Zwar lauschte er dem Disput, aber mit einem Anflug versonnener Ironie, als fände er das Gezeter der Magi lediglich amüsant und dumm obendrein. Seine Augen wirkten kalt und gleichgültig. Nichts, was in seiner Umgebung geschah, entlockte ihm eine Reaktion. Eine Explosion ganz in seiner Nähe, die alle anderen veranlaßte, sich zu ducken und schützend die Arme vor's Gesicht zu heben, vermochte ihn nicht aus der Ruhe zu bringen. Er zuckte nicht einmal mit der Wimper.

Lichtpfeile zuckten aus dem Auge des Monstrums in den Festungsring und trafen die anvisierten Opfer mit unerbittlicher Zielsicherheit. Es schien keine Rettung zu geben, keine Möglichkeit auszuweichen. Keiner wußte, wen die todbringenden Strahlen als nächstes treffen würden. Sie verfehlten nie ihr Ziel. Ein Druide vor der Festungsmauer brach ohne einen Laut zusammen, ein schwarzverbranntes Loch in der Stirn. Ein Ariel, der aus beträchtlicher Höhe des Geschehen verfolgte, fiel vor Mosiahs Füßen zu Boden; seine Flügel brannten lichterloh.

Beobachter auf den Mauerkronen schrien, daß noch mehr dieser Bestien kamen; andere meldeten, daß der Feind von einem tobenden Riesen attackiert wurde. Nach vereinzelten Blitzen und Feuerfontänen zu urteilen, hatten einige Hexenmeister sich zusammengefunden und versuchten, den Vormarsch der Kreaturen aufzuhalten.

Mosiah hatte das Gefühl, etwas unternehmen zu müssen, nur wußte er nicht was. Er besaß keine Waffe; seine Armbrust hatte er verloren. Nicht, daß sie von großem Nutzen gewesen wäre. Mosiah fühlte, wie Verzweiflung ihn umhüllte und sogar seinen Lebenswillen zu ersticken drohte.

»Fort mit euch!« sagte Xavier plötzlich, und Mosiah hörte den Widerhall seiner eigenen Hoffnungslosigkeit in der Stimme des Kaisers. »Versucht euer Glück mit eurem wertlosen Hokuspokus. Fort mit euch und sterbt, nach eurem ganz persönlichen Geschmack!«

Sofort verstummten die Magi mitten in ihrem erregten Wortgefecht und starrten ihn fassungslos an. Xavier machte eine abwehrende Geste; zwischen seinen Brauen erschien eine steile Unmutsfalte.

Die Magi Bellorum tauschten ratlose und angstvolle Blicke, als plötzlich eine klare Stimme das Bersten von Stein und das tiefe Grollen der nahenden Kreaturen übertönte.

»Kaiser Xavier!«

Der Kaiser fuhr herum. Prinz Garald, Kardinal Radisovik und ein Hexenmeister im schwarzen Gewand kamen aus einer Transversale zum Vorschein. Die Panik der Menge wurde vorübergehend von Neugier und Verwunderung unterdrückt. Die *Duuk-tsarith* handelten sofort und schufen einen freien Raum um den Kaiser. Xavier und Garald standen einander gegenüber, umgeben von einem immer größer werdenden Kreis angespannter, furchtsamer Gesichter.

»Nun kommst du also angekrochen, Prinz der Nigromanten!« sagte Xavier. »Ist dies das Eingeständnis deiner Niederlage?«

Die unerwartete Frage verblüffte Garald. Er musterte den Kaiser erstaunt. »Habt Ihr eine Vorstellung davon, was da gegen Euch vorrückt, Xavier?« fragte er mit gedämpfter Stimme. Nach einem vielsagenden Blick auf die Menge fügte er hinzu: »Wir sollten unter vier Augen miteinander reden.«

Xavier trat einen Schritt zurück und raffte seine Gewänder um sich, als fürchtete er, sie könnten von der Berührung des Prinzen besudelt werden. »Sagt, was Ihr zu sagen habt, Ketzerprinz, und anschließend hebt Euch von dannen!«

Mosiah, der sich ziemlich weit nach vorn gearbeitet hatte, erkannte, wie Garald die Zornesröte ins Gesicht stieg und der Kardinal ihm beschwichtigend die Hand auf den Arm legte.

»Nun gut.« Garald preßte die Lippen zusammen. »Ich habe Euch um ein Gespräch unter vier Augen gebeten, Xavier, weil ich keine Panik auslösen wollte.« Er betrachtete die Umstehenden, dann fuhr er in ernstem Ton fort: »Aber wie ich sehe, besteht keine Gefahr. Eure Gefolgsleute sind bemerkenswert diszipliniert. Ihr müßt diese Stellung aufgeben, und zwar sofort!«

Xavier schüttelte den Kopf. »Diese Entwicklung ist allein Eure Schuld, wißt Ihr das?« meinte er leise, verschränkte die Arme vor der Brust und starrte den Prinzen ausdruckslos an. »Ihr habt ihn Euch durch die Finger schlüpfen lassen.«

»Wen habe ich durch die Finger schlüpfen lassen?« wollte Garald scheinbar verständnislos wissen, obwohl Mosiah ahnte, daß er genau wußte, wovon die Rede war.

»Joram. Jetzt bezahlt Ihr dafür.«

»Joram? Seid Ihr verrückt? Joram ist tot!«

Garalds Stimme bebte bei diesen Worten, was dem *DKarn-Duuk'est* nicht entging, denn er lächelte spöttisch und wandte sich schulterzuckend ab.

Brüskiert von der Gleichgültigkeit des Mannes, sah Garald ihm verärgert und aufgebracht hinterher. Der Boden vibrierte; mit grausiger Regelmäßigkeit zuckte der Lichtstrahl aus dem Auge der Kreatur und durchbohrte ein neues Opfer. Der Prinz deutete nach Norden.

»Xavier, hört mir zu! Zwanzig oder dreißig dieser Monstren werden bald hier sein! Ihr müßt Eure Truppen in Sicherheit bringen!«

Die Magi wechselten bestürzte Blicke. Mosiah stockte der Atem, als er sich dreißig von diesen Eisenkreaturen vorzustellen versuchte.

»Ihr könnt gegen sie nichts ausrichten!« Garalds Stimme hallte über die Köpfe der Menge.

»Wir können nichts gegen sie ausrichten! Wir müssen fliehen!«

»Öffnet die Transversalen!«

Die Panik, die Garald hatte vermeiden wollen, griff wie ein Lauffeuer um sich, genährt von den Strahlen todbringenden Lichts. Wie alle anderen um ihn herum, hatte Mosiah nur einen einzigen klaren Gedanken im Kopf: ›Flucht!‹ Als sich dicht neben ihm eine Transversale auftat, bahnte er sich ohne nach rechts und links zu schauen mit den Ellenbogen einen Weg. Er war nicht der einzige, der jede Rücksicht vergaß. In dichten Trauben umdrängten die Menschen die Rettung verheißenden Transversalen, die jedesmal nur eine begrenzte Anzahl von Passagieren aufnehmen konnten.

Ein zorniger Aufschrei erhob sich über das Getöse.

»Halt!« brüllte Xavier wutentbrannt. »*Thon-li,* die Transversalen schließen! Hört ihr mich? Ich befehle euch, die Transversalen zu schließen! Niemand verläßt diesen Ort!«

Mosiah erspähte mehrere kreidebleiche Katalyten, die aus den magischen Toren lugten. Sie gehorchten augenblicklich. Die Öffnungen der Transversalen schlossen sich ruckartig im Angesicht der verzweifelten Menschen, von denen einige mit gekrümmten Fingern durch die Luft scharrten, als wollten sie ihre Nägel in Ritzen krallen und die Tore aufbrechen. Andere standen wie Mosiah mit hängenden Armen da.

»Ihr seid wahnsinnig, Xavier!« rief Garald. Er schüttelte Radisovik ab, der ihn zurückhalten wollte, und stürzte sich auf den Kaiser – ob in der Absicht, ihn zu schütteln und zur Vernunft zu bringen oder um ihn zu erwürgen, wußte niemand, vielleicht nicht einmal der Prinz selbst.

Xavier sah ihm hämisch entgegen, hob die Hand, und Garald prallte gegen eine Mauer aus Eis. Benommen taumelte er zurück.

»Warum wollt ihr fliehen, ihr Narren?« rief Xavier, und seine Stimme erhob sich über das Chaos. »Warum es hinausschieben? Sterbt gleich, hier und jetzt. Das Ende der Welt ist nahe!« Er hob den Blick zum Himmel, breitete die vom roten Stoff der Kutte umwallten Arme aus und drehte sich in seinem kalten, glitzernden Käfig einmal um die eigene Achse. »Die Prophezeiung hat sich erfüllt!«

»Nein, Onkel«, antwortete ihm eine Stimme. »Die Prophezeiung hat sich nicht erfüllt. Ich bin gekommen, es zu verhindern.«

Der Tod des Imperators

Einmal, als Junge, war Garald auf freiem Feld in eine Gewitterschlacht zwischen zwei rivalisierenden Gruppen von *Sif-Hanar* geraten. Ein Blitz schlug so dicht neben ihm ein, daß Garald riechen konnte, wie er mit sengendem Knistern die Luft zerteilte. So deutlich, als wäre es gestern gewesen, erinnerte er sich an den schmerzhaft prickelnden Schock, der ihn lähmte.

»Die Prophezeiung hat sich nicht erfüllt. Ich bin gekommen, es zu verhindern.«

Die Stimme, die diese Worte sprach, hatte auf ihn dieselbe Wirkung wie jener Blitz damals. Das vertraute Timbre sandte einen Schauer durch seinen Leib, eine ungute und doch freudige Ahnung ergriff von ihm Besitz.

»Joram!« rief er und drehte sich um.

Dichtes, üppiges schwarzes Haar glänzte in der Sonne. Garald erinnerte sich an dieses Haar, das mit langen, wirren Locken das Gesicht eines achtzehnjährigen Jünglings umrahmte. Jetzt war es kürzer, auf Schulterlänge gestutzt und glatt zurückgekämmt. Eine vereinzelte weiße Haarsträhne schwang sich aus der Stirn und beschattete die linke Gesichtshälfte des Mannes.

Das Gesicht selbst war unverkennbar in seiner dunklen, feingemeißelten Schönheit. Aber hier und da war der Meißel in der Hand des Künstlers fehlgegangen, so daß Linien des Kummers, der Jahre und einer unbestimmten Traurigkeit die ernsten Züge prägten. Die Veränderungen waren so groß, daß Garald – wären nicht die Augen gewesen – an seinem ersten Eindruck gezweifelt hätte. Aber diese Augen kannte er. Es waren Jorams Augen. Garald konnte immer noch das Feuer der Schmiede darin schwelen sehen – glühende Kohlen des Stolzes, der Verbitterung und des Zorns.

Noch etwas erkannte Prinz Garald wieder – die reichverzierte Lederscheide, die der Mann auf dem Rücken trug und die sein Geschenk an Joram gewesen war. In dieser Scheide, das wußte Garald, befand sich das Dunkle Schwert.

»Joram?« wiederholte er fragend und musterte ungläubig die Gestalt in schlichten weißen Gewändern, die mitten in dem Mauerring stand.

Kardinal Radisovik fiel auf die Knie.

»Ja, Kardinal«, höhnte Xavier, »bittet den Almin um Gnade. Die Prophezeiung hat sich erfüllt. Das Ende der Welt ist gekommen.« Mit einem Wink seiner Hand löste er den Eiswall auf, der ihn schützte, dann ging er auf Joram zu und deutete mit dem Finger auf ihn. »Und dieser Dämon führt es herbei! Tötet ihn! Tötet ...«

Ein grell aufzuckendes Licht, und seine Worte gingen in einem grauenhaften, erstickten Gurgeln unter. Durch einen rötlichen Schleier hindurch sah Garald den *DKarn-Duuk'est* vornüber zu Boden stürzen, gefällt wie ein vom Blitz getroffener Baum.

Erschüttert wagte keiner zu sprechen oder sich zu rühren.

Eine *Duuk-tsarith*, die schneller die Fassung wiedergewonnen hatte, kniete neben dem Kaiser nieder. Während sie ihn auf den Rücken drehte, wollte sie nach den *Theldari* rufen, aber ihr versagte die Stimme.

Ein schwarzes Loch war in den Schädel gebrannt. Hastig zog die Hexe die Kapuze von Xaviers roter Robe über die furchtbare Wunde.

Zu spät.

Jene, die ihr über die Schulter geblickt und das entstellte Gesicht des toten Kaisers gesehen hatten, liefen in maßlosem Entsetzen durcheinander, warfen sich zu Boden, stiegen in die Luft, flehten jammernd darum, die Transversalen zu öffnen. Des Kaisers letzte Worte: »...das Ende der Welt!« wurde zur Losung der Hoffnungslosigkeit und Verzweiflung.

Xaviers Leibwächter sprangen auf den weißgekleideten Fremden zu, doch der griff über die Schulter auf den Rücken, zog das Dunkle Schwert und hielt es schützend vor sich. Die Klinge verströmte ein bläuliches Licht.

»Halt!« rief Garald gebieterisch. Zögernd blieben die Hexer stehen. Der Prinz starrte auf den Leichnam, dann hob er den Blick zu dem Mann mit dem leuchtenden Schwert.

»Hört mich an!« Die Augen des Fremden richteten sich zwingend auf die in drohender Haltung verharrenden *Duuk-tsarith*.

»Ihr werdet bald alle tot sein, außer ihr handelt

sofort.« Die Spitze der Klinge wies auf die *Duuk-tsarith*, während er einen Schritt in Richtung des Prinzen tat.

»Kommt nicht näher!« Garald hob die Hand, wie um einen Spuk abzuwehren. »Hatte Xavier recht? Bist du ein Dämon? Hast du dieses Unheil über uns gebracht?«

»Ihr selbst habt es heraufbeschworen«, antwortete der Fremde grimmig.

Mit einer plötzlichen Bewegung ergriff er Garalds Arm. Als der Prinz mit einem erschreckten Laut zurückzuckte, setzten die *Duuk-tsarith* sich augenblicklich in Bewegung, aber das Schwert blitzte auf und wieder blieben sie verunsichert stehen. Sie fühlten, wie das Dunkle Schwert ihr Leben einsog und ihre magischen Kräfte schwanden.

Der Fremde drückte Garalds Arm schmerzhaft fest. »Ich bin aus Fleisch und Blut! Ich war im Jenseits, und ich bin zurückgekehrt. Ich kenne diesen Feind und weiß, wie man ihn bekämpft! Ihr müßt mich anhören und meinen Befehlen gehorchen, oder es *wird* das Ende sein, wie mein Onkel gesagt hat!«

Garald starrte auf die Hand, die seinen Oberarm umklammerte, und zweifelte an dem, was seine Sinne ihm übermittelten, aber es gab keinen Zweifel, er spürte die Berührung eines lebenden Menschen. »Wo kommst du her?« fragte er hohl. »Was ist dies für ein Feind? Wer bist du?«

»Keine Zeit für Fragen!« rief der Mann ungeduldig. »Der Riese hat die Panzer aufhalten können, aber jetzt ist er tot und sie kommen rasch näher. Schon in wenigen Minuten wird hier keiner mehr am Leben sein!« Unvermittelt stieß er das Schwert in die Scheide zurück. »Seht ...«, er breitete die Arme aus, » ... ich bin unbewaffnet – Euer Gefangener, wenn Ihr wollt.«

Im selben Moment, als die *Duuk-tsarith* sich seiner bemächtigten, erschütterte eine Explosion den Boden.

»Sie haben eine Bresche in die Mauer gerissen«, rief jemand. »Man kann sie sehen! Sie kommen!«

»Der kriechende Tod«, sagte Garald leise vor sich hin. Tränen der Ratlosigkeit, der Wut und der Furcht trübten ihm den Blick auf den Leichnam zu seinen Füßen. Verwirrt und entsetzt legte er die Hand vor die Augen und verfluchte seine Schwäche, denn die Verantwortung für das Leben aller hier ruhte auf seinen Schultern: Er mußte stark sein. Der nächste Treffer erschütterte die Festung. Die Menschen schrien zu ihm, flehten ihn an, sie zu retten. Aber wie sollte er das bewerkstelligen? Er war nicht weniger hilflos und verzweifelt als sie.

Neben sich konnte er den Kardinal zum Almin beten hören. War es Joram? Brachte er Rettung? Oder den Untergang?

War das noch wichtig? ...

»Laßt ihn unbehelligt!« befahl er schließlich den *Duuk-tsarith*. Mit einem tiefen Atemzug wandte er sich an den weißgekleideten Mann. »Also gut, ich werde dich anhören, wer immer du sein magst«, sagte er schroff. »Was schlägst du vor? Was sollen wir tun?«

»Ruft die Magi und ihre Katalyten zusammen. Nein, Kardinal, dafür ist nicht die Zeit«, meinte der Fremde, der sich für Joram ausgab, zu Radisovik gewandt. »Die Lebenden brauchen Euch jetzt, nicht die Toten. Es wird Eurer und der vereinten Kraft aller hier befindlichen Katalyten bedürfen, um die Magi mit ausreichend Leben für unser Vorhaben zu versehen. Wir müssen die Festung mit einer Mauer aus Eis umgeben, ohne unsere gesamte magische Energie zu verbrauchen.«

»Eis?« Garald starrte ihn befremdet an. »Ich habe diese Kreaturen mit ihren Lichtspeeren Felsen in Staub verwandeln sehen! Eis ...«

»Tut, was ich sage!« Der Fremde ballte die Fäuste. Die herrische Stimme hallte wie ein klingender Hammerschlag durch das Chaos ringsum. Dann, von einer Sekunde zur anderen, entspannte sich das finstere Gesicht. »Tut, was ich sage, *Hoheit*«, verbesserte er sich, während der Schatten eines Lächelns um seine Lippen spielte.

Garald sah ein Bild vor sich, eine Szene aus der Vergangenheit: Da stand er selbst und vor ihm ein arroganter, aufbrausender Junge ...

»Schöne Worte!« stieß Joram wutentbrannt hervor. »Schöne Worte für jemanden, der sich ›Hoheit‹ und ›Euer Gnaden‹ titulieren läßt! Ihr tragt nicht die groben Gewänder der Bauern! Ihr steht nicht bei Morgengrauen auf und schuftet Tag für Tag auf den Feldern, bis Eure Seele verdorrt wie das Unkraut, das Ihr auf den Äckern jätet!« Er deutete mit der ausgestreckten Hand auf den Prinzen. »Ihr habt gut reden! Ihr mit Euren blitzenden Schwertern, seidenen Zelten und Leibwächtern! Seht her, das halte ich von Eurem Geschwätz!« Joram machte eine obszöne Geste, lachte auf und wandte sich zum Gehen.

Garald packte ihn an der Schulter und drehte ihn herum. Joram riß sich los. Sein Gesicht war verzerrt, er holte aus und schlug nach dem Prinzen, der aber fing die geballte Faust mühelos ab. Mit geübtem Griff umklammerte er Jorams Handgelenk, drehte ihm den Arm auf den Rücken und zwang ihn auf die Knie. Stöhnend vor Schmerz versuchte Joram, sich ihm zu entwinden.

»Hör auf! Gegen mich zu kämpfen ist sinnlos. Mit einem Wort könnte ich dir den Arm aus dem Gelenk reißen!« sagte Garald schroff und hielt ihn fest.

»Sei verdammt, du, du ...!« Joram spie Gift und Galle. »Du und deine Magie! Wenn ich mein Schwert hätte, dann würde ich ...« Er schaute sich fieberhaft nach der Waffe um.

»Ich gebe dir dein verfluchtes Schwert«, entgegnete der Prinz grimmig. »Dann kannst du dein Glück versuchen. Aber erst hörst du mir zu. Um in diesem Leben etwas vollbringen zu können, muß ich mich meinem Rang entsprechend kleiden und benehmen. Ja, ich trage schöne Kleider, bade und kämme mein Haar, und ich werde dafür sorgen, daß auch du es tust, bevor du nach Merilon gehst. Warum? Weil es zeigt, daß es dich kümmert, was die Leute von dir halten. Was die Titel betrifft – die Leute nennen mich ›Hoheit‹ und ›Euer Gnaden‹ aus Respekt vor meinem Rang. Ich hoffe allerdings, es ist auch Ausdruck ihres Respekts vor mir als Person. Weshalb, glaubst du wohl, habe ich von dir nicht verlangt, mich so anzureden? Weil die Worte dir nichts bedeuten. Du respektierst niemanden, Joram. Du liebst niemanden. Am allerwenigsten dich selbst!«

»Mein Gott!« flüsterte Garald. »Es kann nicht sein! Es kann nicht ...«

»Du *bist* Joram!« Mosiah bahnte sich einen Weg durch die Menge und begutachtete staunend die weißgewandete Gestalt. »Dieses eine Mal hat Simkin tatsächlich die Wahrheit gesagt!« Er schüttelte den Kopf. »Dann ist das Ende der Welt gekommen ...«

»Vertraut mir, Hoheit. Gebt den Befehl!« drängte der Mann.

Garald versuchte, im Gesicht seines Gegenübers zu lesen, aber es länger zu betrachten erfüllte ihn mit Unbehagen und Traurigkeit, also richtete er den Blick auf den blassen, verstörten Mosiah, und zu guter Letzt befragte er stumm den Kardinal, der nur mit den Schultern zuckte und zum Himmel aufschaute.

Auf den Almin vertrauen? Gut und schön, aber was er in erster Linie brauchte, war Vertrauen zu sich selbst, in seinen Instinkt.

»Also gut«, nickte er schließlich seufzend. »Mosiah, du verbreitest die Order. Wir umgeben diese Festung mit einer Mauer aus Eis.«

Mosiah warf noch einen letzten Blick auf den Fremden, der ihn bedauernd, fast wehmütig erwiderte, dann stolperte er davon, um seinen Auftrag auszuführen.

Beinahe hatte es den Anschein, als wäre es schon zu spät. Es gab keinen Zusammenhalt mehr, nicht einmal bei den disziplinierten *Duuk-tsarith* und *DKarn-Duuk*. Diejenigen unter ihnen, die nicht von Panik ergriffen waren, hatten selbst die Initiative ergriffen und kämpften, wie man es sie gelehrt hatte. Über der Mauerkrone schwebend, schleuderten sie den Kreaturen Flammenkugeln entgegen, allerdings ohne die geringste Wirkung zu erzielen. Sie lenkten lediglich die Aufmerksamkeit der eisernen Ungetüme auf sich. Die plumpen Schädel drehten sich, die blinden Augen verschossen ihr todbringendes Licht, und die Magi sanken zu Boden wie abgestorbene Blätter.

Andere bemühten sich fieberhaft, Breschen in der Mauer zu schließen. Sie beschworen den Fels aus der Erde, formten ihn so schnell und gut es ging und paßten ihn in die Lücke ein. Die Eisenkreaturen jedoch rissen schneller neue Breschen, als die Magie sie auszubessern vermochten, und bald flüchteten alle, die in der Nähe der Mauer ausgeharrt hatten vor den Ungeheuern.

Nur eine Person reagierte auf Prinz Garalds Instruktionen. Weil sie Joram in Merlyns Hain gefangengenommen hatte, erkannte die Hexe – Großmeisterin des Ordens der *Duuk-tsarith* – ihn auf den ersten

Blick. Als Joram das Dunkle Schwert wieder einsteckte, bekam die Hexe Gelegenheit, von den telepathischen Fähigkeiten ihrer Kaste Gebrauch zu machen und seine Gedanken zu lesen. Obwohl sie nur wenig von dem verstand, was sie dort sah, erfuhr sie in der kurzen Spanne, die sie in Jorams Bewußtsein zubrachte, genug über die Kreaturen, um seinen Plan zu verstehen.

Ohne Zögern machte sie sich auf den Weg durch die aufgeregte Menge, sprach ruhig, beschwörend, überzeugend und sammelte außer den Angehörigen der *Duuk-tsarith* noch andere um sich, die in der Nähe standen. Alle Magi gehorchten ihr, ohne zu fragen; einige, weil sie es gewöhnt waren, ihren Anordnungen Folge zu leisten, die meisten aber, weil sie Autorität verkörperte.

Auf die Weisung der Hexe murmelten die Katalyten ihre Gebete, nahmen das Leben der Welt in sich auf und leiteten es den Magiern zu, den Zauberern und sogar den wenigen Nigromanten, die ähnlich Mosiah als Versprengte hier gestrandet waren.

Indem sie ihre vereinten Kräfte und Gedanken auf einen bestimmten Zauber konzentrierten, ließen die Magi einen Wall aus Eis glitzernd in die Höhe wachsen, der die Festung lückenlos umschloß.

Fast augenblicklich hörte der Beschuß auf. Die Lichtstrahlen forderten keine Opfer mehr.

Die Menschen in der Festung konnten es kaum glauben. Der frostige Hauch der Eiswand waberte in weißlichen Schwaden um ihre Knöchel, kühlte ihr erhitztes Blut und bewirkte, daß Besonnenheit und Ruhe einkehrten, wo Augenblicke zuvor noch Panik und Chaos geherrscht hatten. Schweigen senkte sich herab, als die Überlebenden mit zusammengekniffenen Augen den im Sonnenlicht schillernden Eiswall betrachteten.

Ein Todesstrahl durchdrang das Eis, doch er ging ins Leere. Die Kreaturen waren offenbar nicht mehr imstande, ein Ziel anzuvisieren, denn obwohl sie weiterfeuerten, war es mit ihrer graueneinflößenden Unfehlbarkeit vorbei.

»Es wirkt«, sagte Garald staunend. »Aber wie, Warum?«

»Die Panzer – die ›Kreaturen‹, wie ihr sie nennt – töten, indem sie ihre Laserwaffe auf alles richten, das sich bewegt oder Wärme abgibt«, erklärte Joram. »So machen sie ihr Ziel aus. Das Eis schirmt uns ab, also sind sie jetzt wirklich *blind* und feuern auf gut Glück.«

Der Prinz beschattete die Augen gegen das reflektierte Sonnenlicht und spähte durch den Eiswall auf die Kreaturen.

»Dann sind wir in Sicherheit«, meinte er aufatmend.

»Nicht für lange«, schränkte Joram ein. »Wir gewinnen nur eine Galgenfrist. Das hier wird sie nicht lange aufhalten.«

»Die Zeit reicht in jedem Fall, um mit den *Thon-li* Verbindung aufzunehmen und sie zu veranlassen, die Transversalen wieder zu öffnen.« Dankbar fühlte Garald, wie neue Energie ihn durchströmte. »Du hast uns gerettet! Wir beginnen mit dem Rückzug ...«

»Nein, Prinz!« Joram griff nach Garalds zerrissenem, blutbefleckten Hemd und hielt ihn fest, als er gehen wollte. »Kein Rückzug, noch nicht. Ihr müßt kämpfen. In einer Beziehung hat mein Onkel recht gehabt – es gibt keine Rettung, keinen sicheren Ort. Wenn es Euch nicht gelingt, ihnen hier Einhalt zu gebieten, werden sie die ganze Welt erobern.«

»Ihnen Einhalt gebieten? Das ist unmöglich!« Garalds Blick kehrte zu den Kreaturen zurück. Wohl in dem Versuch, sich auf die neue Situation einzustellen, hatten einige von ihnen sich zusammengerottet und versuchten, mit ihren Lichtstrahlen das Eis zu schmelzen. Mit geringem Erfolg: Die Magier erneuerten es einfach. Andere Kreaturen feuerten weiter in die Festung hinein, trafen hin und wieder einen der Verteidiger, richteten aber im großen und ganzen wenig Schaden an. Die silbrigen Gestalten der fremdartigen Menschen hatten sich in ihrer Nähe versammelt, als suchten sie bei ihnen Schutz.

Doch Garald wußte selbstverständlich, daß die Kraft seiner Magier und Zauberer begrenzt war. Schon jetzt ließen sie erste Anzeichen von Schwäche erkennen; das magische Leben, das nötig war, um den Eiswall zu erhalten, verbrauchte sich allmählich. Sobald es zu Ende ging, waren sie der Gnade der Eisenkreaturen und der silberhäutigen Menschen ausgeliefert.

»Unsere Magie vermag gegen sie nichts auszurichten«, gab er zu bedenken. »Du hast es gesehen ...«

»Nur weil Ihr sie nicht kennt, Prinz«, fiel Joram ihm ungeduldig ins Wort. »Ihr wißt nicht, wie man sie bekämpft!«

»Dann mußt du es mir erklären! Ich muß Bescheid wissen, bevor ich eine Entscheidung treffen kann.«

Joram ballte aufgebracht die Fäuste, und Garald fühlte sich lebhaft an den hitzköpfigen, überheblichen Halbwüchsigen erinnert, der Mann aber beherrschte sich und schluckte hinunter, was sich ihm an gereizten Worten auf die Lippen drängte. Während dieses innerlichen Ringens um Gelassenheit rieb er mit den Fingern über die Ledergurte, die sich auf seiner Brust kreuzten. Vielleicht halfen sie ihm, sich zu beruhigen. Als er sprach, klang seine Stimme gelassen.

»Seht mich an.«

Zögernd tat ihm der Prinz den Willen. Bei dem

ersten vollen Blick in das Gesicht, das er kannte und das ihm trotzdem fremd war, kam ihm zu Bewußtsein, wie peinlich er es vermieden hatte, den Mann anzusehen, um sich nicht mit dieser unerklärlichen, beunruhigenden Veränderung auseinandersetzen zu müssen.

»Wer bin ich? Sagt meinen Namen.«

Garald wollte den Blick abwenden, aber die braunen Augen hielten ihn fest. »Joram«, antwortete er schließlich widerstrebend. »Du bist – Joram.«

»Wie lange ist es her, seit ich diese Welt verlassen habe?«

»Ein Jahr.« Garald stockte. Die Erkenntnis traf ihn wie ein Schlag. Er mußte die Tatsachen akzeptieren, daß er sich nur ein paar hundert Tage zuvor mit einem Jungen auf einer Lichtung im Fechtkampf geübt hatte und jetzt einem Mann gegenüber stand, der genauso alt war wie er selbst, vielleicht sogar älter.

»Ich verstehe das nicht!« rief er unwillig.

»Für mich sind *zehn* Jahre vergangen«, sagte Joram. »Wir haben jetzt nicht die Zeit, alles ganz genau zu erklären. Sollte ich umkommen, sucht Pater Saryon in Merilon auf. Er ist im Besitz meiner Lebensgeschichte. Was ich Euch jetzt erzählen werde, mag Euch phantastisch vorkommen, aber Ihr müßt Vertrauen haben – vor allem wegen der Tat, von der ich seinerzeit glaubte, es sei meine letzte: Der Verzicht auf dies Schwert, das ich mit eigenen Händen erschuf und der freiwillige Gang in den Tod.«

Jorams Züge spiegelten den Schmerz der Erinnerung wider, die Finger umkrampften die Ledergurte und drückten sie über dem Herzen tief in die Haut.

Garald rief sich alles ins Gedächtnis, was ihm von Jorams letztem, schrecklichen Tag zu Ohren gekommen war, und auch die letzte Spur von Argwohn verflog. Er versuchte, Worte zu finden, aber sie entzogen sich ihm. Joram enthob ihn auch der Notwendigkeit zu reden, indem er die Hände des Prinzen ergriff und drückte.

»Ich glaubte, in den Tod zu gehen, aber das Jenseits ist nicht das Reich des Todes«, begann er seinen Bericht. »Dort ist Leben! In unserer Verblendung hielten wir uns für sicher, durch die magische Grenze vor dem Rest des Universums geschützt, als hätten wir eine Tür zugeschlagen und verriegelt. Nach dem Exodus aus unserer früheren Heimat hofften wir, die Alte Welt würde uns vergessen, wie wir sie vergaßen.«

Jorams Blick verlor sich in Weiten, die nur sein Auge geschaut hatte. »Sie vergaßen uns jedoch nicht«, sagte er leise. »Sie vermißten die Magie und suchten danach, denn sie wußten, daß sie noch irgendwo existierte.« Joram lächelte, aber es war ein düsteres Lächeln, das Garald einen Schauer über den Rücken jagte. »Ich habe vorhin gesagt, das Jenseits wäre nicht das Reich des Todes. Andererseits ist es genau das: ein Reich ohne magisches Leben. Die Welten des Jenseits sind bevölkert von solchen ohne Leben. Ein wenig Magie gibt es wohl, aber verstreut wie Atome im Weltraum.«

Atome, Weltraum ... Fremdartige, bedeutungslose Worte. Garald schaute wie Joram zum Himmel auf. Statt endlich klarer zu sehen, wurde er immer verwirrter und auch seine Furcht wuchs. Die Alte Welt, in der sie verfolgt, gefoltert und getötet worden waren, bis es ihnen schließlich gelang zu entrinnen, suchte nach ihnen? Fast rechnete er damit, triumphierende Gesichter aus dem wolkenlosen Blau auf sich herabgrinsen zu sehen.

»Es tut mir leid. Ich weiß, es ist für Euch schwer zu verstehen.« Jorams Blick kehrte aus der Ferne zurück und richtete sich mit fast beschwörender Intensität auf Prinz Garald. »Wie soll ich es erklären?« Er verstärkte den Griff um die Hand des Prinzen, als könnte er durch Berührung vermitteln, was durch Worte mitzuteilen ihm nicht gelang. »Sie – die ohne Leben, wenn Ihr so wollt – bezeichnen dieses Truppenkontingent als ›Expeditionskorps‹. Es hat den Auftrag, diese Welt zu erkunden, zu erobern, zu unterwerfen und für die Okkupation vorzubereiten.«

»Was?« Garald schwankte zwischen Fassungslosigkeit und aufwallendem Zorn. Erobern und unterwerfen – das waren Worte, die er kannte, mit denen er etwas anfangen konnte. Er zwang sich zu größter Aufmerksamkeit. »Aber warum wollen die ohne Leben, wie du sie nennst, Thimhallan erobern?«

Joram ließ den Prinzen los und schob seine Hand in den weiten Ärmel des hemdähnlichen Gewandes, das er trug. Die Temperatur in der eisumschlossenen Festung sank, es wurde langsam aber stetig kälter.

»Sie haben vor, die Grenzen aufzuheben und das ganze Unviersum mit der angestauten Magie zu überfluten«, erwiderte er. »Die Bewohner wird man gefangennehmen und ins Jenseits zurücktransportieren.«

»Aber wenn das ihr Plan ist«, wandte Garald ein, »warum töten sie alles und jeden, sogar Zivilisten?« Seite weitausholende Armbewegung umfaßte alles Land ringsum. »Sie machen keine Gefangenen! Nur ein paar Katalyten scheinen sie mitzunehmen.«

»Tatsächlich?« Der Blick, den Joram Garald zuwarf, drückte Überraschung aus.

»Ja! Wie der Adel Sharakans sind auch die Edelleute Merilons in ihren glitzernden fliegenden Karossen herbeigeströmt, um einem Spiel beizuwohnen. Diese Kreaturen haben sie ermordet!« Wieder beugte sich Garald über den Leichnam des Mannes aus der verbrannten Kutsche, drehte ihn herum und starrte in die grinsende Fratze eines Totenschädels. »Ist das die Art, wie man im Jenseits kämpft?« fragte er voll Abscheu. »Werden dort auch die abgeschlachtet, die sich nicht wehren können?«

»Nein«, antwortete Joram nachdenklich und offenbar beunruhigt. »Die Leute dort sind nicht mordlüstern und grausam wie die Zentauren. Sie haben keine Freude am Töten. Es sind Soldaten, die nach festen Regeln Krieg führen. Ich verstehe das nicht. Es hieß doch, der Gegner sollte nach Möglichkeit geschont werden.« Ein Schatten fiel über sein Gesicht. »Außer ...« Er sprach nicht weiter.

Garald schüttelte den Kopf. »Das mußt du mir genauer erklären.«

»Wenn ich es nur könnte!« Die leise gesprochenen Worte schienen mehr für ihn selbst bestimmt zu sein. »Ich glaubte, sie zu kennen. Jetzt erfahre ich durch Zufall, daß sie mir etwas vorgemacht haben. Steckt da noch mehr dahinter ...?«

Garald, der ihn aufmerksam betrachtete, hörte die alte, wohlbekannte Verbitterung aus Jorams Tonfall heraus – einen Widerhall von Schmerz und Enttäuschung.

»Um so mehr Grund, sie zu bekämpfen«, meinte Joram plötzlich. Seine Stimme war kalt wie der frostige Hauch, der von dem Eiswall ausging. »Wir müssen ihnen zeigen, daß Thimhallan nicht eine reife Frucht ist, die ihnen einfach in die Hand fällt. Sie sollen uns fürchten lernen! Wir müssen ihnen eine solche Niederlage bereiten, daß sie auch später nie mehr wagen zurückzukommen!«

»Aber mit was für Waffen bekämpfen wir sie?« fragte Garald ratlos. »Eis?«

»Eis, Feuer, Luft. Magie, Hoheit. Leben wird unsere

Waffe sein, magisches Leben und – dessen Widerpart!«

Er zog das Dunkle Schwert über die Schulter hinweg aus der Scheide. »Viele Jahre sind vergangen, seit ich es erschuf. Und doch träume ich oft von jener Nacht im Dorf der Nigromanten, als ich es schmiedete und Saryon ihm Leben gab.« Joram drehte das Schwert hin und her und studierte es genau. Dem Mann lag es besser in der Hand als dem Knaben, aber es war immer noch schwer und plump, eine ungeschlachte Waffe. »Erinnert Ihr Euch?« fragte er Garald mit seinem typischen matten Lächeln. »An den Tag, als wir uns zum ersten Mal begegneten? Als ich auf Euch losgehen wollte? Damals sagtet Ihr, dieses Schwert sei das häßlichste, das Euch je unter die Augen gekommen wäre.«

Joram richtete den Blick auf die Waffe an Garalds Seite. Die Sonne glitzerte auf dem kunstvoll gearbeiteten, mit Gravuren versehenen Griff aus blankem Silber, das stumpfschwarze Metall des Dunklen Schwertes dagegen verschlang das Licht und gab nichts davon wieder her. Er seufzte.

»Obwohl ich damals nichts von der Prophezeiung ahnte, war mir bewußt, daß ich mit diesem Schwert etwas Böses in die Welt brachte. Saryon wußte es auch – er bat mich, es zu zerstören, bevor es mich zerstörte. Seither habe ich viel darüber nachgedacht und bin zu der Erkenntnis gelangt, daß nicht ich es war, der mit diesem Schwert das Böse in die Welt brachte.« Er sah auf die Waffe nieder und strich mit dem Finger über den kantigen, unförmigen Griff. »Das Schwert *ist* das Böse in der Welt.«

»Warum es dann behalten?« Garald fröstelte.

»Weil es wie jede Klinge zwei Schneiden hat«, gab Joram zur Antwort. »Heute, so der Almin will, kann es mir helfen, uns zu retten. Was ist nun – werdet Ihr kämpfen, Hoheit?«

Immer noch zögerte der Prinz. »Warum willst du das für uns tun, Joram? Falls es stimmt, daß wir dieses Schicksal selbst auf uns herabbeschworen haben, weshalb willst du uns helfen, es abzuwenden? Nach allem, was wir dir angetan haben ...«

»Ihr habt gesagt, ich sei ohne Leben«, wiederholte Joram halblaut die Worte, die er an jenem Tag am Gestade gesprochen hatte, bevor er ins Jenseits hinausschritt. »Doch ihr seid es, die gestorben sind. Diese Welt ist tot.«

Er starrte auf das Schwert, düster und bedrohlich in seiner Hand.

»Zehn Jahre war ich fort. Ich kam zurück in der Hoffnung, Thimhallan verändert zu finden, mit der Absicht zu ...« Stirnrunzelnd unterbrach er sich. »Aber das ist nicht mehr wichtig. Es muß genügen zu sagen, daß ich bei meiner Rückkehr feststellen mußte, daß Thimhallan sich *nicht* verändert hatte. In der Gier nach Macht habt ihr einen Hilflosen gepeinigt und gequält. Ich gab meine Pläne, meine Hoffnungen auf und durchwanderte das Land, verzehrt von Bitterkeit. Überall sah ich nur die Anzeichen von Tyrannei und Ungerechtigkeit.

In meinem Zorn faßte ich den Entschluß, ins Jenseits zurückzukehren, als ich entdecken mußte, daß man mich dort ebenfalls hintergangen hatte.« Sein Mund verzog sich zu dem freudlosen, schiefen Lächeln, das Garald schon früher oft bei ihm gesehen hatte. »Für mich gab es offenbar keine Heimat, und ich war bereit, euch alle eurem Schicksal zu überlassen und keinen Finger zu rühren. Es scherte mich keinen Deut, wer siegte oder unterlag.

Dann erinnerte mich ein sehr weiser Mann an

etwas, das ich vergessen hatte. ›Es ist leichter zu hassen als zu lieben.‹« Joram schwieg, sein Blick wanderte über die glitzernde Eismauer, die Bäume, die umliegenden Berge, den blauen Himmel, die strahlende Sonne. »Ich begriff, daß *diese* Welt meine Heimat ist. Dieses Volk ist mein Volk. Und deshalb ist es falsch von mir, in der zweiten Person zu sprechen. Ich sage, ›ihr‹ habt Saryon gequält, aber richtig ist, ›ich‹ habe ihn gequält. Wäre ich nicht gewesen, hätte er nicht leiden müssen.«

Geistesabwesend fuhr er sich mit den gespreizten Fingern durch das schwarze, widerspenstige Haar. »Und es gibt noch einen anderen Grund.« Eine unaussprechliche Traurigkeit überschattete sein Gesicht. »Wie Anja, von der ich lange Jahre glaubte, sie sei meine Mutter, konnte ich die Schönheit Merilons nicht vergessen.«

Er sah Garald fragend an. »Es ist leichter zu hassen als zu lieben. Ich bin nie den leichteren Weg gegangen. Kämpfen wir um Thimhallan – Hoheit?«

»Wir kämpfen!« sagte der Prinz. »Und nenn mich Garald«, fügte er mit einem wehmütigen Lächeln hinzu. »Die ›Hoheit‹ kommt dir heute noch so schwer über die Lippen wie damals.«

Die Engel des Untergangs

Die Überlebenden erzählten später, Engel des Untergangs hätten sie in die Schlacht geführt.

Konfuse Gerüchte über Joram begannen sich unter den Magi auszubreiten, die im Innern der Festung aus Stein und Eis um ihr Leben bangten. Wenige kannten seine wahre Geschichte – Mosiah, Garald, Radisovik und die Hexe. Fast alle jedoch hatten hie und da etwas munkeln gehört, und diese Gerüchte waren es, die in der kurzen Feuerpause unmittelbar nach der Errichtung des Eiswalls in Windeseile die Runde machten.

Einige der Katalyten waren bei Jorams Urteilsvollstreckung zugegen gewesen. Von ihnen wiederum hatten einige dicht bei Prinz Garald gestanden, als der Fremde so plötzlich auftauchte, hörten ihn den Namen aussprechen und erinnerten sich. Xaviers Worte: *Die Prophezeiung hat sich erfüllt. Das Ende der*

Welt ist gekommen, wurde flüsternd wiederholt, verbrämt von Schilderungen (soviele Katalyten – soviele Versionen) der Ereignisse des schrecklichen Tages, an dem dieser Mann – dieser Joram – sein Heil im Jenseits gesucht hatte.

»Er ist einer ohne Leben.«

»Er besitzt ein Schwert aus Dunkelheit, das seinen Opfern das Leben aussaugt ...«

»Er hat viele getötet, aber nur die Bösen, so wird erzählt. Man hat ihn fälschlich angeklagt, und jetzt ist er aus dem Reich der Toten zurückgekommen, um Vergeltung zu üben ...«

»Xavier ist ihm tot zu Füßen gefallen! Ihr habt's gesehen! Was für Beweise braucht ihr noch? Daß der alte Kaiser damals spurlos verschwand, kam dem *DKarn-Duuk'est* sehr gelegen. Na und? Was macht es aus, wenn mich jemand verhört? Xavier ist tot, und ich wette, *er* kommt nicht zurück ...«

»Die Prophezeiung? Ich kenne eine Geschichte, in der eine Prophezeiung vorkommt. Etwas über den alten Zauberer Merlin und einem König mit glänzendem Schwert, der zurückkehren wird, um seinem Volk beizustehen in der Stunde der Not ...«

Joram trug sein Schwert, aber es glänzte nicht. Als er zum Kampf rief und die Menschen sich um ihn versammelten, kam es ihnen vor, als hielte er einen Splitter der Nacht in seiner Hand. Sein Gesicht war düster und hart wie das Metall der Waffe, und aus seinen Worten klangen weder Trommelwirbel noch Siegesfanfaren.

»Dies ist kein Tag, den man in Geschichten und Liedern besingen wird. Wenn wir nicht siegen, wird es keine Lieder mehr geben ...«

Er war gekleidet in das weiße Gewand derer, die die Verstorbenen zu ihrer letzten Ruhestätte geleiten –

das Gewand eines Sargträgers. Die Magi und die Katalyten, die ihn an jenem Tag sprechen hörten, wußten, daß sie ohne Hoffnung auszogen, genauso, wie er damals ins Jenseits gegangen war.

»Ihr steht einem Feind gegenüber, der nicht von dieser Welt ist. Ihr steht einem Feind gegenüber, der ohne magisches Leben ist, einem Feind, der mit der Schnelligkeit eines Blitzschlags zu töten vermag. Eure einzige Waffe ist euer Leben. Nutzt es klug, denn wenn es verbraucht ist, seid ihr ihnen wehrlos ausgeliefert.«

Nachdem der geendet hatte, gab es keinen Jubel. Schweigen lastete über der Menge, nur unterbrochen von dem Zischen der Todesstrahlen, die sich durch das Eis fraßen und dem furchteinflößenden Grollen der Kreaturen aus Eisen. Schweigend wandten sie sich ab, und schweigend traten sie den Gang ins Ungewisse an.

Gemäß Jorams Anordnungen wurde der Wall aus Eis aufgegeben. Ihn aufrechtzuerhalten kostete zuviel Energie, die jetzt anderweitig gebraucht wurde. Jeder Hexer, jede Hexe und jeder Zauberer war von diesem Augenblick an selbst verantwortlich für ihren Schutz vor den tödlichen Lichtblitzen.

Wie Joram es ihnen geraten hatten, machten sich einige von ihnen unsichtbar. Auch wenn sie das nicht davor bewahrte, getroffen zu werden, meinte er, gaben sie doch kein erkennbares Ziel mehr ab und konnten sich unbemerkt an den Feind heranschleichen. Andere schützten sich vor den ›Wärmefühlern‹ der Kreaturen, indem sie sich mit einer Eishülle umgaben oder ihre Körpertemperatur drastisch absenkten. Noch andere verwandelten sich in Werwesen, furchteinflößende Geschöpfe, die sich auf ihre Opfer stürzten, bevor diese wußten, wie ihnen geschah.

Die Katalyten wurden wie in alter Zeit verwandelt,

in kleine Tiere, die den Magier begleiten und sich leicht im Gebüsch, auf Bäumen oder unter Steinen verbergen können.

Mit Hilfe der Transversalen, die freizugeben Prinz Garald die verstörten *Thon-li* gezwungen hatte, gelangten die Magi auf das Schlachtfeld, trennten sich, schwärmten aus, kämpften in kleinen Gruppen. Für die Planung einer komplizierten Strategie hatte die Zeit nicht mehr gereicht. Joram und Prinz Garald waren in den Transversalen unermüdlich von einer Gruppe zur anderen unterwegs und gaben Ratschläge, wie dem unheimlichen Feind am besten beizukommen war.

Joram zeigte den *Duuk-tsarith,* wie sie ihre Blitze schleudern mußten, damit sie die Kreaturen töteten, statt von den eisernen Schuppen abgelenkt zu werden wie bisher.

»Seht ihr die Stelle, wo der Schädel am Rumpf befestigt ist? Wie der weiche Bauch eines Drachen ist das der Punkt, wo die Kreaturen am verwundbarsten sind. Dorthin müßt ihr die Blitze lenken, nicht auf die Panzerung.«

Die Hexenmeister befolgten den Rat und sahen erstaunt, wie die Ungetüme explodierten, in Flammen aufgingen und ausbrannten.

»Wendet den Giftzauber an«, riet Joram seiner alten Feindin, der Hexe. »Die Kreaturen haben eine Schwachstelle an der Oberseite des Kopfs. Bedeckt sie mit der grünen Flüssigkeit und wartet ab.«

Auch wenn es ihr absurd vorkam – das Gift zersetzte lebendes Fleisch, nicht Metall –, tat die Hexe, wie ihr geheißen. Ein Wink ihrer feingliedrigen Hand, und der ätzende Schleim überzog den Kopf der Eisenkreatur mit einer grünen Kappe. Verwundert beobachtete die Hexe, wie er plötzlich barst und die Fremden vor Schmerz brüllend heraussprangen. Gesicht, Schultern, Arme waren bedeckt von dem zähflüssigen Gift, das offenbar durch die Fugen einer Ausstiegsluke ins Innere getropft war.

Die Druiden schickten den Wald in die Schlacht. Riesige Eichen wuchteten sich aus der Erde und stapften auf die Walstatt. Wo sie einer der Kreaturen habhaft wurden, umfaßten sie sie mit ihren mächtigen Wurzeln und zerknackten sie wie eine Nuß. Auf Befehl der Steinbildner tat sich unter den Kreaturen der Boden auf und schloß sich über ihnen – unwiderruflich. Die *Sif-Hanar* beschworen Regen und Hagel auf den Feind herab, blendeten ihn mit undurchdringlichem Dunkel und gleich darauf mit gleißender Helligkeit.

»Wenn ihr gegen die Fremden kämpft, denkt immer daran, daß der silbrige Überzug *nicht* ihre Haut ist«, belehrte Joram seine Getreuen, »sondern eine Art Rüstung, wie sie von den Rittern in den alten Märchen der HausMagi getragen werden. Es gibt Lücken in dieser Rüstung, die größte liegt zwischen Halsöffnung und Helm.«

In der Gestalt eines Werwolfs sprang Mosiah einen der Fremden an und schlug die spitzen Reißzähne in die ungeschützte Kehle. Mit einem Schlag der mächtigen Tatze zerquetschte ein Bär den Helm seines Gegners, eine Wertigerin zerfetzte die silberne Haut mit den Krallen und ließ von dem blutüberströmten Körper erst ab, als kein Funke Leben mehr in ihm war.

»Diese Menschen wissen kaum etwas über Magie. Was mit Zauberei zu tun hat, ist ihnen unheimlich und flößt ihnen Angst ein. Nutzt sie aus, besonders die Ängste des Unterbewußtseins, die unseren ganz ähnlich sind.«

Illusionisten erschufen gigantische Taranteln mit glutrot schillernden Facettenaugen und dicken, haarigen Beinen, die sich aus dem Geäst der Bäume fallen ließen. Grashalme verwandelten sich in aufgebäumte, zischende Kobras. Die Erde spie vermoderte Skelette aus, die in Knochenhänden geisterhaft leuchtende Schwerter hielten.

»Ruft die Geschöpfe *unserer* Welt auf, uns beizustehen!«

Zentauren stürzten sich in blindwütiger Mordlust auf die Fremden, rissen sie in Stücke und labten sich anschließend an dem rohen Fleisch der Opfer.

Drachen schwebten aus dem Himmel herab und brachten mit sich Finsternis und Feuer. Die todbringenden Augen der Eisenkreaturen erloschen unter dem nicht weniger tödlichen Blick der Basisilisken; der Schlangenschweif einer Chimäre fegte peitschend zwischen die Angreifer, von denen viele zerschmettert liegenblieben, während andere von den zehn Häuptern der Hydra verschlungen wurden.

Das merkwürdigste Erlebnis dieses Tages hatten einige Zauberer, die mitten im freien Feld plötzlich Pilze aus der Erde sprießen sahen, in einem großen, gleichmäßigen Kreis, einem Elfenring. Fremde, die hineingerieten, mußten feststellen, daß es kein Entkommen mehr gab. Einer nach dem anderen versanken sie in der Tiefe. Die Zauberer berichteten schaudernd, das letzte, was sie gehört hätten, sei das johlende Gelächter und schadenfrohe Keckern des Elfenvolks gewesen …

Am Morgen dieses Tages hatte es nach einem leichten Sieg für die Fremden ausgesehen. Am späten Nachmittag hatten sie einen hohen Tribut gezahlt, auch wenn es den Verteidigern Thimhallans nicht gelungen war, die Flut aufzuhalten. Immer neue Eisenkreaturen rückten nach, die Armeen silberhäutiger Menschen drohten die bedrängte Magie allein durch ihre Überzahl hinwegzuschwemmen. Sie wurden schwächer, ihr Leben versiegte, ihre Katalyten sanken entkräftet zu Boden. Die Eisenkreaturen dagegen ermüdeten nie, langsam, aber unaufhaltsam krochen sie über den Boden und versandten ihre tödlichen Lichtstrahlen.

Dann geschah das Wunder, wie man es später immer und immer wieder erzählte. Der Engel des Todes selbst gewann den Tag, so hieß es. In seinen Händen hielt er ein Schwert aus dem Dunkel der Nacht, und dieses Schwert zwang den Feind schließlich in die Knie.

In Wahrheit war niemand mehr erstaunt über das, was geschah, als eben dieser Engel des Untergangs, aber dieser Teil der Geschichte blieb ein Geheimnis zwischen Joram und Prinz Garald.

Die beiden hatten eines der eisernen Ungetüme außer Gefecht gesetzt, als sie von einer Schwadron der Fremden eingekreist wurden. Garalds Magie war nahezu aufgebraucht. Er zog sein Schwert und stellte sich mit grimmiger Hoffnungslosigkeit dem Feind, wohl wissend, daß die Strahlen tödlichen Lichts, die diese geheimnisvollen Wesen aus der hohlen Hand abfeuerten, ihn töten würden. Auch Joram zog sein Schwert, bereit, an der Seite des Freundes zu sterben. Auch er wußte, daß es eine lächerliche, bedeutungslose Geste war, gegen diesen Feind mit einem Schwert anzutreten. In wenigen Sekunden würden sie tot sein, aber wenigstens starben sie mit der Waffe in der Hand ...

Doch als Joram das Dunkle Schwert in der Hand wog, begann das Metall bläulich-weiß zu leuchten, heller und heller. Er musterte es verwundert. Erst einmal hatte er dieses Phänomen gesehen, als die Waffe das für den Scharfrichter bestimmte Leben in sich aufnahm. Folglich entzog das Schwert auch jetzt irgend jemandem oder irgend etwas die magische Energie. Aber wem oder was? Bestimmt nicht den Feinden, die ebenso ohne Leben waren wie Joram selbst. Katalyten befanden sich nicht in der Nähe. Prinz Garald hatte Radisovik befohlen, bei den Verwundeten in der Festung zu bleiben. Wessen Leben verleibte es sich ein?

Ein Angreifer hob die Hand, zielte auf Joram und feuerte.

Der Lichtstrahl zuckte aus der Handfläche des Mannes, traf aber nicht sein Ziel, sondern wurde von der Klinge des Dunklen Schwerts aufgesogen, deren pulsierender Glanz Joram blendete. Die Waffe vibrierte in seiner Hand und sandte schmerzhafte Energieströme durch seinen Körper; er war kaum fähig, sie festzuhalten, schon gar nicht vermochte er damit zu kämpfen. Er konnte nichts sehen und erfuhr erst nachher von Garald, daß auch die Fremden geblendet ihre Augen beschirmen mußten, während sie sich verbissen bemühten, die tödlichen Strahlen ins Ziel zu bringen. Vergeblich.

Das Dunkle Schwert sog die Energie aus den Waffen der Toten, wie es das Leben Thimhallans einsog. Die Lichtstrahlen wurden blasser und erloschen, das Schwert lebte, loderte wie eine weiße Flamme und verströmte ein triumphierendes, bedrohliches Summen. Die Fremden warfen ihre nutzlos gewordenen Waffen von sich, damit sie beide Hände frei hatten, um die Flucht zu ergreifen.

Jene, die diesen Kampf aus der Ferne beobachtet hatten, verbreiteten die Nachricht, daß der Engel des Untergangs die Macht besaß, die Sonne auszulöschen.

Als die Nacht über Thimhallan hereinbrach, war die Schlacht geschlagen. Die Magi hatten gesiegt, oder wenigstens schien es so. Die Kreaturen aus Eisen, und die seltsamen Fremden, die mit ihnen gekommen waren, machten kehrt und zogen sich zurück, wohin, wußte man nicht genau. Verworrene Meldungen berichteten, es wäre beobachtet worden, wie die Eisenkreaturen von den Leibern noch gigantischerer Ungetüme aufgenommen wurden, die anschließend stracks in den Himmel aufstiegen und verschwanden.

Kein Mensch glaubte diese Phantastereien. Kein Mensch, bis auf Joram, der grimmig zum Himmel schaute und den Kopf schüttelte. Doch er bewahrte Stillschweigen. Später war Zeit genug, sich damit zu befassen. Vorläufig gab es genug anderes zu tun.

Thimhallan hatte den Sieg teuer erkauft.

Mosiah eilte über das gespenstisch ruhige Schlachtfeld, als er die tote Hexe fand. Sie lag inmitten getöteter Feinde, aber die Übermacht war zu groß gewesen. Mosiah bückte sich und bedeckte sanft das schöne, kalte Gesicht mit dem schwarzen Stoff der Kapuze, dann hob er sie hoch und trug sie auf seinen Armen zur Festung zurück.

Dort begrub man die vielen Toten unter Steinhügeln. Kardinal Radisovik sprach die Totengebete mit einer von Tränen und Zorn erstickten Stimme. Die Leichen derer, die auf dem Schlachtfeld gefallen waren, blieben unbestattet. Es gab Proteste, aber Joram blieb fest. Er wußte besser als alle anderen, da er eine Zeitlang im Außenland gelebt hatte, wie schändlich die Zentauren und andere Bestien die Gefallenen zurichten würden, aber er wußte auch, daß die Bestattungen zuviel Zeit in Anspruch nehmen würden.

Die einzigen, die auf das Schlachtfeld zurückkehren durften, waren die *Duuk-tsarith*. Sie hatten ein spezielles Interesse an den Toten. Nicht an den Toten ihres Volkes – an denen des Feindes. Geschäftige schwarze Gestalten im Schutz der Nacht, nahmen sie ihnen alles ab, von Waffen bis zu persönlichen Gegenständen, dabei vermieden sie es, die Dinge zu berühren, sondern transportierten sie mittels Levitation in ihre geheime Basis, um sie später dort gründlich zu studieren.

Sobald die *Duuk-tsarith* ihre Nachlese beendet hatten, wurde auch ihnen von Joram befohlen, nach Merilon zurückzukehren.

»Was gibt es denn noch zu fürchten?« fragte Garald matt. Er war so erschöpft, daß er sich kaum noch auf den Beinen halten konnte. »Wir haben sie vertrieben ...«

»Vielleicht«, erwiderte Joram weniger zuversichtlich. »Sicherheit haben wir erst, wenn unsere Kundschafter zurückkommen und Bericht erstatten.«

»Ach was! Sie haben Thimhallan für immer verlassen.«

»Das glaube ich nicht. Ihr Rückzug war schnell und geordnet. Es war keine kopflose Flucht. Ich würde sagen, daß sie den Angriff abgebrochen haben, um die Situation einzuschätzen und eine neue Strategie zu entwerfen.«

Sie standen mitten in dem Festungsring und unterhielten sich mit gesenkter Stimme. Die Magi kehrten via Transversale nach Merilon zurück, als letzte Gruppe nach den Verwundeten und Sterbenden und den Katalyten. Manche waren so müde, daß sie mit letzter Kraft in das Tor stolperten und zusammenbrachen. Andere waren gar nicht mehr imstande zu gehen und mußten getragen werden.

Die Evakuierung ging im Schutz der Dunkelheit vonstatten, deshalb mußten die ermatteten *Sif-Hanar* bis zuletzt arbeiten. Joram duldete nicht einmal Sterne am Himmel, die unerwünschten Beobachtern verraten konnten, was hier vorging.

Der düstere Tonfall des Freundes und seine Vorsicht beunruhigten Garald immer mehr. »Eins ist uns wenigstens gelungen«, meinte er, »wir haben ihnen Angst eingejagt. Wir haben ihnen gezeigt, daß sie nicht den Tod säen können, ohne selbst zu der bitteren Ernte beizutragen.«

»Ja.« Joram nickte, aber seine Miene hellte sich nicht auf, und er beobachtete auch weiterhin den Himmel und die Umgebung.

»Was werden sie jetzt tun?« fragte Garald leise.

»Wenn wir Glück haben, sind sie verwirrt, vielleicht sogar untereinander zerstritten. Dann besteht die Möglichkeit, daß sie Thimhallen tatsächlich verlassen. Doch wenn nicht, wissen sie beim nächsten Angriff, womit sie zu rechnen haben. Sie werden vorbereitet sein. Deshalb ist es besser, wenn auch wir mit dem Schlimmsten rechnen.«

Nach und nach waren die Magi alle verschwunden. Joram und der Prinz blieben allein in den Ruinen der Felsenfestung auf dem Feld der Ehre zurück.

Allein – wenn man die Gefallenen nicht mitrechnet, dachte Garald. Während er den Grabhügel betrachtete, der aus Steinen und Trümmern der eingebrochenen Mauer aufgeschichtet worden war, dachte er beinahe mit Selbsthaß an den Beginn dieses Tages zurück, an seine Träume von ruhmreichen Taten, daran, wie bereitwillig er der Faszination des reizvollen Spiels erlegen war.

Reizvolles Spiel! Ohne Jorams Hilfe läge er jetzt unter diesem Hügel. Nein, niemand wäre mehr am Leben gewesen, um ihn zu bestatten.

»Bitte laß es gut sein! Verschone uns!« flehte er zum

Almin. »Schenke uns Friede, und ich gelobe, daß ich ...«

Doch noch während seines stummen Gebets zum Almin entließ eine Transversale die dunkle Gestalt eines *Duuk-tsarith,* der sich Joram näherte. Er sagte nichts, sondern deutete mit ausgestrecktem Arm auf die gebirgige Region im Norden. Joram nickte wortlos und schaute zu Garald, der sich niedergeschlagen abwandte und vorgab, nichts gemerkt zu haben. Er brauchte nicht zu hören, was der Hexer zu berichten hatte. Jorams Voraussage war eingetroffen: Der Feind hatte Thimhallen nicht verlassen, sondern bereitete in einem Versteck den nächsten Angriff vor.

Was geschieht jetzt? fragte sich Garald trostlos.

Eine Hand berührte seinen Arm. Joram stand neben ihm. Gemeinsam traten sie in die Transversale und überließen die Festung der Nacht und den Toten.

Jenseits

Ich übergebe diese Aufzeichnungen Pater Saryon, für den Fall, daß ich die erste Konfrontation mit dem Feind nicht überlebe.

Der Feind ...

So nenne ich sie, aber wie viele von ihnen sind in den vergangenen zehn Jahren meine Freunde geworden? Ich denke an sie zurück, besonders an jene, die sich so liebevoll um meine Frau gekümmert haben und mir während der ersten schweren Monate zur Seite standen, als auch ich fürchtete, den Verstand zu verlieren. Wenn sie erfahren, was ich tue, werden sie mich aber verstehen, das weiß ich. Denn sie bekämpfen ihn, *den Magier, schon viel länger als ich.*

Auf diesen Seiten habe ich alles niedergeschrieben, was mir widerfahren ist. Ich frage mich, wer es lesen wird. Mein alter Freund, Prinz Garald? Meine alten Widersacher: Xavier, Bischof Vanya? Vermutlich ist es nicht wichtig, da

Ihr im Kampf gegen einen gemeinsamen Feind alle auf derselben Seite stehen werdet. Deshalb will ich meine Erlebnisse ausführlich schildern und so gut erklären, wie es mir möglich ist. Es ist wichtig, daß Ihr über den Gegner Bescheid wißt, falls ich in der Stunde der Entscheidung nicht bei Euch sein kann.

Beginnen wir mit dem Anfang, oder vielleicht sollte ich sagen, mit dem Ende ...

Von meinen Gedanken und Gefühlen, als ich in den vermeintlichen Tod ging, gibt es nicht viel zu berichten. Zuzeiten überkommt mich eine Verfinsterung der Seele, eine Schwermut, der ich hilflos ausgeliefert bin. In der Welt, die ich von nun an Jenseits nennen werde, hat man diesen Zustand als eine Form der Psychose diagnostiziert — der Ausdruck für eine Verwirrung des Gemüts, die keine körperlichen Ursachen hat.

Kurz nach meiner Rückkehr wollte Pater Saryon von mir wissen, ob ich bewußt an die Prophezeiung gedacht hätte, als ich den Entschluß faßte, in den Tod zu gehen. Wollte ich sie wahrmachen, um mich an dieser Welt zu rächen?

Ich rufe mir die Worte der Prophezeiung ins Gedächtnis. Wie man sich vorstellen kann, ist sie unauslöschlich in mein Herz eingegraben, wie Bischof Vanya einst drohte, mir das Abbild des Dunklen Schwerts in die steinerne Brust meißeln zu lassen.

Dem Herrscherhaus wird ein Sohn geboren werden, der tot ist und doch lebt, der sterben wird und wieder leben. Und wenn er zurückkehrt, trägt er in seinen Händen das Ende der Welt ...

In mancher Hinsicht spräche es für mich, wenn ich Saryons Frage mit Ja beantworten könnte. Es wäre ein Beweis für klares und folgerichtiges Denken. Leider ist es nicht so gewesen. Wenn ich bedenke, wie ich damals war — arrogant, stolz, ichbezogen —, kommt es mir wie ein Wunder vor, daß ich die Kraft besaß zu überleben. Zum großen

Teil habe ich es wohl Pater Saryon zu danken, dessen Einfluß auf mich größer war, als ich es mir eingestehen wollte.

Die Stunden vor der Wandlung verbrachte ich allein in einer Gefängniszelle. Dort erlag meine Seele der Finsternis, die in mir lauert und auf eine Gelegenheit wartet, hervorzukommen und von mir Besitz zu ergreifen. Angst und Verzweiflung überwältigten mich. So plötzlich von meiner wahren Herkunft zu erfahren und an das furchtbare Schicksal zu denken, das ich erleiden sollte, um zu verhindern, daß eine Prophezeiung sich erfüllte – all das machte mich fast wahnsinnig. Als ich am nächsten Tag zur Hinrichtung geführt wurde, nahm ich kaum wahr, was um mich herum vorging. Ich hätte ebensogut bereits zu Stein geworden sein können.

Das großherzige, edelmütige Opfer Pater Saryons entzündete einen hellen Funken im Dunkel meiner Seele. In diesem Licht sah ich, wieviel Unglück ich über mich und die, die ich liebte, gebracht hatte. Überwältigt von Trauer um einen Mann, den zu lieben und zu bewundern ich erst gelernt hatte, als es zu spät war, und angeekelt von der Verderbtheit der Welt, war mein einziger Wunsch, diese Welt von dem Bösen zu befreien, das ich ihr aufgebürdet hatte. Ich legte das Dunkle Schwert in Saryons versteinerte Hände und ging in den Tod.

Ich merkte nicht, daß Gwendolyn mir gefolgt war. Zwar kann ich mich erinnern, ihre Stimme gehört zu haben, als der Nebel mich umfing, wie sie mich bat zu warten, aber meine Liebe zu ihr war selbstsüchtig – wie auch alles andere in meinem Leben. Ich verbannte sie aus meinen Gedanken und dachte erst wieder an sie, als ich sie auf der anderen Seite bewußtlos am Boden liegend fand.

Die andere Seite.

Ich kann beinahe das Pergament in Euren Händen zittern sehen, während Ihr dies lest.

Die andere Seite.

Ich war lange unterwegs. Wie lange genau, weiß ich

nicht, denn die Zeit wird von dem magischen Feld, das unsere Welt umgibt, verfälscht und verzerrt. Nichts anderes war mir bewußt, als daß ich Schritt um Schritt weiterging, daß ich festen Boden unter den Füßen spürte und in einem grauen Limbus herumirrte.

Angst hatte ich nicht, ich fühlte mich abgestumpft und wie betäubt. Von anderen, die denselben Weg gegangen sind, erfuhr ich allerdings, es sei für mich so glimpflich abgegangen, weil ich ohne Leben bin. Für den, der über Magie verfügt, ist es eine schreckliche Erfahrung. Die wenigen, die es überstanden haben, ohne den Verstand zu verlieren, reden nicht gerne davon. Und ich werde nie das Grauen und Entsetzen in Gwendolyns Augen vergessen, als sie im Jenseits aus der Ohnmacht erwachte.

Wahrscheinlich wäre ich in meiner dumpfen Verzweiflung weiter blindlings durch das graue Nichts gelaufen, bis mich schließlich die Kräfte verlassen hätten. Aber dann, mit buchstäblich atemberaubender Plötzlichkeit, hatte der Alptraum ein Ende. Wie man aus einem Streifen dichten Nebels hinaus ins helle Sonnenlicht tritt, so fand ich mich unversehens auf einer grasbewachsenen Ebene wieder.

Es war eine klare, wunderschöne Nacht. Der Himmel über mir war tiefschwarz und übersät mit funkelnden Sternen. Ich hatte nicht geahnt, daß es so viele Sterne überhaupt gab. Die Luft war frisch und kalt, ein voller, leuchtender Mond übergoß die Landschaft mit silbernem Licht. Ich holte tief Atem, stieß ihn aus, atmete wieder ein und aus. Lange stand ich einfach da, fühlte mich wie befreit und genoß das Gefühl der Weite. Die Dunkelheit hob sich von meiner Seele. Ich dachte an das, was ich getan hatte, und zum erstenmal in meinem Leben war ich sicher, richtig gehandelt zu haben.

Während meiner trostlosen Kindheit lernte ich nichts über Religion. Als ich älter wurde, hatte ich keinen Glauben an die Menschheit oder an mich selbst, folglich glaubte ich auch nicht an den Almin. Ich hatte kaum einen Gedanken an ein

Leben nach dem Tod verschwendet, die Vorstellung machte mir höchstens Angst. Für mich war das Leben nur eine Last. Weshalb sollte ich mir wünschen, es zu verlängern? In jenem Augenblick damals glaubte ich, im Himmel zu sein. Die wundervolle Nacht, die Stille, der Frieden, das Gefühl, allein zu sein ...

Meine Seele hatte nur den Wunsch, sich emporzuschwingen und sich zwischen den Sternen zu verlieren. Mein Körper jedoch beharrte darauf weiterzuleben und mahnte durch ein Gefühl der Schwäche, das mich plötzlich überkam, seine Rechte an. Ein kalter Wind wehte durch das Gras. Ich trug kein Hemd, nur eine zerschlissene Hose hatte ich von den Duuk-tsarith *im Gefängnis bekommen. Bald zitterte ich am ganzen Leib. Außerdem war ich hungrig und durstig, da ich während meiner Gefangenschaft Essen und Trinken verweigert hatte.*

Das war der Moment, in dem ich mich fragte, wo ich mich befand und wie ich hergekommen war. Wo ich auch hinschaute, sah ich nur das scheinbar endlose Grasland und seltsamerweise ein kleines rotes, blinkendes Licht in ungefähr dreißig Metern Entfernung. Bestimmt blinkte es schon die ganze Zeit, aber mein Geist, der in höheren Sphären schwebte, hatte es nicht wahrgenommen.

Wenn ich mich recht entsinne, hatte ich die vage Idee, daß es sich um ein glimmendes Feuer handeln könnte, und ich ging darauf zu. Wäre ich bei klarem Verstand gewesen, hätte ich daran gedacht, daß kein Feuer mit solcher Regelmäßigkeit auflodert und wieder zusammensinkt. Das Feuer war allerdings vergessen, als ich Gwen entdeckte.

Sie lag bewußtlos im Gras. Ich kniete nieder, nahm sie in die Arme und drückte sie an mich, erst dann stellte ich mir die Frage, wie sie hergekommen war und weshalb. Ich erinnerte mich daran, sie rufen gehört zu haben, als ich meinen Weg durch die Nebelzone begann, und es kam mir vor, als hätte ich aus den Augenwinkeln ihr weißes Kleid flattern gesehen. Vielleicht waren wir die ganze Zeit nur ein paar Schritte voneinander entfernt gewesen und hatten es in dem dichten Nebel nicht bemerkt. Aber das war alles ganz unwichtig. Nur daß sie hier bei mir war, zählte.

Meine Berührung weckte sie aus der Ohnmacht. Der Mond schien auf ihr Gesicht, und kaum daß sie die Lider angehoben hatte, sah ich das Flackern des Wahnsinns in ihren Augen. Ich erkannte es sofort als das, was es war – wie auch nicht? Meine gesamte Kindheit und Jugend hatte ich damit gelebt. Doch es vergingen viele Monate, bis ich die Kraft fand, mir die unabänderliche Tatsache einzugestehen. Damals wollte ich es nicht wahrhaben.

»Gwendolyn!« flüsterte ich und wiegte sie in den Armen.

Beim Klang meiner Stimme erlosch der irrlichternde Glanz ihrer Augen. Sie schaute mit dem Blick rückhaltloser Liebe zu mir auf, den sie mir schon in ihres Vaters Garten geschenkt hatte.

»Joram?« fragte sie leise und hob die Hand, um mein Gesicht zu berühren.

Ich sah mein Spiegelbild in ihren Augen, aber dann verschwamm es und zerfloß, als das Entsetzen und das Grauen mich aus ihrem Bewußtsein verdrängten. Ich umschlang sie fester, als könnte ich sie damit zwingen, bei mir zu bleiben, aber während ich ihren Körper festhielt, spürte ich und sah es an ihrem leeren Blick, wie ihr Geist sich der Realität entzog und in eine andere, unbegreifliche Welt hinüberwechselte.

Der Wind wurde stärker. Grelles weißes Licht erhellte die Nacht, gefolgt von einem gewaltigen Donnerschlag. Ich hob den Kopf und sah aufziehende Dunkelheit die Sterne verschlingen wie ein gewaltiges Ungeheuer, das sich gefräßig über den Himmel schob. Blitze fuhren wie Dolche vom Himmel zur Erde. Obwohl das Unwetter noch ziemlich weit entfernt war, mußte ich mich ducken, um von den Böen nicht umgeworfen zu werden. Die schwarze Wolkenwand kam näher, der Mond verschwand, ein feiner Sprühregen wehte mir ins Gesicht.

Die Plötzlichkeit des Wetterumschwungs, die Gewalt des Sturms waren kaum zu glauben. Von Panik erfüllt, sah ich mich nach allen Seiten um. Nirgends eine Möglichkeit, Unterschlupf zu finden. Wir waren dem Gewitter schutzlos preisgegeben. Ein Blitz schlug so dicht neben uns ein, daß die Gewalt der Entladung mir den Atem raubte und ich anschließend fast taub war. Große Brocken Erde wurden in die Luft geschleudert. Der Wind steigerte sich zum Orkan, der uns heulend und pfeifend umtobte. Regen jagte in Sturzbächen vom Himmel. Binnen Sekunden waren Gwen und ich naß bis auf die Haut, obwohl ich sie mit meinem Körper schützte so gut es ging.

Ich mußte Hilfe finden! Blitze umtanzten uns, Eiskörner schlugen in mein Gesicht. Es war stockfinster, bis auf die kurzen Intervalle blendender Helligkeit, wenn Blitze die tiefhängenden schwarzen Wolkenmassen zerrissen. Dann plötzlich erblickte ich durch den Regenvorhang das blinkende Licht. Vielleicht saßen dort Menschen um ein durch Magie in Gang gehaltenes Feuer. Ich hob Gwen vom Boden auf und ging mit ihr auf das Licht zu, dabei sprach ich das erste selbstlose Gebet meines Lebens — daß der Almin jemanden schicken möge, um sie zu retten.

Wen hoffte ich bei jenem Feuer anzutreffen? Ich wußte es nicht. Weder Engel noch *Teufel wären eine Überraschung gewesen, und weder die einen noch die anderen hätten mich davon abgehalten, mir einen Platz am Feuer zu sichern. Wir konnten in diesem Sturm nicht lange überleben. Er nahm immer noch an Heftigkeit zu, und mir kam in dem tranceartigen Zustand, wie er manchmal in Zeiten größter Bedrängnis auftritt, der absurde Gedanke, daß das Feuer an den Grenzen der Welt rüttelte und versuchte, sie niederzureißen.*

Es gab Momente, in denen ich gegen die ungeheuere Gewalt des Orkans keinen Schritt vorwärts kam; Momente, in denen ich alle Kraft aufwenden mußte, um nicht von den

Füßen geweht zu werden, und Gwendolyns kalten, reglosen Körper fest an mich drückte, während Regen und Eis wie spitze Nadeln in meine nackte Haut stachen.

Nur der Wille trieb mich an weiterzugehen, bis ich endlich das rote Licht erreicht hatte. Es war kein Feuer. Kein Mensch war zu sehen, kein Engel, kein Teufel. Niemand. Das Blinken stammte von einem merkwürdigen Ding, das aus dem aufgeweichten Boden ragte. Man konnte sich nicht einmal daran wärmen. Enttäuschung und Hoffnungslosigkeit überwältigten mich. Meine Beine gaben nach, und ich sank mit Gwendolyn auf den Armen zu Boden.

Im selben Augenblick vernahm ich durch das Tosen des Sturms ein dröhnendes Geräusch, das rasch lauter wurde. Unter meinen Knien spürte ich, wie die Erde vibrierte.

Die Blitze kamen fast ohne Untebrechung. Ich blinzelte gegen den Regen an und entdeckte in dem flackernden Licht ein Ungeheuer, das auf uns zukam: ein gedrungener Koloß mit zwei großen, brennenden Augen, und er näherte sich mit unglaublicher Schnelligkeit!

Das ist also das Ende, *dachte ich. In Stücke gerissen von irgendeiner blutdurstigen Bestie. Ich ergab mich der Dunkelheit in meinem Innern, und mein letzter bewußter Gedanke galt Gwendolyn, die ohnmächtig war und in den Tod hinübergleiten würde, ohne diese letzten Momente der höchsten Angst durchleiden zu müssen.*

Man sagte mir, ich sei bei Bewußtsein gewesen, als man uns fand. Offenbar habe ich zu ihnen gesprochen, und sie glaubten aus meinen Worten, die sie nicht verstehen konnten, zu entnehmen, daß ich um mein Leben kämpfen wollte. Sie merkten auch, daß ich nicht einmal imstande gewesen wäre, ein Kind abzuwehren. Ich leistete nur schwachen Widerstand, dann verlor ich die Besinnung.

Meine schwache Erinnerung setzt erst zu dem Zeitpunkt wieder ein, an dem ich erwachte und Stimmen hörte. Erst überfiel mich Entsetzen, dann wurde ich ruhiger. Es war nur ein Traum! Die Hoffnung ließ mein Herz schneller schlagen. Der Prozeß, das Urteil, die Vollstreckung, der Sturm – es war alles ein Traum gewesen, und sobald ich die Augen aufschlug, würde ich mich in meinem Zimmer in Lord Samuels' Haus wiederfinden.

Zuversichtlich öffnete ich die Augen – und starrte in helles Licht, das mich schmerzhaft blendete. Mein Bett war hart und unbequem, und ein vorsichtiger Blick aus zusammengekniffenen Augen sagte mir, daß ich mich in einer Kammer mit Wänden aus Eisen befand. Wir bewegten uns, denn das eiserne Ding schaukelte unangenehm hin und her. Mein Traum hatte sich als nur allzu wahr herausgestellt.

Doch ich hörte immer noch Stimmen. Ich setzte mich auf, beschirmte die Augen gegen das grelle Licht und versuchte, etwas zu erkennen.

Die Stimmen kamen aus unmittelbarer Nähe. Verschwommen sah ich zwei Gestalten, die in dem schwankenden Eisending geduckt und vorsichtig umhergingen. Sie wurden aufmerksam, als ich mich hinsetzte, und einer von ihnen kam zu mir.

Er redete mich in einer Sprache an, die ich nicht verstand, aber er schien sich dessen bewußt zu sein, denn er klopfte mir auf die Schulter, wie um ein Kind zu beschwichtigen, das sich fürchtete.

Ich fürchtete mich nicht. Beim Almin! Nach allem, was ich durchgemacht hatte, glaubte ich, nie wieder Furcht empfinden zu können. Meine einzige Sorge galt dem armen Mädchen, das alles für mich aufgegeben hatte. Wo war Gwen überhaupt? Ich sah mich um, konnte sie aber nirgends entdecken. Als ich Anstalten machte aufzustehen, drückte der Mann mich auf die Pritsche zurück – freundlich und ohne große Mühe, denn meine Kraft hätte nicht einmal gereicht, längere Zeit aufrecht zu sitzen.

Währenddessen redete die andere Person, die bei uns in dem Eisending war, zu einem Unsichtbaren, der mit krächzender, seltsam brüchiger Stimme Antwort gab.

Heute weiß ich natürlich, er sprach in ein Kommunikationsgerät, das sich in dem Geländewagen befand (ein Automobil genanntes Fahrzeug, das unseren Karossen gleicht, nur ist es ein Produkt der Schwarzen Kunst der Technologie. Ich höre immer noch, was der Mann sagte, auch wenn ich seinerzeit nichts damit anzufangen wußte. Monate danach, während meines Ringens gegen den Wahnsinn kamen sie immer wieder in meinen Alpträumen vor.

Wir haben den Alarm überprüft. Diesmal waren es zwei – ein Mann und eine Frau.

Danach erinnere ich mich an nichts. Der Mann, der neben mir kniete, drückte etwas Kaltes gegen meinen Arm, und ich sank in tiefen Schlaf.

Beim Erwachen stellte ich fest, daß es Gwendolyn und mich in eine neue Welt verschlagen hatte, und wir vor der Aufgabe standen, ein neues Leben zu beginnen. Ich heiratete meine arme Gwen, um ihr soviel Schutz und Sicherheit zu bieten, wie es in meiner Macht stand. Jeden Tag verbrachte ich einige Zeit bei ihr an dem beschaulichen Ort der Ruhe und Fürsorge, wo sie lebte, während die Heiler der Welt Jenseits sich bemühten, einen Weg zu finden, um ihr zu helfen.

Zehn Jahre ist es her – zehn Jahre in unserer neuen Heimat –, seit sie das Wort an mich oder einen anderen lebenden Menschen gerichtet hat. Sie spricht nur zu denen, die allein ihre Augen wahrzunehmen vermögen. Sie spricht zu den wahren Toten.

Im Jenseits habe ich viele Menschen kennengelernt, einschließlich eines Mannes, der nicht von dort stammt, sondern aus unserer Welt. Sein Name ist Menju, doch er nennt sich der Magier, *und einen Großteil meiner Zeit während der verflossenen zehn Jahre habe ich darauf verwendet, seinen wahren Charakter zu ergründen und alles zu tun, um seinen Aufstieg zur Macht zu verhindern.*

Weder habe ich die Zeit, noch ist es der Zweck dieses Berichts, das Jenseits zu beschreiben. Jenseits ist eine Welt der Technologie, eine Welt buchstäblich jenseits *unseres Begriffsvermögens. Ihr würdet kaum etwas verstehen und noch weniger glauben von dem, was ich erzählen könnte. Wenn das Unglück es will, werdet ihr das alles nur zu bald und ungefragt kennenlernen …*

Abschließend einige Überlegungen, die unsere Welt im Verhältnis zum Rest des Universums betreffen. Wenigstens einer von Euch, so hoffe ich, wird die Weisheit besitzen zu begreifen und zu akzeptieren, statt die Augen zu verschließen, wie Ihr es so viele hundert Jahre lang getan habt.

Die Magi aus alter Zeit sahen sich, weil sie ›anders‹ waren, haßerfüllter Verfolgung ausgesetzt und flohen aus einer Welt, die nach ihrer Meinung zum Untergang verurteilt war – eine zu sehr von Technik abhängige Welt; eine Welt, die Magie leugnete und sogar fürchtete. Auf der Suche nach einem Ort, an dem sie in Frieden leben konnten, reisten die Ahnen durch Zeit und Raum. Die Ankunft in dieser Welt war kein Zufall, denn hier befindet sich der Ursprung aller Magie. Ihr Sirenenruf lockte unsere Vorfahren nach Thimhallan. Sobald sie an diesem freundlichen, einladenden Gestade gelandet waren, verbrannten sie ihre Schiffe und gelobten, nie wieder fortzugehen.

Nicht nur brachen sie jede Verbindung zu ihrer alten Heimat ab, sie errichteten eine Barriere um diese neue Welt, so daß es keinen Weg mehr gab, auf dem jemand von außen eindringen konnte. So perfekt war diese magische Barriere, das nicht nur das Universum aus-, sondern die Magie eingeschlossen wurde.

In dem unermüdlichen Bestreben, ihre Zukunft zu sichern, löschten die Ahnen ihre Vergangenheit aus. Statt die Erinnerung an die Alte Welt lebendig zu erhalten und damit auch die Erinnerung daran, daß es außer Thimhallan noch andere Welten gab, vernichteten sie Chroniken und propagierten das Vergessen, bis das Jenseits spätestens für Eure Generation ein Mythos geworden war, ebenso unwirklich wie das Reich der Elfen und Feen.

Und weil Ihr vergessen hattet, daß es da draußen noch etwas gab, fühltet Ihr Euch sicher und wart selbstgefällig genug, all jene auszustoßen, die Ihr in dieser Welt nicht bei Euch haben wolltet, nicht einmal im Tode. Daraus entwikkelte sich der Brauch, Leute ins ›Jenseits‹ zu schicken, ein sauberes, einfaches Mittel, sich derer zu entledigen, die anders *sind. Man ist sie schnell und unwiderruflich los. Außerdem eignete sich diese Form der Strafe wegen ihrer grausamen Endgültigkeit sehr gut als wirksames Abschrekkungsmittel. Nur ist Euch nie der Gedanke gekommen, Ihr könntet die Verurteilten nicht in den Tod geschickt haben, sondern ins Leben.*

Im Gegensatz zu uns hatte das Jenseits nichts vergessen. Der größte Teil der Magie war hier gebunden und erreichte sie zwar nicht, aber kleine Mengen entweichen hie und da, sickern durch Risse in der Barriere. Die jenseitige Welt hungerte nach magischem Leben, und sobald sie aufgrund ihrer fortgeschrittenen Technologie in der Lage waren, machten die Bewohner sich auf die Suche nach der verlorengegangenen Magie.

Sie fanden den Quell, ohne ihn jedoch erreichen zu können. Die magische Barriere vermochten sie nicht zu überwinden. Was sie fanden, waren diejenigen, die ausgestoßen worden waren und in dem Gebiet nahe der Grenze umherirrten. Es ist ein unwirtlicher Landstrich, der ständig von verheerenden Stürmen heimgesucht wird. Nur wenige Menschen wohnen dort, die Besatzung eines Außenpostens, mit dem einzigen Ziel, einen Weg zu finden, um die Magie zurückzugewinnen.

So fanden sie uns, so haben sie andere gefunden. Meldebogen – diese blinkenden roten Lichter – sind entlang der Grenze installiert, die alles entdecken, was sich bewegt. Wann immer es möglich war, haben sie Magier gerettet, und jetzt leben unsere Ausgestoßenen im Jenseits.

Die meisten haben den Verstand verloren – wie meine

arme Gwen. Einige aber, ganz besonders dieser Magier Menju, sind durchaus gesund. Er hat oft und oft versucht, nach Thimhallan zurückzukehren. Er hält die Barriere für ein Energiefeld, das aus der magischen Lebenskraft Thimhallans sowie seiner Bewohner besteht. Aus diesem Grund ist die Rückkehr unmöglich; es verhält sich etwa wie bei gleichpoligen Magneten, die sich gegenseitig abstoßen. All die Jahre hat er darauf gewartet, daß Thimhallan einen Fehler macht, einen Fehler, der ihm die Tür öffnet.

Ich war der Fehler.

Einer ohne Leben passierte die magische Grenze. Der Zauber war gebrochen, das Schloß gesprengt. Für mich, der ich keinerlei magische Fähigkeiten besaß, war die Grenze kein Hindernis. Ich konnte zurückkehren. Und wenn ich es tat, zerstörte ich – so die Theorie – die Barriere. Ich würde die Tür hinter mir offenlassen.

Wie schon gesagt, der Magier zog diese Schlußfolgerung nach Monaten angestrengter Studien. Wir waren keineswegs von Anfang an Feinde, müßt Ihr wissen. Einst habe ich ihn bewundert und ihm vertraut ...

Aber das ist eine andere Geschichte.

Den Machthabern gelang es, mich zu überzeugen, die beiden Welten müßten verschmelzen und eins werden. Ich glaubte, eine solche Entwicklung wäre segensreich für Thimhallan. Ich dachte, eine Vereinigung der beiden Welten würde dem Universum eine neue Ordnung bringen. Meine Träume waren hell, voller Hoffnung. Die Träume anderer waren düster und verzerrt.

Ich kehrte zurück. Sie folgten mir – und brachten den Krieg.

Sie haben mich getäuscht und hintergangen. Ich begreife jetzt, daß sie vorhaben, Thimhallan zu erobern, wie schon andere Welten zuvor.

Wird die Prophezeiung sich erfüllen? Treiben wir dem Untergang entgegen wie führerlose Boote auf einem reißen-

den Strom? Der Gedanke ist erschreckend, um so mehr, weil es scheint, daß wir keine andere Wahl haben, daß eine allwissende, aber gleichgültige höhere Macht seit undenkbaren Zeiten unser belangloses Dasein lenkt.

Gibt es keinen Ausweg? Ich glaube fast, nein. Die beiden einzigen guten und richtigen Taten in meinem Leben – der Entschluß, Thimhallan zu verlassen und der Entschluß zurückzukehren, um es zu retten – haben offenbar nichts anderes bewirkt, als die Prophezeiung der Erfüllung näherzubringen.

Wenn das stimmt, wenn unser Schicksal uns zugeteilt wird wie die Karten beim Tarock, dann fange ich an, Simkin zu verstehen und seine Sicht der Dinge.

Das Spiel bedeutet nichts, nur wie man es spielt, darauf kommt's an!

Hier endet das fünfte Buch der Saga um das Dunkle Schwert.

Im nächsten und letzten Band (20183)

Der Herrscher von Merilon

tritt Menju, der Schwarze Zauberer, auf, um die Welt der Magie zu vernichten, doch Joram stellt sich ihm entgegen – als neuer Herrscher.